U1005403

鬲津草堂诗集校注

GEJIN CAOTANG SHIJI JIAOZHU

李士明 著

全国百佳图书出版单位
时代出版传媒股份有限公司
黄山书社

图书在版编目(CIP)数据

鬲津草堂诗集校注 / 李士明著.—合肥:黄山书社,2016.8
ISBN 978-7-5461-5597-5

Ⅰ. ①鬲… Ⅱ. ①李… Ⅲ. ①古典诗歌–注释–中国–清代
Ⅳ. ①I222.749

中国版本图书馆 CIP 数据核字(2016)第 185092 号

鬲津草堂诗集校注 李士明 著

出 品 人 王晓光
责任编辑 周挺启
责任印制 戚 帅 李 磊
装帧设计 钱志刚
出版发行 时代出版传媒股份有限公司(http://www.press-mart.com)
黄山书社(http://www.hspress.cn)
官方直营书店(https:hsss.tmall.com)
营销部电话:0551-63533768 63533788
(合肥市蜀山区翡翠路 1118 号出版传媒广场 7 层 邮编:230071)
经 销 新华书店
印 刷 安徽联众印刷有限公司

开本 880mm×1230mm 1/32 印张 15.25 字数 380 千
版次 2018 年 10 月第 1 版 印次 2018 年 10 月第 1 次印刷
书号 ISBN 978-7-5461-5597-5 定价 48.00 元

序

《鬲津草堂诗集》是田霡所作的一部诗集。田霡（1653—1730），字子益，号乐园，又号香城居士，山东德州人。生于清顺治十年九月二十四日寅时，卒于清雍正八年十一月二十日亥时，享年七十有八，门人谥号靖节先生。

康雍乾时期，正是清代发展的鼎盛时期，山东德州的经济得到突飞猛进的发展，而文化事业特别是运河文化更是空前繁荣，康熙"金台十子"诗人中，德州就有田雯和谢重辉两位。以田雯为代表的田氏和以卢见曾为代表的卢氏文学家族成为德州文学家族的代表，彪炳古今。田霡是田雯的最小的弟弟，与谢重辉为好友，卢见曾的父亲卢道悦是田霡的内表舅，田霡又是卢见曾早年的老师。田霡学诗于王士禛，学文于汪琬，门生诗友遍及大江南北。今天我们研究清代的德州文学，发掘文化遗产，必然关注田霡及其《鬲津草堂诗集》。

田霡的诗作，现在能看到的不少，其内容大致有二：其一，他一生多次沿运河南下北上，记载他去江苏、河南、浙江、福建等地的游踪；他还多次乘舟去天津、京城，沿途都写到了冀津京运河两岸的风光和历史人物古迹等，为我们描绘了关于清初运河文化的灿烂画卷，所以田霡在当地诗人里可称得上"运河诗人"。其二，田霡创作了近百首的写菊诗，饱含着对菊花的挚爱，他可称得上是清代少见的"嗜菊诗人"。

田霡诗歌的主要艺术价值前人早有评论，如同乾隆时代的锡山人吴培源,在为田霡的《乃了集》所写之序中称:"今读香城先生诗集,知其恬养有素,而超然声利之外,实有靖节之品而又癖于爱菊,其性情嗜好,遥遥千载上偶柴桑,故其诗有曰:'历穷浩劫谁知己?岂但萧萧五柳门。'则先生之自比于陶也如此。至读《乃了集》诗数首,了然于死生去来之间,又与靖节自祭文若合一契,益信其学有真得,非形摹诗格者所能仿佛也。呜呼,读其诗可以知其人矣!"承认田霡有陶渊明的人品而非"非形摹诗格者所能仿佛也。"

田霡诗歌主要风格前人也早有评论,王士禛称其诗:冲淡、自然、清奇,三者品之最上,兼而有之。其绝句诗数量众而体式工、风格娟秀多姿,语言驾驭轻松熟练,而且用律严谨、隶事恰切而深微,显得稳健而深沉。但与其长兄田雯比,田霡的诗作题材较为狭窄,对社会关注不够,缺乏自己系统独立的诗学理论建树,这些缺点也是明显的。

我们今天要具体体会王士禛神韵说的诗学理论,探讨康雍乾时期德州地方文学和家族文化的兴盛原因,《鬲津草堂诗集》的学术意义是重大的;而且其中所记载的运河文化信息,时至今日对研究和开发运河文化意义仍然不可小觑。所以,以历史唯物主义的观点,去研究清代诗学,特别是地方文学、家族文化和运河文化,《鬲津草堂诗集》显然是不可或缺的宝贵资料。

本书作者李士明也是山东德州人,是我 2006 级汉语言文字学专业古籍整理与研究方向的研究生。2007 年,我正在做一个有关《诗经》研究项目的时候,他把《鬲津草堂诗集》拿给我看,说想做这个项目。后来,《鬲津草堂诗集校注》就成了他的硕士论文。其后,士明先后执教于广西柳州和贵州毕节医学高等专科学校,在教书之余,仍然不忘学术,继续以相当的精力倾注于有关资料的收集、辨析,思考也愈趋深入。经过多年的修改,终于成了本书稿且即将公开出版。

清康熙时期人汪森在《粤西通载发凡》说到:"自昔南滨于海,

西濒于金沙江者，皆为蛮乡，王化所不宾。”以今天的改革发展的形势看来，这片地区仍然有不足的地方。有感于士明此书出版的不易，由衷地为他获得的成绩高兴，因应所嘱，赘语如上，希望他继续有新的论著问世。

谢明仁　于广西大学求阙斋

2015 年 10 月

前　言

一、"诗满运河菊为友"——田霡生平研究①

清代康雍乾时期，山东德州经济文化事业得到突飞猛进的发展，运河文化空前繁荣，这一时期德州的文学也尤其辉煌，康熙"金台十子"诗人中，就有德州田雯和谢重辉两位。以田雯为代表的田氏和以卢见曾为代表的卢氏文学家族成为德州文学家族的代表。田霡是田雯最小的弟弟，与谢重辉为好友，卢见曾的父亲卢道悦是田霡的内表舅，田霡又是卢见曾早年的老师。田霡学诗于王士禛，学文于汪琬，门生诗友遍及大江南北。今天我们研究清代的德州文学，发掘文化遗产，必然需要关注田霡及其《鬲津草堂诗集》。

（一）"少年坎坷中年忙，老来恬淡著诗篇"——田霡生平简介

田霡（1653—1730），字子益，号乐园，又号香城居士，山东德州（今德州市德城区新湖街道办事处吕家街）人。生于顺治十年九月

① 本文为李士明于广西大学文学院攻读硕士学位时，2007年12月至2009年5月间所撰毕业论文。其中前言部分的第一章之第一节、第二节，第二章之第二节，第三章之第一节，曾结为《略论清初诗人田霡及其〈鬲津草堂诗集〉》一文，由黄金元、李士明发表于2010年2月第1期的《德州学院学报》（第26卷第1期），本次出版有所订正和完善。特此说明。

二十四日寅时,卒于雍正八年十一月二十日亥时,门人谥号靖节先生[①]。其父亲名田绪宗,齐鲁人称"蓼菴先生",是顺治时浙江处州府丽水县知县,在田霡出生十个多月后病故于任上。其母姓张,熟读诗书,懂经营,知大义,在田霡父亲病故后,携幼孤自浙江丽水县回乡,并独自一人教养田霡兄弟几人,后因田霡的两个兄长田雯、田需被封为太恭人,有诗集《茹荼吟》。

田霡的两个兄长即康熙"金台十子"之一的田雯和翰林院编修田需,都以诗文成名。尤其是田雯,是可以和当时诗坛盟主王士禛并驾齐驱的山左诗文名家。《中国文学家大辞典·清代卷》说:"田霡,字子益,号乐园,又号香城居士,山东德州人。康熙二十五年拔贡士,授堂邑教谕,以病不赴。田霡之兄雯、需,俱以文学著述致高名;而独寂寞自甘,篇咏闲适。田霡颖悟绝人,学诗于王士禛,学文于汪琬。所居地曰'竹竿巷',筑'数帆亭',编篱为垣,榜于门曰'香城'。好艺菊,又号'菊隐'。其七十六岁时,尝自作墓志铭,可见其旷达。易箦时口占遗诗赠卢见曾,可见其临终不乱。著有《鬲津草堂诗集》,有五古诗、五言今体诗、绝句诗各一卷;又七十以后诗为《菊隐集》。冲淡、自然、清奇,此三最上之品,兼而有之。"[②]此处提到的《菊隐集》又题为《香城居士七十以后诗》;另外雍正丙午年九月至雍正丁未年夏的诗稿称《南游稿》,又题为《鬲津草堂七十以后诗》;又有《乃了集》,是田霡去世前两三年所作。《南游稿》和《乃了集》也被其后人收入田氏丛书本的《鬲津草堂诗集》。

1."十月失怙恶人欺"——不幸的童年

"田霡5岁时从兄始读,智力超群;9岁能文,颖悟绝人,甚有奇

---

① 《安德田氏家谱》卷三收有《香城先生自撰墓志铭》,墓志铭后有田霡子所作附注,说:"志系戊申年先君子自作,岁庚戌先君子卒。今卜葬有日,将勒诸穴墓之石,谨将生卒年月并子女名数附列于后。先君子生于顺治十年九月二十四日寅时,卒于雍正八年十一月二十日亥时,得年七十有八,门人谥号靖节先生。"

② 钱仲联,《中国文学家大辞典·清代卷》,中华书局1996年版,第118页。

才；15 岁博览群书。”关于其童年艰难，田雯自撰《香城先生自撰墓志铭》说：“先生为壬辰进士累赠通奉大夫丽水公第四子，母夫人张氏。十月而孤，四十而衰。……年十七入泮宫。”[①]据黄金元《蒙斋年谱》（案：田雯胞兄田雯号蒙斋）：清顺治十年癸巳（1653），八月，父绪宗授浙江处州丽水知县，顺治十一年甲午（1654），正月，父绪宗之任丽水，田雯与父别于德州城南黄河崖旅舍。绪宗到任三月，七月九日卒于任。王士禛《田母张太君墓表》说：“张氏，德州儒家女，父曰祯，女红之外，教以书史，辄能通知大义。笄归于田，齐鲁间所称‘蓼菴先生’者也，先生壬辰登第，知浙之丽水县，未几属疾不起……（夫人）取仓库册，领勾稽筹算，年经月纬……携诸孤间关四千里，扶榇以归。督诸子读书，而身自纺绩，往往至戊夜。”[②]可见田雯刚出生十月就失去了父亲，家庭可谓孤儿寡母相依为命。据《蒙斋年谱》：清顺治十二年乙未（1655）长兄田雯二十一岁，田雯三岁，田家遭强族豪戚恶奴之欺。顺治十三年丙申（1656），田雯二十二岁，田雯四岁，城北六屯祖遗田六百亩突遭掠夺，河间三十旗卒突至，练夺佃丁。顺治十八年辛丑（1661），田雯九岁，田家遭奸人逼偿父债，被讹诈，卖河西朱家庄田若干亩，宅院一处，家道更加中落。大约到康熙六年丁未（1667），长兄田雯三十三岁，田雯十五岁。五月，田雯任内阁中书舍人，这种艰难处境方才有所好转。而后田雯 17 岁时入德州州学，从此进入苦读忙于科举的青年时期。

2.“奔于科场游南北”——忙碌的青年和中年

田雯 22 岁开始著书立说，游览京师，与海内前辈角雄争长，诗名始显。但和当时许多读书人一样，田雯的主要精力还是用在举业上，他多次出入科举考场，忙于应试。他在《送人应试自述二首》其

---

① （清）田志茹，《安德田氏家谱》卷三《香城先生自撰墓志铭》。

② （清）王士禛，《蚕尾集》，《四库全书存目丛书》集部第 227 册，齐鲁书社，1997 年版。

二里说："堂堂日月去难留，老叹浮名未易求。计把佳辰虚断送，棘闱七度过中秋。"①乡试按规定每三年一科。清朝时是在子、卯、午、酉年举行，遇上皇帝喜庆也会下诏加开，称为"恩科"，可见田霡连续考了多年不中。直到康熙丙寅年（1686），田霡 34 岁时，得以拔贡生。

田霡在二十五六岁之间曾经游历江南，到达福建省，此行在其诗和长兄田雯的诗里可以找到依据。田霡的《鬲津草堂五字今体诗·偃师留别卢明府喜臣内舅三首》其三："衙斋留几日，离况又重新。昔作还乡客，今为万里人。江山动感慨，风雨抱酸辛。况是经年别，劳思应最真。"《南游稿·句容道中二首》之二："整装又下秣陵关，风景犹然在目间。五十年来寻旧梦，故人惟有大茅山。"②作者时年 75 岁，可见 25 岁左右时曾到此地。田雯的诗《舍弟有江南之游作此寄之》作于北京，时间在 1666 年至 1680 年间，时田母健在，可以印证田霡至少在 27 岁前曾游历江南。至于为何原因不甚清楚，田雯的诗里说："丈夫贫贱理应耳，此游无乃非良图。腰下犊鼻可终老，逢人弹铗徒区区。"③大概是想做他人门客，谋求有人赏识而被重用，以图改变处境。

在《国朝山左诗钞》之"田霡小序"里，作者卢见曾说："先生颖悟绝人，早受知于学使者宫定山梦仁，拔入太学。"④因为关于田霡的史料保留下来的不多，所以对其中年的行踪记录甚少。但根据他人的零星言语和他自己的诗歌看，其中年应该是忙碌而奔波不定的，他北下京城，南至扬州、丹阳、句容县等地。田霡在中年时期就已设帐授学，并在德州及附近县份有不少的门生。卢见曾在其文中

---

① 《鬲津草堂诗集·鬲津草堂绝句诗》，《德州田氏丛书》本。

② 《鬲津草堂诗集·鬲津草堂七十以后诗·南游稿》。

③ 曹鼎、刘保今、杨炳辉著，《田雯诗选》，首都师范大学出版社，1996 年版，第 59 页。

④ （清）卢见曾，《国朝山左诗钞》，雅雨堂藏版，己卯年重校定本，第四十二卷。

说:“余少受声调之传于同里田香城先生……先生兄山姜而师渔洋。弱冠游京师,与一时名公巨卿,争骚坛,据吟席。其所为诗,甫脱稿,已吟遍长安。……余年稍稍长,略通文字,而先生许之,乡会两试,先生皆决其售于未揭晓之前。初学为诗,辨声律,先生曰:‘孺子可教。’出其所藏书选本若干卷,授予抄录。”①田霡在《人日同颜振玉宋凤栖叶仲一宋曦扶陈雨新过鬲津登老子阁远眺四首》之一中说:“约期不爽惬幽情,长句分联叉手成。除却黄冠无别客,同来大半是门生。”②可见门生数量不少。弟子中较有名气的有卢见曾、颜振玉、叶仲一、宋凤栖、张幼渠、陈英选等。

3.“诗酒相随菊花为友”——旷达乐观的老年

田霡的老年可以从其诗集一窥大概。虽早时凭拔贡被朝廷授予堂邑县教谕之职,他却借口腿脚有病,并未就任,其一生绝大部分时间在运河岸边度过。六十几岁起开始种菊,并且南北游历,写下大量诗篇,与亲友饮酒赏花品诗,过着比较悠闲而与世无争的生活,直至去世。这十余年时间也是田霡与各地友人频繁交往、诗作广为流传的时期。

他家的庭院里春天盛开着迎春、杏花、桃花、海棠、榆叶梅、丁香、牡丹、芍药;夏季池塘里开满荷花,陆上花草遍地;秋季有茉莉、剪秋萝、金钱花、石竹花、兰花、凤仙花、玉簪花、蓝菊、秋葵花、秋海棠、鸡冠花、老少年、桂花,重阳以后盛开的各色菊花;冬季有腊梅。庭院内外还栽有枸杞、垂柳、枣树等等。这造就了田霡温馨宜人的田园生活,也为其诗歌创作营造了一个适宜的环境。他在诗《余有田百亩去城十余里州乘所载鬲海朝烟也往来于此颇足自娱因成是作》里说:“新谋二顷田,远在鬲津上。依邻宅西偏,筑屋迤南向。

① (清)卢见曾,《雅雨堂文集·书田香城先生自作墓志铭后》,见《续修四库全书》,齐鲁书社。

② 《鬲津草堂诗集·鬲津草堂绝句诗》。

矮窗面四开，搘撑时一望。有如钓湖边，秃柳系白舫。野花杂阶墀，木榻洁衾幛。种秫更百区，多收尽教酿。玄都峙前村，道士亦谑浪。时来佐奇谈，不妨令姑妄。既非处孤陋，便已绝波谤。数椽拟复添，卜居协微尚。地僻着腐儒，江湖自天放。"①

田霡外出游览登临，水上山间怀想古人，写下了许多诗篇。他去过河南卫辉的苏门山、百泉；拜访过登封的少林寺；路过荥阳，游览过新乡的潞王墓、望京楼。1721 年早春，他登舟北上，在北京留住一月多才回德州，在北京的悯忠寺、天寿山、汤泉、十三陵等地留下了足迹。雍正丙午年(1726)农历九月十九日，田霡已经 75 岁，还随女婿张华年南去江宁赴任的船只再次南游，足迹遍及江苏、安徽、浙江等省，历时大约九个月，第二年夏半时才在南京登舟回德州。田霡行万里路读万卷书写千首诗，堪称足迹遍及半个华夏、广见博闻之人，他的诗里写到很多旅途饮食乐趣，如去天津与朋友大胆吃河豚时的惊险刺激；在浙江吃到美味江珧柱、鲥鱼时的赞不绝口；因为去福州太迟没吃上鲜荔枝万分遗憾，一气写下十首诗来记载此事；每到产名茶或者有名泉的地方，他必汲泉煎茶细细品尝。可见诗人之坦诚率性、闲适旷达。

(二)"黄花依我若姻亲，我待黄花等上宾"——田霡的菊之爱

田霡一生有两个嗜好：爱菊和写诗。写诗必有酒作伴，且以写菊为最多。据笔者统计，其《鬲津草堂诗集》共录诗 1026 首，其中以菊为题或者写到菊花的就达 93 首，近十分之一。可以说田霡的老来三友就是：菊、酒、诗。60 岁以后的十几年时间里，他亲自栽种了几百种上千盆菊花，春天一到他就小心仔细地分苗移栽；夏季研究菊经菊谱，认真培灌、除虫；秋季过了重阳，便洒扫厅堂卧室、糊窗挂帘，把菊花移栽入盆中，置于室内，然后设榻花丛中，早晚细细观赏、慢慢吟诵。为了看花，他还专门让老伴给他缝制了一件看花衣。

① 《鬲津草堂诗集·鬲津草堂五字古体诗》。

爱菊是乐事但并非易事，田雯自己也曾说名人为菊所累。为讨要奇异的菊种，他不惜三番五次地写信求取，在《芜湖于心山司马又以白黄鹤翎菊栽子两寄香城路失灌护遂致根枯土烈拟复往乞口占二绝用以代柬》其二中写道："徒将名菊望江乡，手抱空盆暗自商。再乞难逃良友厌，事非涉俗又何妨？"①又在《闻济南刘正瑞菊多佳种遣人往乞小诗代柬三首》其一中曰："未逢标格限遥途，闻说名园菊满区。秋到篱根嫌寂寞，故将尺素走长须。"②就这样为讨要菊种，不怕老友厌也不怕路途遥。

田雯还经常邀客赏菊，以菊会友、赠友。他在《黄菊初放乞者盈门间有以酒相酬者戏示一绝》中说："秋色平分事亦豪，焉能如愿谢朋曹？黄花若肯随君去，何必言酬种植劳？"③田雯经常把菊作为聚友饮酒作诗写画的媒介，借以与志同道合的人一起赏菊饮酒、写诗属对。他在《柬友人为余画菊隐图二首》其一中写道："老爱芳菲菊最宜，一年止有九秋期。烦君为扫鹅溪绢，准备花残欲看时。"④

他待菊如上宾，在《饯菊二首》其一中言道："黄花依我若姻亲，我待黄花等上宾。虽是无知闲草木，交情亦自胜于人。"⑤他认为菊花可以驱愁清心，在《菊花诗十六首》其五中说："非是无因为菊忙，功能却老号奇方。自从师遇康风子，斗觉黄花遍体香。"⑥不仅是求菊花可使人身体健康长寿的药用价值，最重要的是以菊为人生挚友，修身养性。他认为菊花乃是情操高雅的花中君子，在同组诗第十四首里说："拟美黄花畏不恭，且从人物想芳踪。枝同逸士清操体，色比冰姿静女容。"⑦他觉得菊花有和梅花一样的傲骨和奇志，

---

① 《鬲津草堂诗集·香城居士七十以后诗·菊隐集》。
② 《鬲津草堂诗集·鬲津草堂绝句诗》。
③ 《鬲津草堂诗集·香城居士七十以后诗·菊隐集》。
④ 《鬲津草堂诗集·鬲津草堂绝句诗》。
⑤ 《鬲津草堂诗集·鬲津草堂绝句诗》。
⑥ 《鬲津草堂诗集·鬲津草堂绝句诗》。
⑦ 《鬲津草堂诗集·鬲津草堂绝句诗》。

所以他做出选择："黄花与我有奇缘，不惜新诗赠数篇。仍欲相依成小隐，人如菊淡度残年。"诗下自注："余晚年以'菊隐'自号。"①

田雯养的菊花一年比一年艳丽多姿，且自己总结秘诀说，这是顺应了菊之本性。他在自撰的墓志铭里说："先生性恬淡，既无一事以自豪，亦无一事以自下……然则，果无一长可取乎？观其艺菊，察天时、择地利，勤栽培、剿虫蠡，能使菊性与人性相合、人工与化工并运，此非先生之长乎？噫嘻！有此一长，亦云足矣！"②简直是养菊如育人，种花比人生。可见田雯的爱菊更有文人雅士的情调和参禅悟道式的依恋，是用心仔细地品味菊花之美之性。

田雯一生追慕陶渊明，研学陶诗，写有《陶诗题后诗》，自己也以似陶为荣。他在《菊花诗十六首》其十五中写道："秋风不日别香城，幽事须当趁便行。千朵黄花一尊酒，烧灯夜半祀渊明。"③陶渊明辞官后，家境困顿，但种菊爱菊乐以忘忧，而得以"采菊东篱下，悠然见南山"；田雯的生活应该比陶渊明富足，有薄田百亩，先有为官的两个哥哥，尤其长兄田雯，多少会有保护作用，后有为官的儿子、女婿等，门生也有卢见曾这样的高官，所以田雯的晚年生活应该是优游无虞充满乐趣的。田雯可以亲植菊花数百盆，列入草堂，垂帘保暖，延迟花期，甚至列榻花间，伴花而眠；其室内还有万卷书可读，自己也说："三间矮屋多年住，万卷藏书架上分。"④虽然矮屋也住了很多年没翻新扩大过，但毕竟有自己喜欢也可以传于子孙借给门生好友的书卷，可见其恬然自娱、安命知足。

田雯的爱菊种菊嗜好，甚至引起了当时德州的其他名流和平民对菊花的追捧和引种。《鬲津草堂绝句诗》之《菊花诗十六首》第二首里说："陵州多菊由吾始，同好新添十数家。谁谓潜夫无妙用，能

---

① 《鬲津草堂诗集·鬲津草堂绝句诗》。

② （清）王道亨，《德州志·艺文志·文内编》，乾隆五十三年刻本。

③ 《鬲津草堂诗集·鬲津草堂绝句诗》。

④ 《鬲津草堂诗集·鬲津草堂绝句诗》。

移风尚到黄花。”[①]他的学生卢见曾在自己的咏菊诗里，也提到：自己洒扫庭除，摆设菊花，等好友故旧一起来欣赏写诗，忽然想起已故的老师田雯，当年大家一起集于“数帆厅”内，赏菊饮酒，分题捡韵吟诗，最后总是老师田雯占了鳌头。

（三）“谈笑有鸿儒，往来有白丁”——田雯的交往圈子

1.不分贵贱只求道合

据诗集综观田雯的交游范围，可知其交游圈子包括为官的诗友同道、布衣才子、所到之处的僧道。

就其诗集中提及的朋友，有官职的人居多数，和他交游的官员中在京做官的如刑部尚书王士禛、大理寺少卿孙勷、刑部中郎谢重辉、中书舍人冯大木、侍读萧韩坡；有地方官员，如德州王公裔、建宁太守庞雪崖、宣州州刺周榕客、东昌府司马常近辰、临淮县令戴明霞、恩县县令卢禹锡、陵县县令胡涉园、茌平县典史傅心孺等。在其诗集提及的有名有姓的160多位友人中，有具体官职的达54人，占三分之一还多，说明他不是绝对远离官场不与官员往来，似乎与其隐居不仕的生活格调不同。

但实际上田雯选择为官的朋友是有区分的，要么是意气相投的同乡，如谢重辉、冯大木、孙勷、萧惟豫、卢喜臣、卢见曾等；要么是有共同诗歌创作追求的诗人学者，如自己推崇并向其学诗的刑部尚书王士禛、酷爱菊花的芜湖司马于心山、喜欢清净无争的州刺傅壑君、喜欢农家田园生活的州刺艾浩亭等。他在《题艾州刺浩亭学稼图四首》其四里说：“我识学稼人，归田意似果。自耕还自食，其乐良亦颇。”[②]在《题傅壑君州刺友梅图二首》里说：“半刺风流绝世尘，取梅为友画图新。若教亭外添双鹤，酷似孤山旧主人。”[③]从题诗看，傅

---

① 《鬲津草堂诗集·鬲津草堂绝句诗》。

② 《鬲津草堂诗集·鬲津草堂五字古体诗》。

③ 《鬲津草堂诗集·香城居士七十以后诗·菊隐集》。

壑君州刺有爱梅且与世无争的风骨。

与田霡交往密切但没官职的布衣才子也为数不少，像金陵布衣诗人朱草衣、河北故城布衣诗人万松年等。田霡又喜欢和道士、僧人相交游，就其诗集提到的友人中，称为“某某上人”的有 9 人、道士 3 人。诗中有很多以“答某某上人”“游某某寺院”为题，每逢寺院道观总要拜访僧道，这些出家人往往都懂诗文、谙茶道，宾主在庙观内斗茶下棋，田霡有时还会在寺庙道观中逗留几日，几日后才恋恋而别。他在《生日后杂咏十六首》其十五中写道：“写经茹素事焚修，酒不能除发尚留。老佞佛门为弟子，竟成名士下场头。”[①]当然田霡还有年轻的弟子和忘年友，他们往往也是学有所成者，所以朋友相见少不了琴棋书画，与其相伴的多是诗卷、花果、茗茶、纸扇等文人雅士喜爱之物；当然田霡交往的对象也有乡邻野老，但写进诗里的不及其他人多。

2.不作官之谜

论才识田霡虽不如长兄田雯，却也称得上熟读经史、广见博闻，但他一生始终未正式上任履行官职。实际上田霡并不反对做官，他的儿子田荫丽为贡生，做过濮州训导；孙子田开也做过官。在《喜孙开入泮作此示之二首》其二里他说：“无功于世与家门，老授寒毡亦莫存。望汝从今须自立，不能肖祖是贤孙。”[②]字里行间流露出自己没有建功的些许遗憾。

田霡的身体状况、家庭背景也影响了他后天闲居不仕的人生选择。田霡本人有腿脚病，老来行动不便，这是他不赴任的直接原因；而且他被授予堂邑教谕时年已 57 岁，已无意于宦海。他父亲中年去世于浙江处州府丽水知县任上，母亲饱经磨难交卸公事，携幼子几千里扶棺回原籍，父亲的早逝给家庭带来的不幸，对田霡有很大

---

① 《鬲津草堂诗集·鬲津草堂绝句诗》。

② 《鬲津草堂诗集·鬲津草堂绝句诗》。

的影响；田霡的母亲一生俭朴，吃斋信佛，虽然四次得到朝廷封诰，但仍荆钗布裙，夏秋季节喜欢到村庄居住生活，以与农妇话桑麻为乐；田霡的长兄田雯也是官途不畅，老来方得重用；田霡的仲兄田需在50多岁时也辞官回家养老，一生恬淡无求。

另外也有个人秉性、社会风气的影响。田霡76岁时，仿陶渊明自撰墓志铭，可见其豁达开朗。其一生可谓朴素恬淡、对功名利禄没有丝毫的刻意追逐之意，而是更乐于和家人、朋友分享日常生活。不仅田霡一人如此，而且德州当时的名流如冯大木（44岁致仕归里）、谢重辉（51岁引疾归里）、萧惟豫等也多有这种耿介不入流俗、安于恬淡无闻生活的个性，所以田霡不出仕在当时的德州不属偶然。

田霡是否还有其他隐衷呢？清康乾时期文字狱大兴，对汉人官吏的任用也有很多弊端，仅文字狱就非常酷厉，从康熙五十年到雍正末期，戴明世《南山集》案，汪景祺《西征随笔》案，查嗣庭试题案、日记案，吕留良《文选》案，屈大均《翁山诗外》《文外》等文字狱接连兴起，使得刚刚有所舒缓的士人心灵再次惊悚颤栗。查慎行《送赵秋谷宫坊罢官归益都四首》其四诗中有句："欲逃世网无多遇，莫遣诗名万口传。"[①]所以田霡虽得官而弃之不任，可以理解。夏慎枢在为《鬲津草堂七十以后诗·南游稿》题写的序言中曰："吾观古之奇人达士，不获见用于世，往往以此二者自消耗其精神而折除其岁月。世之人，徒见其山巅水涯长吟短咏，则以为先生之有癖于此，而不知先生之心，盖托此而逃焉，非真癖也。"[②]这里夏慎枢所说有所逃焉，是指田霡像清初明代遗老们一样拥有与清廷的不合作心态，还是指逃避文字狱等网罗的危害，其具体所指不得而知。

---

① 刘靖渊，《论"本朝诗人，山左为盛"》，南阳师范学院学报（社会科学版），2004(8)。

② （清）夏慎枢，《序》，《德州田氏丛书》本。

二、"深情溢运河诗卷透菊香"——田霡的《鬲津草堂诗集》

(一)"幸留族刻版,余香三百年"——《鬲津草堂诗集》的版本及流传

本校注所据底本为山东大学图书馆藏《德州田氏丛书》之《鬲津草堂诗》六卷。丛书共计四夹,《鬲津草堂诗》在第三夹,线装两册。其版高16.2厘米,宽26.5厘米,页十八行行十九字。字体为仿宋体,着墨清晰,保存较好。另山东省图书馆也藏有《鬲津草堂诗》六卷,线装四册,版式与山东大学图书馆藏本相同,只是在诗集内装订有田霡的仲兄田需的《水东草堂诗》一卷;从田霡所题写的《水东草堂诗跋》看,此诗集和田霡的《鬲津草堂五字古体诗》《鬲津草堂五字今体诗》《鬲津草堂绝句诗》应一起刻版,刻成时间为康熙辛丑(1721)秋九月;而《菊隐集》《南游稿》《乃了集》的刊刻应在其后。

齐鲁书社出版的《四库全书存目丛书》中所辑录的《鬲津草堂诗集》,实有六个专集,分别是:《鬲津草堂五字古体诗》《鬲津草堂五字今体诗》《鬲津草堂绝句诗》《菊隐集》《南游稿》《乃了集》。关于《鬲津草堂诗集》,《四库全书总目》计《鬲津草堂五字古体诗》一卷、《鬲津草堂五字今体诗》一卷,都由王士禛写了序言并做评语;还有《鬲津草堂绝句诗》一卷,有同乡孙勷写的序言;集后又有《菊隐集》一卷、《南游稿》一卷,总题曰《鬲津草堂七十以后诗》,由黄越作序,黄称田霡的诗"垂老所作,弥淡弥甘"。可见当时《四库全书》征集文集时未收入《乃了集》。

田霡的《乃了集》有其女婿张华年和长洲的沈虹分别作的序。田霡的女婿张华年在乾隆戊午年(1738)夏四月题写的序言中说:"外舅香城公,以博雅之才,高隐嗜菊,性耽吟咏。其诗清真澹远,有《鬲津草堂诗》二册,为诸前辈所共赏。华年出守金陵,曾至官舍,登临游览,咏怀古迹,又刻《南游诗》一册。既而归老鬲津,优游颐

养，复得诗七十六首，名《乃了集》。丁巳冬，舅兄瓯余携至宁署，嘱余续刻。其高情逸致宛然在目，至绝笔五首。生平之知命乐天、超然垂化，更可想见矣。”①据此序言可以知道田霡所留六卷集诗的顺序应该为《鬲津草堂诗》含《鬲津草堂五字古体诗》一卷、《鬲津草堂五字今体诗》一卷、《鬲津草堂绝句诗》一卷、《菊隐集》一卷，再有《南游诗》一卷、《乃了集》一卷。

（二）“篇篇源溯运河，卷卷吟咏菊歌”——田霡诗歌的思想内容

田霡的诗内容涵盖山水游记诗、田园诗、亲友唱和诗、题画诗、咏史诗等，表达了自己在清静的生活中亲近自然、不求功名、与花为伴、与诗为友的乐趣，偶尔也会流露出他对自己一生没有较大建树的遗憾。

而其山水游记诗，多透露出对朝代兴亡的感慨和对教训的汲取、对隐逸人士的追思羡慕等思绪。田霡每到一处都以诗详记自己的游踪，描写山川人物栩栩如生，夏慎枢在为其写的序言中说：“先生每遇名胜必游，每有游必诗，每成诗，必使其地之景如僧繇、道子之画，跃然若在目前；必使其地之人如嗅返魂香、灌上池水，俨然复生而啼笑宛转于纸上。”②可见其诗之妙。远隔几百上千年的人和事，经田霡的笔一写就活脱脱出现在人眼前了。

田霡诗中山水以德州为参照点，可以分成南北两个区域，正好是沿着清初的大运河南北分布。

写德州以南的山水，自雍正丙午年（1726）秋九月十九日开始的，此时田霡搭女婿张华年赴任的船沿运河南下。先至故城，写下《过故城吊马东田先生》。启程后又写下《生日二首》，接着到达江北重镇临清，有《临清吊四溟山人二首》。途经无为观，写下《无为

① （清）张华年，《序》，《德州田氏丛书》本。
② （清）夏慎枢，《序》，《德州田氏丛书》本。

观远眺》。接近张秋镇,写了《挂剑台》《剑草》。舟至聊城,有《戊己山》《射书台》《重游任尚书南花园》,《射书台》写自己仰慕古代齐国义士鲁仲连舍身退燕兵之英雄气概。田霡一行途遇大风后舟向济宁航行,在汶水分水处写下《过分水戏占》。至济宁,在济宁逗留,写有《南池》《谒先贤仲子祠》,称赞仲子继承孔子之道。一月后方到彭城驿,写了《彭城驿》说:"经月犹然在鲁疆,满河秋色挂帆樯。从今打点方为客,已过彭城为异乡。"①

进入江苏地界,他接着写了《夏镇道中》《示客》,目睹河边荒村景色,又羡慕客人天天吃红鲜米缩项鱼。而后到达淮安的清江浦,与好友常定远相见,写下《清浦与常定远别驾二首》《留别常近辰司马暨同社诸君子二首》《清江浦有感》,在《清江浦有感》里写道:"停舟袁浦夜霜明,忽忆当年百感生。欲诵湖堤三十首,空弹老泪不成声。"有自注:"庚辰先司农兄督河工作湖堤绝句三十首。"②睹物思人,想起了已故的长兄田雯曾在此督河之事。《钓台二首》回忆韩信在此垂钓、漂母给食之事。舟至高邮,吟《高邮吊秦淮海二首》,他看到的是"芦荻萧萧飞暮雨",慨叹秦观"迹绝人间五百年,尚存佳句世争传。欲消长夜从头读,老蚌飞光照客船"③。沈括的《梦溪笔谈》曾记载:高邮湖中据传有老蚌,体含掌大日光之珠,偶尔老蚌开壳,光照十里,岸边花树清晰可见,很多人到此地连宵等待以观奇珠。田霡行至此湖,自然会想到奇珠老蚌,但此处似乎更是以此比喻秦观的诗词是黑夜里老蚌飞光,合景合情。过露筋祠,根据传说写下《露筋祠》,有句"欲荐渚蘋才舣楫,纷纷白鸟向人飞"④。《高邮即目》写自己看到了城墙上的大字,闻到了远处飘来的隐约酒香,不失幽默。继续前行,作者的船是在夜里到达名城扬州的,他在此写

① 《鬲津草堂诗集·鬲津草堂七十以后诗·南游稿》。
② 《鬲津草堂诗集·鬲津草堂七十以后诗·南游稿》。
③ 《鬲津草堂诗集·鬲津草堂七十以后诗·南游稿》。
④ 《鬲津草堂诗集·鬲津草堂七十以后诗·南游稿》。

下《夜泊广陵二首》，描述了惊喜的仆人把他从梦中摇醒的情景。在扬州逗留期间，他写了《维扬出游》《僧院试茶》等，在《平山堂二首》里说："古迹陈陈耳未穷，扶筇欲到竹西东。齐梁事与吾何涉？独向平山吊醉翁。"①原来田翁之意不在景，在乎凭吊欧阳翁。他还特地去仪征的柳屯田墓地凭吊，慨叹："生有才名死亦香，偶然跌宕又何妨？晓风残月真州路，仙掌犹埋柳七郎。"②二十八字就把柳永一生的风流倜傥和自己对他的仰慕写尽。

接着田霡的船到达六朝古都繁华胜地——金陵，他访燕子矶、弘济寺，登雨花台，拜谒方正学祠（案：纪念明代方孝孺的祠堂），写道："遗像犹存日月光，孤魂切莫薄三杨。当时若草黄麻诏，十族安能骨尽香？"③褒扬忠直志士之情流于笔端。之后田霡登木末亭，上梅冈，再登东山，遥想谢公当年风采。寻孙楚酒楼，访凤凰台，目的都在寻觅李白遗迹，表达自己的私淑之情。继续游杏花村，过青溪，把青溪神女与南朝刘宋时的赵文韵的爱情故事写进诗句。田霡还至乌衣巷，写下："王谢南来住一区，斜阳高挂路盘迂。人犹不识乌衣巷，莫怪飞飞燕子愚。"④能反古意而出，意味深长。到冶城、幕府山等地游览凭吊，六朝遗迹满目在，田霡痛恨淫乐误国的陈后主，写下《燕支井》《芳乐苑》《临春阁》《景阳楼》《百尺楼》等诗，满纸谴责遗憾之情。看到金陵虎踞龙盘的地势，一口气写下《朱雀航》《石头城》《摄山》《钟山》《天阙》《金城》《虎踞关》数诗，感叹地势虽险峻，然难阻庸君佞臣误国，这时的诗人分明是一位正直的儒士。田霡决不会放弃任何一次去古刹名观的机会，先后拜访了多处古寺名刹，并写下《瓦官寺》《鸡鸣寺》《灵谷寺》《栖霞寺》等诗，羡慕幽静之地被方外之人尽享。今日再读田霡之金陵游记诗，甚至可以制作金陵

---

① 《鬲津草堂诗集·鬲津草堂七十以后诗·南游稿》。
② 《鬲津草堂诗集·鬲津草堂七十以后诗·南游稿》。
③ 《鬲津草堂诗集·鬲津草堂七十以后诗·南游稿》。
④ 《鬲津草堂诗集·鬲津草堂七十以后诗·南游稿》。

名胜旅游路线图了。

田霡此行还与人一起过江去了安徽的芜湖，写下《过采石登太白楼三首》《太白墓》《青山》，在《太白墓》里说："为深私淑拜荒坟，间有疑情欲问君。"[①]我们可以明白为何凡有李白留足的古迹，田霡必去凭吊的原因，原来是田霡早把自己当作太白弟子了。过牛渚，见蟂矶，期间又会晤了芜湖司马于心山、南京著名布衣诗人朱草衣等人。在南京逗留许久后，田霡登舟经句容县、历丹阳，终于到达苏州，他访虎丘，至玄墓山看梅，访友周榕客，泛舟太湖上。后经钱塘江，达绍兴，登兰渚，遥思兰亭流觞之胜；探禹穴、雷门，览曹娥江。再经梁湖镇，至台州。作客宁波时已经是第二年的清明时节，作者写诗《清明客宁波署中见桃花有感》："年衰何事远离家？且逐春风玩物华。犹是常时禁烟日，三千里外看桃花。"[②]在此地他食江瑶柱、品鲥鱼，与衍灯上人互赠诗篇，再攀登天目山。一路游玩题写，再回金陵，离别时写下《留别清凉山中洲上人二首》。在《将还德水留别白门诸同学》中写道："欲别金陵去，言行未遽行。山川虽在眼，节序老堪惊。一见春方尽，还愁暑渐生。迟回不无意，多半为交情。"[③]至此，他将结束江南之行，踏上北回的船只，重览半年前运河两岸旧迹，回到德州时已是盛夏时节，此次江南之行整整历时九个月。

德州以北的运河沿岸风光，可以在田霡记述自己几次去京师的诗里见到，他 69 岁时曾乘舟去京师，在《鬲津草堂绝句诗》里记载了此行，《二月廿二日买舟北上以诗达香祖》告诉我们他将去京城看孙香祖。接着依次写下《沧州早泊》《青县》《途中怀莪山廷尉》《杨柳青》《渤海》《汤山道中二首》《汤泉五首》，在《汤泉五首》其五说：

---

① 《鬲津草堂诗集·鬲津草堂七十以后诗·南游稿》。
② 《鬲津草堂诗集·鬲津草堂七十以后诗·南游稿》。
③ 《鬲津草堂诗集·鬲津草堂七十以后诗·南游稿》。

“携家拟并汤山住，暗引流泉到屋隅。滛若佟之何不可？省将薪桂费东厨。”①可见其风趣幽默。《由山中赴昌平花村沽酒》：“杏花山接杏花村，万树千株未可论。无意寻花花转盛，哪能到此不开樽？”②语言如珍珠滚盘，婉转流丽，景色大有目不暇接之势。天寿山是明代十三帝的安身之地，田霡凭吊后，在《天寿山》写道：“龙蟠天寿势崚嶒，二百余年见废兴。仔细看来真有数，十三山下十三陵。”别有一番感兴。在《客都戏作》《买花自嘲》里，写出了他在京月余的诸多感慨。

逗留一段时间后，他与好友们依依惜别，写下了《出都留别莪山廷尉》《雨中望西山》《雾中早发》等，他说：“迷天冷雾早腾腾，十里荒途日未升。近水遥山浑不见，一声清磬路旁僧。”③足见其神韵幽远清淡之趣。进入河北界，有《过河间吊刘文房先生》《关张铺》《雾行花林中》，在《献县》中说：“高堰中分二水斜，兴怀往事正堪嗟。日华宫下人经过，止有寻常卖酒家。”自注：“日华宫，汉河间王所筑，置客馆二十余区，以延文学之士。”④对比河间王筑馆延文士，自己身老而不见重用，他也许多少会有些感慨。

在《菊隐集》里，写道甲辰年（1724）农历四月，田霡应静海县令佟希白之约，买舟北上，沿途写下《次日行三百五十里至海津》；到会川县，巧遇县宰亓暄岩，并逗留；到静海县，有《至静海与佟希白话旧》《津门去京师仅二百余里拟觅小车往看莪山少参》；过天津，游香林苑访道士镜心不遇，见廊壁题诗可余千首，皆一时名士与之赠答者，归来，他还赋一律四绝以记之。《菊隐集》里最有趣的当属写在天津冒险吃河豚的《食河豚》，此诗长达32句224字，从河豚上市的季节写起，一直写到切鱼、去毒、烹煮、食后的暗自担忧，直至平安

---

① 《鬲津草堂诗集·鬲津草堂绝句诗》。
② 《鬲津草堂诗集·鬲津草堂绝句诗》。
③ 《鬲津草堂诗集·鬲津草堂绝句诗》。
④ 《鬲津草堂诗集·鬲津草堂绝句诗》。

无事后的庆幸，准备再买两大串去大快朵颐，还想着回家后向亲邻炫耀一番。一位乐天豁达、风趣幽默的智者达者形象活脱脱地站在读者面前。诗中写道："异味入肠虽快意，轻生未惯眉私颦。自朝至暮幸无恙，复置两缚充常珍。初食怀疑兴莫畅，大啮还欲师先民。曾梅苏范各有句，文潜杂志非无因。敢食此鱼皆名士，间有殒者定俗人。我既饱啖竟不死，亟归拟傲亲与邻。"①

由天津到京师见孙莪山，有《余与莪山少参别将二载甲辰初夏北上相访留三日而别三首》："遥望燕台欲倒鞭，黄昏方至故人前。挑灯互把颓颜看，那得今年似去年？"②朋友相惜相爱之情可见。北运河沿岸景物与京师的景色很多都写进了他的诗篇。运河南北的风物、沿岸城镇之名胜，都被田雯写进了诗篇，可谓是诗满运河。

综观田雯的游记山水诗，不重描摹山水，而在主观抒情，如画家重在整体写意，而非一味细腻描摹自然景物，王士禛的神韵说便是这样的观点。尤其凭吊古人，哀而不伤、怨而不怒，所以同乡孙勷说他的诗深得《诗经》之味。在夏慎枢所写的序里，夏盛赞田雯短短二十八字，往往能把历史与当时紧密连接，使千百年前人物呼之欲出，如见其人如闻其声，连神话传说也被他描写得如同真人真事一般。

唱和诗篇在《鬲津草堂诗集》里占的比重不小，表达了作者乐于和各种旷达闲适之人交往、留恋友情的情怀。田雯为人闲适豁达，极重友情，多次写到送朋友出任或辞归，有时不见友人就数次以诗文、花果等相赠以示问候。

田雯的诗又是一部清代德州风俗画卷，其中写到的节日活动就有：元日、人日、元宵节、上巳日、清明、七夕、中元节、中秋、重九、祭灶、馈岁、别岁等十几个，从当时德州人的饮食服饰、器具，到本地的

---

① 《鬲津草堂诗集·香城居士七十以后诗·菊隐集》。

② 《鬲津草堂诗集·香城居士七十以后诗·菊隐集》。

园林、古迹，给今人留下了极其宝贵的信息记录。

田霡的诗歌主题意出衷心个性鲜明，以歌颂清新宁静的田园为主，显露出诗人对他人、对自然、对所生活时代和以往历史的认识。与其兄长田雯相比，田霡虽也有反映社会民生大背景的诗歌，但数量过少，如写到康熙乙巳年的洪灾。《大水》描写了当年的洪水给人民带来的灾难："城垣没几板，民舍游鳝鳅。野渡买禁门，桥断径奚由。……所历堪酸楚，十室无一留。"①他在《馈岁》里说："贫室游为累，高门更奢侈。羊豕与笼鹅，鸣聒喧城市。遂令物价腾，因失荐陈祀。更有最贫人，度岁恼妻子。破灶冷无烟，五更呼不起。何如移此风，用以恤邻里。"②在《除夕》里写道："今夏大无麦，今秋禾不收。淼淼村落间，平地浮群鸥。济北数州县，被灾当其尤。适闻以粥赈，无米巧妇愁。顾我布衣士，宁为沟壑谋。惟愿入新岁，风雨四时周。"③可以看出田霡还是非常关心民生的。他有写给大水之年在德州施粥救济灾民的州守陈篑山的诗——《赋粥诗上陈篑山州刺四首》："古寺炊烟灶日加，果然惠爱美无涯。一餐数万人同爨，海内应无第二家。"以赞美陈州守的善行。"月来人已入生乡，设法还愁日久长。试问三春风并雨，何时扑地野蔬香?"④表达了田霡担忧赈灾粮食不足，希望春日早来，使饥民可以挖菜度荒的愿望。而当风调雨顺庄稼丰收有望时，田霡也不忘与农同乐，在《闻麦苗甚茂复得时雨喜成二绝》里说："连朝好雨报农祥，陇上传来麦渐黄。何俟登场芒种后，才闻饼饵满村香。""果然有麦抵三秋，官赋轻输俗事周。十斛倘多何所用？山妻已老不须愁。"⑤写看到眼前的油油麦苗好像闻到了芒种后飘满乡村的饼饵香气，还想象到一家衣食无忧

---

① 《鬲津草堂诗集·鬲津草堂五字古体诗》。

② 《鬲津草堂诗集·香城居士七十以后诗·菊隐集》。

③ 《鬲津草堂诗集·香城居士七十以后诗·菊隐集》。

④ 《鬲津草堂诗集·香城居士七十以后诗·菊隐集》。

⑤ 《鬲津草堂诗集·鬲津草堂绝句诗》。

的欢乐情景。

三、"源于真情，具体神韵"——田雯诗的艺术风格及研究意义

（一）"冲淡自然兼清奇，千首诗歌唱神韵"——鬲津草堂诗的独特风格

1."一生践行神韵，久树骚坛楷模"

研究田雯诗歌的诗学理论意义，可以从王士禛的神韵说谈起，因为田雯的诗歌审美追求属于神韵一派。他的诗具体地体现了神韵说，并且生动详细地反映了神韵说的丰富内涵，因而深得王士禛的重视。

"神韵"之说，并非王士禛首创，但真正形成一套完整诗论并付诸实践的，却得从王士禛算起。以"前后七子"为代表的明代诗学，从主情出发，主张学唐诗高格逸调，从而提出"格调说"和"拟议以成其变化"的核心口号[①]。究其原因是为纠正宋元诗之弊，宋人以议论为诗、以学问为诗，使诗歌本身原有的艺术美和抒发人的情感的独特功能丧失；而元诗又陷入了纤秾乏力格调低靡的泥潭。"'拟议'大致就是'拟则''模拟'之意，即模仿所拟对象的特征，以使之'象'——在《易》为宇宙万物，在诗为古人作品。"[②]就前后七子而言，就是模拟之后使自己的诗像盛唐及更以前的诗。"'变化'是拟则后的会通、自得与适用，以使之'新'——在《易》为得其'神理'，在诗为得其'化境'。七子派又称'格调派'，他们反对宋诗，主张拟议汉魏盛唐的高格逸调，从而开出一种特有的新诗境，所以'拟议变化'成为他们的诗学思想的标志。"[③]但在如何实现"拟议变化"

---

① 萧华荣，《中国诗学思想史》，华东师范大学出版社，1996 年版，第 231 页。

② 萧华荣，《中国诗学思想史》，第 224 页。

③ 萧华荣，《中国诗学思想史》，第 224 页。

上，存在着强调形似与强调神似的区别，“前七子”之一的李梦阳主张学前人时“刻意古范，铸形宿模，而独守尺寸”。然而因为七子后学末流们过分强调模仿，泥古不化，使得其所创诗歌成了假古董，丝毫没有诗人的个性情感在内。

所以明末清初的钱谦益攻击七子派是“拟议以成其腐臭”。而明末以袁宏道为代表的“公安派”，则主张“独抒性灵，不拘格套”，反对七子派“剿袭模拟，影响步趋”，主张写诗要“不效颦于汉魏，不学步于盛唐，任性而发”，但又为日后末流埋下了诗意俚易而少蕴藉的病根。继之而起的是钟惺、谭元春所创立的“竟陵派”，他们意图调和“七子派”与“公安派”的诗学对立思想，不赞同“公安派”一味反古，也不赞成“七子派”的一味泥古，而主张求古人的“真诗”，学古人的“精神”之所在。提出“灵”“厚”之说，即“灵心”“深厚”并重；追求“幽情单绪”“深幽孤峭”的风格，但又走向了另一极端。

清初的诗坛，正如王士禛在《鬲津草堂诗序》里说的“三十年前予初出，交当世名辈，见夫称诗者，无一人不为‘乐府’，‘乐府’必汉《铙歌》，非是者弗屑也。无一人不为‘古选’，‘古选’必《十九首》《公燕》，非是者弗屑也。”①可见此时诗坛，明“七子”之“诗必汉魏盛唐”的流弊已经很深。诗人们追摹汉魏，墨守盛唐，路子越走越窄，甚至到了写诗非“乐府”“古选”不屑的程度。为了改变这种不良倾向，王士禛在30岁以后，由宗唐倡神韵转而著文号召诗人们挣脱束缚，扩大学习范围到宋诗；当时一些宗宋大家和一些响应王士禛扩大学诗范围到宋诗的诗人，又由一个极端走向另一极端，想抛弃盛唐高格而只学宋诗：“二十年来，海内贤知之流矫枉过正，或乃欲祖宋而祧唐，至于汉魏‘乐府’‘古选’之遗音荡然无复存者，江河

---

① （清）王士禛，《鬲津草堂诗序》，《四库全书存目丛书》，集部第254册，齐鲁书社1996年版，第750页。

日下滔滔不返，有识者惧焉。”[①]王士禛及时发觉这种变化，继而由主宋回归宗唐。

晚年的王士禛偏主“冲淡、自然、清奇”。田雯的《鬲津草堂诗》，尤其他的《鬲津草堂五字古体诗》和《鬲津草堂五字今体诗》就很明显地呈现出“冲淡、自然、清奇”的风格；同时田雯善学古人，但“不为雷同挦扯”，和那些为学古而割裂文义、剽窃字句的做法截然不同。所以王士禛在《鬲津草堂诗序》中称赞田雯之诗“是三者（冲淡、自然、清奇），品之最上，而子益之诗有之”，称“予亟赏之”且“故喜而书之”[②]，为《鬲津草堂诗序》作序并加以点评。王氏的序言一方面肯定了田雯追求神韵的诗作成就，另一方面也借田雯之诗，进一步具体阐述宣传了其自身的“神韵说”，借以纠正当时诗坛的不良风气，给时人树立一个楷模。

王士禛之“神韵说”其核心是主张诗应该蕴藉含蓄、冲淡清远、超逸。他在《香祖笔记》说：“表圣论诗有二十四品，予最喜‘不着一字，尽得风流’八字。”在《唐贤三昧集序》里说：“严沧浪论诗云：‘盛唐诸人唯在兴趣，羚羊挂角，无迹可求，透彻玲珑，不可凑泊，如空中之音，相中之色，水中之月，镜中之象，言有尽而意无穷。’”[③]其基本精神——以清远平淡的艺术风格构成含蓄空灵的意境。这些在田雯的诗作中也充分显示。如《艺菊多种秋晚盛开此老来快意事也以诗记之二首》其二：“才过重九候，盆菊已升堂。间色分红紫，中央位白黄。能供一月看，值得半年忙。不让罗含宅，秋来满舍香。”王士禛评曰：“不著一字，尽得风流，五六足以当之。”[④]其中“能供一月看，值得半年忙”这两句没直接写种菊辛苦和赏菊之乐，而是通过“半年忙”和“一月看”，恰当含蓄地写出种菊苦在其中乐亦在其中，

① （清）王士禛，《鬲津草堂诗序》。

② （清）王士禛，《鬲津草堂诗序》。

③ 滕福海，《中国文学批评史略》，吉林人民出版社，2002年版，第197页。

④ 《鬲津草堂诗集·鬲津草堂五字今体诗》。

而终为人生一大乐事。抓住了菊花种植和生长的特点,用简单的10个字就概括出自己平日忙碌之无怨、期盼之焦急、怡然自得之满足等神韵。

所谓“冲淡”,就是不着迹象而自然表现闲适恬淡的思想感情。田霡的诗如《赵香坡自济南贻诗赋答》:“斜月侵书屋,凉风透槿篱。吾曹不在眼,孤兴未能移。幸有尊中酒,忽来泉上诗。把杯饮一过,如对故人时。”王士禛评曰:“诗品之最为贵者。”[①]“斜月、凉风”写出自然风景之可爱与人的感受之惬意,毫无刻凿,“幸有”“忽来”随口道来,直抒胸臆。又如《赴西村李子约月夜饮梨花下八首》其六:“信步还来萧寺东,冷香扑鼻面微红。淡云斜月清风里,万树梨花一醉翁。”[②]淡云斜月清风,月下梨花,都是清淡风物,浑然天成,彼此烘托,似用极淡的墨色细细的笔划,勾勒出一幅“月下梨花图”,使诗句味淡而又久经咀嚼,让人睹一树而可见如云花海之美。

所谓“自然”,就是不事雕琢而吐露真情,强调诗人抒情达意都要自然,不可强求,不可做作。田霡在《玉川》一诗有“旋汲煎活火,坐待蟹眼生”,王士禛评曰:“坦率自佳。”[③]在《天坛》《玉川》《王屋》《盘谷》《聂政墓》五首诗之后,王氏评曰:“五诗直举胸情,不衫不履饶风趣。”[④]田霡的《落花》诗:“花事阑珊日,哪堪风更狂?余香留燕嘴,常贡减蜂王。未许奴来扫,还怜客到堂。落红虽满地,着眼兴犹强。”王氏评曰:“天然佳致。”[⑤]

所谓“清奇”,就是立意新颖,词语清秀,给人以新鲜奇异之感[⑥]。在《春日杂诗八首》其三里,田霡说:“花事才经眼,闲游到鬲

① 《鬲津草堂诗集·鬲津草堂五字今体诗》。

② 《鬲津草堂诗集·鬲津草堂绝句诗》。

③ 《鬲津草堂诗集·鬲津草堂五字古体诗》。

④ 《鬲津草堂诗集·鬲津草堂五字古体诗》。

⑤ 《鬲津草堂诗集·鬲津草堂五字今体诗》。

⑥ 霍松林,《古代文论名篇详注》,上海古籍出版社,1986年版,第490页。

津。柔蓝浮野岸，淡墨上春鳞。放艇萍牵棹，垂竿鸭狎纶。村童颇解事，隔水唤渔人。"王士禛评曰："'淡墨上春鳞'五字，似不从人间来。"①强调的就是田雯诗的用语新奇，前人从未能说得出。

从王士禛对田雯诗集的点评看，可以说田雯的诗具体细微地体现了神韵诗说。如在怎样学习古人方面，从王士禛对田雯诗集点评看，王氏决不反对学古人，而是主张善学，学得要逼真但不要亦步亦趋。在田雯的诗《同方山子未过圣安寺观画壁慧明上人出王文安公所遗饮器贳酒相饷晚归记事》之后，王氏评曰："脱胎于凤翔八观诗，而不袭其迹，此为善学古人。"②对田雯的《春日杂诗八首》其六："柴门绝造请，俯仰爱吾真。抚帖存奇字，摊书识异人。垂帘香穗直，脱帽酒痕新。斜日石栏曲，春驹亦自驯。"王氏又评曰："司马文正公诗'烟曲香寻篆，杯深酒过花'，叹其工绝，五六似之。"③从这里看，田雯达到了王氏所倡导的"舍筏登岸"的主张，即从学古人始，终要从古人出，得古人真精神，创造出古人所未言之言，造古人难造之意境，善于脱胎而自立风流。

在点评中，王士禛还主张写诗要露心中真情。如田雯《思归》："旅梦纷难记，客窗看已明。见人携幼子，使我动归情。饮水思乡味，登山望帝京。浪游心暗悔，不自此时生。"王氏评曰："三四是情至语。"④可见没有真情为胚胎，要写出神韵，造出令人回味无穷之意境是不可能的；如没有真情，则只是形似古人，只能算是假古董。

总之，王士禛的神韵说，学诗技巧上主张善学古人而超出古人；审美效果上强调抒发真情，用平易自然之语造淡远、清奇的意境。这些主张是一个有机整体，而田雯的诗正好集中体现了这些，故深得康熙诗坛盟主王士禛赞赏；加之《鬲津草堂诗》中的大部分，在当

---

① 《鬲津草堂诗集·鬲津草堂五字今体诗》。
② 《鬲津草堂诗集·鬲津草堂五字古体诗》。
③ 《鬲津草堂诗集·鬲津草堂五字今体诗》。
④ 《鬲津草堂诗集·鬲津草堂五字今体诗》。

时已经传遍大江南北，田雯所到之处，无不和有识之士或一起研讨古人之作，或请人批评己作，对神韵说的传播和实践客观上起到了极大的促进作用，也为学习神韵派创作风格的同代和后代人树立了生动的榜样。

总之，如果说田雯长兄田雯的诗以恢宏的气势、奇丽冷峻的意境、新奇的语言而著称；那么田雯的诗歌，则以创造了一种和谐、温馨、幽静清净的氛围，洋溢着田园山水之乐，又蕴含着较浓重的佛道意味而为人乐道。如果说田雯的诗如泰山奇雄崔嵬、气象横空，不以小景小意夺人，意境高兀、警奇、险峻，给人以不走熟路专辟新径之感；那么田雯的诗就如京杭大运河之水清澈灵秀、随意伸曲、婉转柔美，它载舟养民、情意绵绵、虚怀若谷，能容天下难容之杂之重，永远是从容不迫，作者时时在其中能找到自己的灵魂归宿。所以田雯诗诗境冲淡、清奇、自然，其语言和意境总能给人以似曾相识却又与前人不相雷同的感觉。

另外，田雯的绝句诗虽然自称是一生得意之作，但其中不足也是可以看出来的，孙勷称其诗格为“唐临晋帖”，说明田雯绝句诗善于模仿古人且有所创新。但实际上田雯有时也会拘于古人，缺少独创，使得自身的诗受到很多束缚，而放不开手脚，正如人们所比喻：像人学名家唱京剧，以酷似某名家作为好与坏的标准，反而失去了自我。如为了求雅，他用典较多，称呼人名，喜欢借用同姓古人，固然显得高雅，但有时显得突兀，不知被借者与本人除了姓相同外还有何关联，所以模拟刻板、墨守规矩还是看得出的。如《立春前一日同张幼渠出游冒雪回车路过宋清远留饮》：“淡淡春云气渐和，今朝结伴过城阿。小车共坐张平子，大第还经马伏波。”①其中张平子和张幼渠、马伏波和宋清源到底有何关联，在诗内是看不出的，属对是严格了，也很高雅，但只是形式贴切而已。若论反映社会恢宏气势，

① 《鬲津草堂诗集·香城居士七十以后诗·菊隐集》。

毕竟二十八字所能容纳的内容是很有限的,要融会开阔的时代背景,绝句诗显得有些局促。

2. 田霡诗歌的不足:远离社会、题材狭小、拘于古人

综观《鬲津草堂诗集》各卷,和其长兄田雯比,田霡诗歌的题材还是比较狭窄的,风格体裁也较为单调,其诗以歌咏恬淡的自然风光、个人琐碎生活为多,模山范水低吟浅唱。而对社会矛盾、民生疾苦的反映是很少的,1000 多首诗中,反映社会大生活的不过 10 首,仅占百分之一。其才力虽然足以驾驭细腻精致之景、物,语言平淡朴实足以表达其怡然自得、自我陶醉的情调,但诗歌立意缺乏纵横开合之大度,风骨也尚欠健壮,豪气不足,还是较为明显的。正如《四库全书总目》里所言:"然观霡所作,虽密咏恬吟,成一丘一壑之趣,至才力富健,究不足以敌雯也。"①

田霡追求神韵风格、诗歌题材单一狭小,与清早期的整个社会基本风气是相关的,田霡长成时,满汉之民族矛盾基本处于低潮,反清复明的斗争早已被严酷镇压而转入地下;清朝统治者,经济上取缔了破坏农业生产的圈地法,文化上兴科举收买汉族读书人为清廷卖力,大批生于明末或者清初的读书人或者被招进修史馆修史,或者做了各级行政官员,有的还得到了高官厚爵。他们或者淡忘了民族被迫害镇压的记忆;或者迫于文字狱等淫威,不敢暴露现实矛盾,但又不愿为清廷唱赞歌。于是很多诗人选择走向了远离时事政治主题而追求诗歌本身意境美、形式美的创作道路,所以,神韵派成为清代康熙朝诗坛主流是可以理解的,田霡的创作是有典型性的。

(二)"家族文学尊田氏,一州文化赖香城"——《鬲津草堂诗集》的影响及其当代意义

1.《鬲津草堂诗集》研究历史和现状

对田霡《鬲津草堂诗集》的关注,最早开始于和田霡同时代或

---

① 《四库全书总目》,卷一百八十三,集部三十六。

稍后的亲友门生们，如山东的王士禛、卢见曾、冯大木、谢重辉、孙勷，江苏长洲的沈虹、锡山的吴培源等，他们读过田雯的诗集，或题写序言做出点评，或为诗集题诗，其中以王士禛和卢见曾关注最多，资料都保存在这些作者的文集里面，如卢见曾编纂的《国朝山左诗钞》中收录田雯的诗达107首。

《山东通志》和《德州志》《德县志》中，只是少量摘录田雯诗歌。各种文学丛书、辞书，如《四库全书总目》有整体评价，徐世昌的《晚晴簃诗汇》，选录了其7首诗。其他丛书或辞书多以此为参照，如钱仲联主编的《中国文学家大辞典·清代卷》，只简短概述了田雯其人和诗集特色。

当代人的文学史著作中，如山东师范大学的李伯齐著《山东文学史论》和《山东分体文学史·诗歌卷》，提及德州田氏家族文学，但以田雯长兄田雯诗文和雯孙田同之的诗论为主，只简单介绍了田雯诗歌的特色。

当代文论著述中，只有少量作者，在论述王士禛的"神韵说"时，收录或者提及王士禛写的《鬲津草堂诗序》，郭绍虞先生的《中国历代文论选》，就收录了这篇序言；霍松林的《古代文论名篇详注》，也收录了这篇序言。北京大学出版社出版的张健的《清代诗学研究》里，研究王士禛的神韵说时三次引用《鬲津草堂诗序》部分内容，并引用田雯《鬲津草堂五字今体诗·艺菊多种秋晚盛开此老来快意事也以诗记之二首》第二首，来论证王士禛之"不著一字，尽得风流"的涵义。

国内研究清代德州田氏家族文学的学者主要集中在山东大学、山东师范大学、德州学院，如德州学院的刘宝今、曹鼎、杨炳辉、黄金元等几位先生，黄金元先后发表了《试论田雯的诗学观》《试论田雯的山水田园诗》和《清代山左诗坛田氏诗群行略及生卒年证补》等论文；相关的专著，如青岛大学宫泉久所著的《清初山左诗歌研究》，有关章节主要侧重研究田雯的长兄田雯的诗文，黄金元的《清代德州田氏家族文化研究》,也列专门一节阐述田霡诗歌特色。但是对田霡诗集的完整独立研究还未展开,所以笔者对田霡的《鬲津草堂诗集》六卷进行独立完整的研究会有一定的意义,笔者试就田霡诗集的诗学史和地方文学史的意义做如下陈述。

2.研究田霡诗歌的地方文学史意义

清代诗歌,用赵执信在《谈龙录》里的话说"本朝诗人,山左为盛",山左即山东,当时的诗歌传统世家、地方团体和流派很多,如济南朱氏家族文学,诸城刘氏家族文学,以王士禛为代表的新城王氏家族文学,以赵执信为首的青州赵氏家族文学,以高密李宪噩、宪暠、宪乔三兄弟为核心的高密诗派,曲阜孔氏和颜氏家族文学,以冯裕及其四子为代表的临朐冯氏家族文学,以曹贞吉、申吉为代表的安丘曹氏家族文学,德州田氏家族文学和卢氏家族文学,等等。其中德州田氏即田雯、需、霡三兄弟和田雯之子田肇丽、孙子田同之五人,田雯所著《古欢堂集》三十六卷、《黔书》二卷、《长河志籍考》十卷等,连同弟田需的《水东草堂诗集》、田霡的《鬲津草堂诗集》、子田肇丽的《有怀堂诗文集》以及孙田同之的《西圃丛辩》,皆被收入《四库全书》中。在这些流派纷呈渊源各异的诗歌百花园里,德州必然因为与其他地方不同的自然人文环境而呈现出独特魅力。

(1)德州清初诗歌特色的成因初探

清代早期德州文学,群星璀璨,巨匠层出:卢氏家族中的卢世㴶,人称"卢德水";卢道悦,康熙庚戌进士,有《公余漫草》《清福堂遗稿》等,其子卢见曾则是学术文学大家,有《雅雨堂诗》八集,文十余卷。萧氏家族之萧惟豫,有《但吟草》八卷附《恭纪诗》一卷,其子萧道一、萧虞一皆有诗名。李氏家族里李浃父子代有著述,其中李柽,字圣木,康熙己卯举人,与冯大木共同学诗于王士禛,有《茗斋诗》。田雯一家有五人诗文选入《四库全书》,田母张氏也有30余首诗歌流传。宋清源有《近思斋集》;其子宋弼诗文皆佳,并与卢见曾致力于刻山东诗歌丛书《国朝山左诗钞》。就突出的个体诗人而言，谢方山，字重辉，与田雯同为康熙“金台十子”诗人，有《杏村诗集》七卷；孙勷，字子未，号莪山，乙丑进士，历官大理寺少卿，有《鹤侣斋诗集》；冯大木与青州赵执信的诗被王士禛选作《二妙集》。德州卢氏、萧氏、李氏、田氏、宋氏等家族文学在运河两岸争奇斗艳，一时无人不知“卢德水”“田德州”。综观德州清初诗人之作，可谓异彩纷呈且互不依傍，即使是田雯、田霡这样的亲兄弟，诗歌也是各有追求，互不雷同。但德州诗人又有着很多的一致之处，他们光明磊落，不为世俗所累，甚至不屑攀附达贵，导致难为世俗所容；他们的诗风各有师承而又独出心裁，尤其田雯、冯大木、孙勷、谢重辉，在清初至乾隆朝，德州诗人代代有名，独擅风骚。为什么清代德州会出现强大而优秀的诗人群体，他们的诗又为何倍受喜爱而声名远扬呢？笔者觉得可以从清初德州诗人受到了齐气、鲁德的深厚影响，深受独特运河文化熏陶三个方面去试谈：

①久养浩然齐气

齐气就是一种尚勇敢重名节、不向邪恶强大势力屈服而又质朴豪放的人格，其中又不乏诙谐幽默智慧。汉代的东方朔，出生于今德州市陵城区神头镇，他幽默滑稽，聪明勇敢，有侠肝义胆，德州人没有不知晓其事迹的。田霡的诗里写到了他去东方朔祠拜谒的情景和景仰之情：“曾闻侏儒给，设难代客撰。滑稽乃其余，正议更足羡。遂令卖珠儿，气夺宣室宴。睹面想芳躅，掇蘋羞野荐。”[①]汉武帝初即位，征天下举方正贤良文学材力之士，四方士子多上书言得失。朔初来，上书曰：“年十三学书，三冬文史足用。十五学击剑。十六学《诗》《书》，诵二十二万言。十九学孙吴兵法，战阵之具，钲鼓之教，亦诵二十二万言。凡臣朔固已诵四十四万言。……”武帝赞赏他的气概，命令他待诏在公车署中。东方朔在公车署中，俸禄很少，为了创造见到武帝机会，曾戏弄给武帝驾车的侏儒，说武帝要

① 《鬲津草堂诗集·鬲津草堂五字古体诗》。

杀掉类似侏儒的无用徒费俸禄之人，侏儒伺机向武帝认罪请免，武帝知是东方朔主意，东方朔借机说明自己不被重用之不平，武帝欣赏之，便提拔其待诏金马门。武帝的姑妈馆陶公主宠幸美男子董偃，而董偃与公主的关系，败坏了公主名声；后来武帝见了董偃，也喜欢他，且赏赐很多东西；董经常和武帝斗鸡玩犬，权势大增。后来武帝在宣室设宴款待公主和董偃，东方朔历陈董偃三大罪过，不许董偃从正门进入，致使武帝从此疏远董偃，而董偃也在30岁就郁郁而亡。田霡对这位乡里前贤充满景仰赞美之情，在东方朔祠堂前感慨万千太息良久；田雯及其他德州甚至山东诗人多次写到东方朔，可见其不畏强权的英雄气概和幽默滑稽是很得后人敬佩的。

德州在东汉末还出了个击鼓骂曹的祢衡，祢衡（173—198），字正平，后汉平原郡般人（今德州市临邑县德平镇小祢家村），汉末文学家。他自幼聪明伶俐，有过目成诵、耳闻不忘之才能，成年后尤显博学多识，却有不媚豪门、不畏权势、恃才傲物的性格。当时的大司马北海太守孔融，很器重祢衡的才华和抱负，曾称“其才十倍于我”，故此二人结成了深挚的忘年之交。曹操素有爱才之德，很注意结纳当时的文人名士，孔融也曾多次在其面前对祢衡大加称赞，曹操欲见之，祢衡无意仕途，称病不肯前往，被曹操罚作鼓吏以辱之。祢衡当众脱衣裸体于廷堂之上，换上鼓吏服饰演奏了有名的《渔阳三挝》（后通称《渔阳三鼓》），鼓曲气节悲壮，如骂如讽，宾客听了无不感慨流涕。曹操恼羞成怒，将他遣送于刘表那里，刘表又将祢衡转送给江夏太守黄祖，祢衡终被黄祖杀害，时年26岁。后人编成戏曲《击鼓骂操》，世代传唱。

田雯的《古欢堂集》里记载：谢紫宸，号丹枫，为谢重辉祖辈，为人侠义，名节著于一州。明末李自成军队攻下北京后，派亲信阎杰任防御使、吴征文任德州知州，谢紫宸与乡人李嗣晟将二人刺死。后仇人外甥在清初中举，正好到德州任职，仇人查纠前案，见谢紫宸义正辞严、毫不畏惧，只得作罢[①]。另在清初德州人宋弼的《州乘余闻》里记载：有一名和田霡同时的德州州学生去参加山东省乡试，出科场后，搽上脂粉，穿上女子花衣，在济南大街上手舞足蹈大声歌吟，一时无人不知德州狂生。这种侠肝义胆、无私无畏、幽默诙谐、敢于嬉笑怒骂的齐气，在德州可谓代代相传。

②饱经鲁德濡染

读书人以“格致齐家治国平天下”为己任，儒家所倡导以礼乐治国安民，士大夫忠诚于国家人民，人民重视忠孝节义等。德州，虽为齐鲁边鄙，有一时期还属燕赵，划归河北州府，但这种儒家思想却有其深远影响。德州旧有董子读书台，纪念西汉大儒董仲舒，台址就选在乡人掘地时发出前代“董子读书台”石刻的地方，州人于旧址修建，又称“繁露台”，是西汉大儒董仲舒下帏读书立说之地，德州早就濡染儒家的重教之风。

颜真卿（709—785），中国唐代书法家，字清臣，京兆万年（今陕西西安）人，祖籍琅琊临沂（今山东省临沂市）。为人刚正不阿，为权奸杨国忠所排斥，出任平原（治所在今德州市陵城区境内）太守。安禄山叛乱，颜真卿在平原联合堂兄常山太守颜杲卿奋起抵抗，河北一带十七郡纷纷响应，被推为盟主。后其兄颜杲卿和侄颜季明被安禄山杀害，颜真卿怀着悲愤的心情写下了著名的《祭侄季明文稿》。颜真卿，肃宗时至凤翔授宪部尚书，迁御史大夫，代宗时封鲁郡公，因此后世又称他为颜鲁公。由于颜真卿笃实戆直，敢于直言谏诤，德宗时遭到虞杞的妒恶。当李希烈叛乱时，虞杞奏请使颜真卿前去劝降，到达李希烈处，颜真卿不断遭到李希烈的威逼，但颜真卿威武不屈，并斥责李希烈，后被李希烈杀害于狱中。颜真卿的事迹在中国史上写下了忠烈正义的篇章。清初德州人还于德州城内建董颜书院，砥砺德州读书人尊崇忠义，谙习礼乐，弘扬乡前辈之大

① （清）田雯，《古欢堂集》，清代康熙乾隆间刻，《德州田氏丛书》本。

儒之风。

由田霡的诗歌可以看出,其旨归虽然主要是偏向老庄的,但并非没有儒家印记,像前面提到的几首忧民乐农之诗,表现出儒家忧国忧民的情怀。田霡在写给友人的诗里,也表现出这一点,如《送卢抱孙之官洪雅二首》说:“莫说山城小,由来风景强。蛮村荔子美,上国海棠香。政自安和简,身缘眺览忙。吾家有直吏,幸为表遗芳。”并自注:“宋直吏,田锡,洪雅人,名臣也。”[①]希望自己的学生兼内表弟卢见曾,到四川洪雅县任上,能政简人和造福于民。《送颜振玉之武昌候补邑令四首》其二说:“雄才磊落好题襟,鄂渚清清照素心。何处儿童骑竹马,来迎国士去鸣琴。”[②]此处用典《吕氏春秋·察贤》:“宓子贱治单父,弹鸣琴,身不下堂而单父治。”还是希望朋友继承前贤遗风,以礼乐教化民众,达到“政简刑清”。

③大运河文化的熏陶

大运河不仅丰富了德州人的物质生活,更丰富了德州人的精神世界。大运河给德州带来了本地不产且不常见的各种物产,满足了德州人的物质生活需要;其次政治上德州卫所的设置,给德州政治社会带来巨大影响,明末守卫所的军人就曾达到15000人,使得德州的社会构成更多样化,文化更加丰富。冯大木、谢重辉、卢见曾、宋其桐、刘友田等祖籍都不是德州,都是随先辈守德州卫或者作德州地方官而来,为德州的文化发展带来源源不断的新鲜血液。大运河因其交通枢纽之便,还给德州留下了苏禄王墓这一体现中菲两国传统友谊的文化遗产,田霡的诗集里就写到了这一古迹和苏禄王后代的生活。德州有佛教、道教、伊斯兰教,运河两岸建有慈氏寺、抬头寺、圣安寺、鬲海道观、老子阁,这些都在田霡诗集里出现过。大运河给德州诗人的游历提供了交通方便,拓宽了创作视野,大运河

---

① 《鬲津草堂诗集·香城居士七十以后诗·菊隐集》。

② 《鬲津草堂诗集·香城居士七十以后诗·菊隐集》。

使他们可以乘舟沿运河游览，他们所到之处，广交诗文之友，并写下了大量游记和酬唱诗文；大运河又把德州文化传向大江南北，如田霡的诗在扬州、金陵、苏州都有朋友传读，传播甚广；田雯的诗更是传播到贵州；卢见曾以自己的诗学鼓吹于扬州，这些都有赖于大运河这条水上文化动脉所起的交流作用。

（2）田霡诗歌成就成因探究

第一点，家族素有文学渊源，有良好家风的熏陶。

祖辈读书治家之风、父母的敦促教养、兄长勤于读书写作并以文词著名的影响。民国二十四年纂修的《德县志》卷十“人物志”，在“耆英”类里有“田绪宗”条记载，田霡的高祖父是田三戒，在明代曾分管农漕，以廉介闻名。祖父田实栗，州庠生，湛深经术，教育诚笃，每鸡鸣焚香告天，有古清献之风。田霡胞兄田雯在诗文里写道祖父在田雯八岁时就叫田雯与之同起居，口授《诗经》等，可见书香门第的耳濡目染对子弟成才的重大影响。父亲田绪宗，字仿文，别号蓼菴，“姿颖悟性端严，文笔雄沉，力除启、祯时文人饾饤骪靡之习。奈遘家世之多，故键户著书者数年”[①]。田绪宗年轻时就讲学于济北，开门授徒，号为经师。民国《德县志》卷十五“艺文志”记载田绪宗的著述有《筮仕记》《田子箧中稿》。母亲张氏对田霡兄弟三人的为人处世和诗文启蒙产生了非常明显的影响，卢见曾《国朝山左诗钞》五十八卷闺秀集，内有张氏诗十二首，卢见曾说：“张氏，德州人，处士祯之女，丽水知县田绪宗妻，雯母，封太恭人，有《茹荼集》。”[②]王士禛撰《田母张太君墓表》说：“张氏，儒家女，父曰祯，女红之外，教以书史，辄能通知大义……（母）乃得携诸孤间关三千里扶榇以归。督诸子读书，而躬自纺绩，往往至戌夜。既而长子中丞

① 李树德修、董瑶林纂《德县志》，民国24年铅印本，台北成文出版社1967年影印本。

② （清）卢见曾，《国朝山左诗钞》，乾隆戊寅镌，雅雨堂藏版，第五十八卷。

雯和中子太史需相继登朝列华要，母四膺封诰，称太恭人，翔贵矣！荆布萧然，不改其素，亦不乐居城市，夏秋辄村居，与农妪谈农家事为娱乐。”①志书曾载当田霡母亲 70 岁时，儿女和亲友欲为其祝寿，被母亲以“亡夫女，不与外”为由拒绝。并举《春秋》故事为戒。可见其谙熟书史之深。《墓表》记载：“其言必合经，动必循礼如此。(母)少工诗，脱稿即焚弃，曰：‘吾不愿诸女孙效之也。’所存惟《茹荼吟》三十章，诸子刻附家乘。”王士禛在《墓表》内，将田母比为《春秋外传》之鲁敬姜，曰“可谓贤矣”，由此可见田霡的熟悉书史、少年能诗、喜欢田园清静朴素、与人无争的生活而自得其乐，确实受到了母亲的熏陶。两位哥哥的影响也很大，尤其田雯比他大 18 岁，其诗文写作肯定起到了垂范之功，虽然后来兄弟们的诗文风格各异，但兄长的鼓励和感染是必然的。光绪戊子年刊刻的德州名人宋弼的《州乘余闻》里曾记载：“田司农(田雯)为舍人时，同年生在词馆者侮之，司农殊不平，乃谓弟雨来(二弟田需)曰：‘必作翰林！’及弟入馆，复嫌其矜饬，谓谢郎中(谢重辉)曰：‘雨来，乃复作彼状。’”②从这段话可以推断，两个弟弟年轻时刻苦读书，是与长兄的激励有关的。虽然田霡并未真正上任做官。

第二点，交际广泛，游历南北，见闻广博。

钱仲联的《中国文学家大辞典·清代卷》说：“田霡颖悟绝人，学诗于王士禛，学文于汪琬。”③田霡很早就就学于名师，早受知于学使宫梦山，这是有据可查的。田霡与王士禛交往密切，曾与之互相唱和，其《鬲津草堂五言古体诗》中就有《西城别墅十三首为王渔洋先生作》。其诗颇得王士禛赏识，因此王还为田霡的两集诗题写序言并点评，这说明田霡的诗较明显地追随和体现了王士禛的“神

---

① (清)王士禛，《蚕尾集》。

② (清)宋弼，《州乘余闻》，光绪戊子年刊刻本。

③ 钱仲联，《中国文学家大辞典·清代卷》，第 118 页。

韵说”，成了神韵门派的一员。

田霡北上天津、京城，南游江苏、安徽、浙江等地，都由运河水路而行；更早时游河南、福建，或水路或陆路，见闻可谓甚广，做到了行万里路、读万卷书。乘舟而行，而诗溢运河；攀山登岭，则情满山谷。

第三点，饱读诗书，善借古人。

王士禛主张诗人要写出富有神韵的好诗，必须有才力见识多读经史前人诗作，这也在田霡身上得到印证。田霡研读过陶渊明、韦应物的诗，与人探讨过唐陆龟蒙、皮日休等的唱和诗集《松陵集》。

田霡喜欢陶渊明的诗，生活情趣、人生志向颇似陶靖节，别人评价其诗不刻意学陶而得陶的神韵。田霡本人有诗《题陶诗卷后》：“欲和不能偏爱读，甘将风雅让闲闲。”①吴培源为其诗所写序言说：“今读香城先生诗集，知其恬养有素，而超然声利之外，实有靖节之品而又癖于爱菊，其性情嗜好，遥遥千载上偶柴桑，故其诗有曰：‘历穷浩劫谁知己？岂但萧萧五柳门。’则先生之自比于陶也如此。至读《乃了集》诗数首，了然于死生去来之间，又与靖节自祭文若合一契，益信其学有真得，非形摹诗格者所能仿佛也。”②

田霡非常熟悉汉唐大家之诗。诗集里多次写到李白、杜甫、王维等人，他有诗《戏题所选汉唐诗卷后》：“生无一事出人头，死有何名与世留？诗选汉唐聊自遣，传钞不意遍陵州。”③可见他非常重视汉唐诗歌，并认真选刊了一些汉唐诗歌随时研究，并向周围的人传播过。可见他本人深受汉唐及以前古诗之熏陶。加之愈老愈丰富的社会阅历，对功名利禄等的越来越淡的看法，使得他用词得心应手取自天然，意境淡雅清新而又叫人熟悉留恋。

我们可以依据《鬲津草堂诗集》展开德州清代文学研究，探讨

---

① 《鬲津草堂诗集·鬲津草堂绝句诗》。

② （清）吴培源，《序》，《德州田氏丛书》本。

③ 《鬲津草堂诗集·香城居士七十以后诗·菊隐集》。

清初德州文学发达、后来衰落的原因，可以拿田霡和其家族另四人的文学成就和风格对照，研究德州田氏文学，可以拿田氏家族文化和萧氏、卢氏等家族文化对照研究，探讨家族对个人文学创作的影响。

3.《鬲津草堂诗集》对研究运河文化的意义

田霡的诗得益于运河文化，又在某些方面丰富了运河文化。他所写的《竹枝词四首》，第一首"陵州风景亦堪论，河上帆樯路上村。春水三湾迎两寺，大西门外小西门"[①]，描绘了清初德州运河两岸独特的风光；第二首写到董子读书台，突出德州人文之发达深厚；第三首"穹碑杰立记前明，海外蛮君葬汉城。白帽迎风余裔在，松门北是九江营"[②]，写苏禄王墓、十二连营，突出德州因独特的地理位置，使之对外文化交流之便利，国内为神京门户之关键；第四首"南去州城三十里，黄河已古断洪流。芦花浪涌行人过，鞭作长篙马作舟"[③]，是黄河故道给德州留下的烟柳芦荡美景。诗友往来小住草堂赏菊、弹琴、评诗、论画、切磋棋艺，春赏桃杏梨花，秋登寺阁楼台，酿雪酒香飘大江南北，草堂诗吟遍运河两岸。数帆亭上看风帆行过，听欸乃船歌；岸边秃柳系白舫，垂钓叉鱼鬲津上。诗集还写到当时德州人们七夕乞巧曝衣，中秋赏月，九九登高赏菊斗菊吟诗，岁末祭灶、馈岁、别岁，元宵节观灯等习俗。"村婆村女并村妻，花粉盈盈似线提。莫道双弯尖又小，片时踏尽满街泥"[④]，平日很少出门的村妇村姑们，在月明灯灿的元宵节，纷纷化了浓妆，穿了鲜艳的衣裳，姐妹簇拥来到州城的大街上观灯，"灯满千家月满街，夜阑悄步半金钗。浮桥路远春泥滑，笑倚人肩拔绣鞋"[⑤]，在回村的路上她们说说笑

① 《鬲津草堂诗集·鬲津草堂绝句诗》。
② 《鬲津草堂诗集·鬲津草堂绝句诗》。
③ 《鬲津草堂诗集·鬲津草堂绝句诗》。
④ 《鬲津草堂诗集·鬲津草堂绝句诗》。
⑤ 《鬲津草堂诗集·鬲津草堂绝句诗》。

笑、打打闹闹，享受一年中难得的无拘无束与清闲快乐，因为脚下的春泥粘滑，或者被姐妹踩掉了绣鞋，嘻嘻哈哈地扶着身边的人，把鞋子提上脚。这幅画面描绘得栩栩如生，闻之如身临其境，三百年后，使人如见当时光景。

现在德州市人民政府正在研究整理和开发运河文化，利用大运河故道兴修了运河文化公园，使之成为游览胜地；董子读书台也列入重修名单，大儒醇风将再一次浸润德州；苏禄王墓早就被确定为国家级文物保护单位，并扩修一新，成为德州的文化品牌，也为中菲两国的友好交往提供了历史见证。如果再欲重修东方朔祠、慈氏寺、老子阁、鬲津草堂、数帆亭、濯锦园等古迹，可以在田霡的诗句里找到很多记忆信息，得到很多设计的灵感。

尤其是田霡种菊、赏菊、斗菊之嗜好，在当时德州兴起了一股种菊之风，使得德州文化平添几分文人雅兴，时至今日德州以菊花为市花，每年举办菊花展览，如果我们顺着时间长河寻找源头，就会发现这种文化传统在清初早已形成。田霡的菊花诗真的也可以请知名书画家写于纸帛，悬于厅堂，供今人体会当年赏菊风俗之盛，回想清代德州文化的灿烂多姿。

四、结语

田霡的一生是曲折的，尤其 10 月丧父，家道中落，加之恶人欺负，使之少年时期饱经坎坷，17 岁入州学后，致力于科举；直到 34 岁被山东省学使宫梦仁赏识，拔贡进太学，得以进京师从名士游，诗名始扬，神韵派坛主王士禛鼓吹之功不可没；久经待选，57 岁时才被授予堂邑县教谕，田霡以腿脚有病辞而不赴，过起授徒、赏花、饮酒、作诗的恬淡生活；60 多岁开始在运河岸边的鬲津草堂种菊，自号“菊隐”，又号“香城居士”，筑“数帆亭”，写下大量咏菊和有关德州风土人情的诗篇；直至 78 岁去世前仍笔耕不辍，留有《乃了集》。

田霡多次沿运河南下北上，尤其于 75 岁，还随女婿张华年南去金陵赴任的船只沿运河再次南游，足迹遍及今江苏、安徽、浙江，历时近九个月，写有《南游稿》，以诗详细记载其游踪；其他诗卷也记载了他去河南、福建等地的游踪；他还多次乘舟去天津、京城，沿途都记录了冀津京运河两岸的风光和历史人物古迹等，为我们描绘了清初运河文化的灿烂画卷。所以田霡在清代诗人里可称得上"运河诗人"；田霡创作了近百首的写菊诗，饱含着对菊花的挚爱，也可称得上是少见的"嗜菊诗人"。

其诗歌主要风格体现为神韵派主旨，王士禛称其诗：冲淡、自然、清奇，三者品之最上，兼而有之。其绝句诗数量众而体式工，风格娟秀多姿，语言驾驭轻松熟练，而且用律严谨，隶事恰切而深微，显得稳健而深沉。但与其长兄田雯比，田霡的诗题材较为狭窄，对社会关注不够；其选材之单一、体裁之单调、风力之不健、缺乏自己系统独立的诗学理论建树是很明显的。

我们今天要具体感性地体会神韵说的概貌，探讨康雍乾时期德州地方文学和家族文化的兴盛原因，《鬲津草堂诗集》的意义是重大的；而且其中所记载的运河文化信息，时至今日对研究和开发运河文化意义不可小觑。所以，今人研究清代诗学、地方文学、家族文化和运河文化，《鬲津草堂诗集》显然是不可缺少的宝贵资料，虽然它存在一些瑕疵，但基本上可以说它是一块文化美玉。

凡　例

一、本校注以山东大学图书馆藏清代康熙乾隆年间汇刻《德州田氏丛书》本之《鬲津草堂诗集》作为底本；以山东省图书馆藏《鬲津草堂诗集》和单行本《乃了集》为参校本；并采山东省博物馆藏清代乾隆戊寅年镌、己卯年重校定本、雅雨堂藏版的《国朝山左诗钞》所抄田霡诗 107 首、清代徐世昌的《晚晴簃诗汇》所收田霡诗 8 首、民国《德县志》所录田霡诗 2 首，以资校雠。

二、采用分首校注方式，将校注文字置于各首之后。诗题的校注置于第一首诗的校注内。作者自注仍保留在原处，并前面冠以“自注”字样；对王士禛所作的点评，前面分别冠以“渔洋曰”；对不能确定作者的点评只标为“评曰”，以区别田霡诗中的自注。

三、本校注，先校后注。凡有异文处一律出校。底本可以确定的误字，径行改正，出校记；凡义可两通，有参考价值的异文，不改动底本，仅出校记注明。校记列于每首诗之后、注释之前，用“校记”标识，序号以“【1】【2】【3】……”标明。

四、注释以疑难字词、异体字、典故、史实、直引或化用他人诗文、人名地名为主，列于校记之后，以“注释”作标识，注释序号以“[1][2][3]……”标明。偏僻字注其读音、意义，异体字注出本字及其字义；对典故、史实、直引或化用他人诗文尽量引用原文；对前文已经出过校注的词条，后文注明见于某处，不再详注；对查阅不到的人名，则注明籍贯和生卒年月不详。

目　录

第一卷

鬲津草堂五字古体诗

河上[1]晚眺

向夕幽兴发，信步出门去。
寥寥河上村，闲云断远树。
水客拥棹过，冲帆一鸟渡。
我心本如水，天空色亦素。
意惬情未毕，弦月云中露。
归来不成眠，挑灯诵渔父[2]。

注　释

[1]河上：指作者家乡德州城附近的运河之上。

[2]渔父：屈原的《渔父》。屈原第二次被贬谪后，在汨罗江边遇到一渔夫，二人面对自身品行高洁、美好理想不得实现的问题，有不同回答，屈原坚守节操不与污浊同流，渔夫劝他不妨变通适应社会，最后谁也没说服谁。

东方朔[1]先生祠

四十四万言，策身博主眷[2]。
诙谐术良工，敖弄[3]义非谩[4]。

大隐金马门[5]，流风犹可缅。
我生虽异时，居不隔乡县。
走马访遗踪，厌次[6]花夹堰。
乱篁[7]翠阴合，双柏黄鸟啭。
溪流最萧瑟，绕祠声湔湔[8]。
旁有两细君[9]，肩坐据一案。自注：祠内设细君像。
先生冠道巾[10]，目夺秋水粲。
曾闻侏儒绐[11]，设难代客撰[12]。
滑稽乃其余，正议更足羡。
遂令卖珠儿[13]，气夺宣室宴[14]。
睹面想芳躅[15]，掇蘋[16]羞野荐[17]。
太息未能归，初月林杪[18]见。

注　释

[1]东方朔（前161—前67）：字曼倩，西汉平原厌次（今山东省德州市陵城区）人，著名文学家，以辞赋著称，滑稽善辩。司马迁的《史记》把他列入《滑稽列传》；著述载于明人辑入的《汉魏三百名家集·东方大中集》。

[2]“四十”两句：武帝初即位，征天下举方正贤良文学材力之士，四方士多上书言得失。朔初来，上书曰：“……十六学《诗》《书》，诵二十二万言。十九学孙吴兵法，战阵之具，钲鼓之教，亦诵二十二万言。凡臣朔固已诵四十四万言。……”武帝赞赏他的气概，命令他待诏在公车署中。

[3]敖弄：调笑，戏弄。

[4]谩：欺骗。

[5]金马门：西汉武帝时长安宫殿里，宦者的署门，原名“鲁班门”，后武帝得大宛马，命东门京用铜为该马铸像，立于鲁班门外，从此称“金马门”。后代沿用为官署的代称。

[6]厌次：地名，在今山东省德州市陵城区，史传为东方朔的故乡。

[7]乱篁（huáng）：成林的杂乱生长的竹子。篁，竹田，竹林。

[8]湔(jiàn)湔:液体受冲击向四处飞射。这里指水花飞溅发出的声音。

[9]细君:《汉书·东方朔传》:“归遗细君,又何仁也!”颜师古注:“细君,朔妻之名。一说,细,小也。朔辄自比于诸侯,谓其妻曰小君。”后为妻子的代称。此处指东方朔的妻子。

[10]道巾:道士所戴帽子的总称。有九种,混元巾、庄子巾、纯阳巾、九梁巾、浩然巾、逍遥巾、三教巾、一字巾、太阳巾。

[11]侏儒绐(dài):东方朔在公车署中,俸禄很少,为了创造见到武帝的机会,曾戏弄给武帝驾车的侏儒,说武帝要杀掉类似侏儒的无用徒费俸禄之人,侏儒伺机向武帝认罪请免,武帝知是东方朔主意,东方朔借机说明自己不被重用之不平,武帝欣赏之,提拔待诏金马门。侏儒,身材矮小的人。绐,欺骗,欺诈。

[12]设难代客撰:指东方朔因不满武帝对他的轻慢不重用,写《答客难》一文,以主客问答形式,说生在汉武帝大一统时代,“贤”“不肖”没有什么区别,虽有才能也无从施展,“用之则为虎,不用则为鼠”,揭露统治者对人才随意抑扬的做法,并为自己鸣不平。

[13]卖珠儿:指武帝的姑妈馆陶公主宠幸的美男子董偃,其母为一个卖珠宝的女子。

[14]气夺宣室宴:指东方朔历陈董偃三罪,致使董失宠之事。董偃与馆陶公主的关系,败坏了公主名声。后来武帝见了董偃,也喜欢他,赏赐给他很多东西,董经常和武帝斗鸡玩犬,权势大增。后来武帝在宣室设宴款待公主和董偃,东方朔历陈董偃三大罪过,不许董偃从正门进入,致使武帝从此疏远董偃,董在30岁就郁郁而亡。

[15]躅(zhú):比喻人的行为和功绩。

[16]蘋(pín):大萍,今称四叶菜、田字草,蕨类植物,萍科。多年生浅水草本,嫩叶可食,全草可以入药。《诗经》里多次提到,指用作祭祀的祭品。

[17]荐:祭品。本为草席,古代祭祀时用于陈设祭品,后来用来指陈设祭品祭祀或者祭品本身。

[18]林杪(miǎo):树梢,木末。

余有田百亩去城十余里州乘[1]所载鬲海朝烟也往来于此颇足自娱因成是作

新谋二顷田，远在鬲津[2]上。
依邻宅西偏，筑屋迤[3]南向。
矮窗面四开，撦撑[4]时一望。
有如钓湖边，秃柳系白舫。
野花杂阶墀[5]，木榻洁衾幛。
种秫更百区[6]，多收尽教酿。
玄都[7]峙前村，道士亦谑浪[8]。
时来佐奇谈，不妨令姑妄。
既非处孤陋，便已绝波谤。
数椽拟复添，卜居协微尚。
地僻着腐儒，江湖自天放。

注　释

[1]州乘（shèng）：州志。乘，春秋时晋国史书称“乘”，后代因此称史书为“史乘”。

[2]鬲（gé）津：古水名，《书·禹贡》所谓古黄河下游“九河”之一。故迹在今山东省德州市附近，东流经今山东省商河县及河北省盐山县、山东省无棣诸县入海。后世开挖北运河利用了鬲津河的一段故道，因此作者用以指称流经德州的运河。

[3]迤（yǐ）：介词，相当于往、向。

[4]撦（chě）撑：打开并撑起来。撦，同“扯”。

[5]阶墀（chí）：台阶。墀，台阶或者台阶上的地面。

[6]百区（qiū）：一百丘。区，用田埂隔开的一块一块的田，后作

"坧"(丘)。

[7]玄都:即玄都观,此处指一般道观。唐代长安附近有玄都观,刘禹锡曾先后写下《玄都观桃花》《再游玄都观》的诗篇。后"玄都"或者"玄都观"遂成为一般道观的代称。

[8]谑(xuè)浪:戏谑放荡。《诗·邶风·终风》:"谑浪笑敖,中心是悼。"

送萧侍读韩坡[1]游嵩山[2]

先生心久闲,忽作山水想。
千里嵩阳寺[3],探讨成孤往。
路经少室[4]下,目极岳色上。
古意颢然宅[5],枕烟足偃仰。
投壶[6]迹可寻,傅会恐亦罔。
不妨曳杖至,聊复资奇赏。
昔闻王子乔[7],吹笙遂绝响。
兴尽君归时,记游可指掌。渔洋曰:目极岳色上,五字逼古人。

注　释

[1]萧侍读韩坡:萧惟豫(1637—?),字介石,号韩坡,山东德州人,顺治戊戌进士,改庶吉士,授编修,历官侍读,有《但吟草》八卷、附《恭纪诗》一卷。侍读,官名,职务是给帝王讲学。唐开元三年(715)置侍读学士,后废。宋太平兴国中设翰林侍读学士及翰林侍读之官。元明因之。清翰林院、内阁,并有侍读学士及侍读。

[2]嵩(sōng)山:山名,位于今河南省登封市西北。嵩山之名源于《诗经》"嵩高维岳,峻极于天",遂简称为"嵩山"。东周时因其地处"天地之中"而被尊为中岳。主体由太室山、少室山东西两座大山组成。

[3]嵩阳寺:即今天所见"嵩阳书院"。前身为佛教寺院,创建于北魏孝文帝太和八年(484)。七世纪初,隋帝改梵刹为道观,名叫嵩阳观。唐天宝初年,

唐玄宗又在此建天封观。五代周时，嵩阳、天封二观被合建成书院，称为“太乙书院”。宋太宗时称“太室书院”。

[4]少室：山名。嵩山中部以少林河为界，东为太室山，西为少室山。少室山，东距太室山约10千米。据说，夏禹王的第二个妻子，涂山氏之妹栖于此，人于山下建少姨庙敬之，故山名谓“少室”。

[5]颢然宅：指嵩山历来为贤人避世让位之所，今舜墓在嵩山之马峪川，启母墓在嵩阳书院之左，许由、巢父墓均在箕山之巅。

[6]投壶：古代士大夫宴饮时玩的一种投掷游戏。投壶之礼，需将箭矢的端首掷入壶内才算投中；要依次投矢，抢先连投者投入亦不予计分；投中获胜者罚不胜者饮酒。

[7]王子乔：即姬晋，东周人，黄帝的四十二代后人，字子乔，周灵王的太子，人称太子晋。汉刘向《列仙传·王子乔》：“王子乔者，周灵王太子晋也。好吹笙，作凤凰鸣。游伊洛之间，道士浮丘公接以上嵩高山。三十余年后，求之于山上，见桓良曰：‘告我家：七月七日待我于缑氏山巅。’至时果乘白鹤驻山头，望之不得到，举手谢时人，数日而去。”

送沈侍御存田[1]之金陵[2]

送君出南郭，行行且复止。
江口半月程，自兹竟千里。
一笑又成别，后会焉可拟。
伫立看君去，远树没马耳。
天空云欲垂，鸦翻风渐起。
怅怅复愁归，遥望足犹跂[3]。

注　释

[1]沈侍御存田（1655—?）：名一揆，字存田，清代奉天宁远人，康熙十五年进士。侍御，即侍御史的简称。周有柱下史，秦改为侍御史，汉沿秦制，在御史

大夫之下，行监察之职，或者奉使出外执行指定任务。晋以后，除侍御史外，还有治书侍御史、殿中侍御史。唐改治书侍御史为御史中丞，而以侍御史、监察侍御史、殿中侍御史为御史台的成员。至明清仅存监察侍御史一种，侍御史通常省称为侍御。

[2]金陵：今泛指南京。

[3]跂(qǐ)：踮起脚尖。

存田有买宅金陵之意故又作此

崒嵂[1]燕子矶[2]，演漾[3]牛渚口[4]。
二者俱可居，择一先生有。
留我地数尺，结宇傍其后。
本是素心人，还作山水友。
策杖时招寻，相对坐卯酉[5]。
江声来几席，山光入窗牖。
幽意妙如此，试问堪乐否？
匆匆君便行，斯言应记取。

注　释

[1]崒嵂(zú lǜ)：形容山高耸的样子。

[2]燕子矶：地名，长江三大名矶之一，在南京北郊观音门外直渎山上，是岩山东北的一支。山石直立江上，三面临空，形似燕子展翅欲飞，因称燕子矶。

[3]演漾：水流动起伏的样子。

[4]牛渚口：山名，在今安徽当涂县西北，其山脚突入长江部分，叫采石矶。

[5]卯酉：早晚。卯，卯时，早上 5 点至 7 点。酉，酉时，傍晚 5 点至 7 点。

对月偶成

忽作长安客[1]，两见月三五[2]。
平生少浪游，此行殊莽卤。
况值火云流，长日汗挥雨。
滚滚东华尘，冲之扑眉宇。
何如返幽独，乐事拟可取。
暮鸟穿我林，好风透窗户[3]。
影入卫河[4]流，清光自吞吐。

注　释

[1]长安：古都城，本为秦代离宫，汉高祖七年始都于此，惠帝三年更筑长安城。前秦、前赵、后秦、西魏、北周、隋、唐均定都于此。故城在今陕西西安市西北。后人多以长安代当时的都城，此处，诗人指清代都城北京。

[2]月三五：阴历每月十五日月圆，称望日，又称“三五”。

[3]“暮鸟”两句：二句化用陶渊明的诗《归鸟》《饮酒》等诗意。

[4]卫河：河流名，源出于河南辉县市苏门山，合淇、漳诸水，东北至天津合白河入海。古称白沟，以发源地属春秋卫国，故又称卫河。唐宋以后，又称永济渠。清代流经德州的运河又称卫河。此处指流经德州的运河。

看　云

夏云挂天角，变态极万状。
下疑海蜃[1]伏，一气恣奔放。
闻之太华山[2]，缕脉碎分嶂。

似此疑仿佛，妙处两不让。
安得刘褎[3]来，自注：古之善画云者。为我画依样。
待作西岳游，展图试比傍。

注　释

[1]海蜃：海里的大蛤蜊，古人认为这种巨大海物会喷吐雾气，而形成奇怪的幻境。

[2]太华山：即今西岳华山，在陕西渭南市东南。因远望形如华，故称华山；因其西有少华山，故又称太华山。

[3]刘褎(xiù)：不详，无考。

同方山子未[1]过圣安寺[2]观画壁慧明上人[3]出王文安公[4]所遗饮器贳酒[5]相饷晚归记事

侵晓[6]连骑出，远至湖柳村。
雨过天初霁[7]，虢虢[8]溪流浑。
山僧立板桥，揖我入寺门。
荒草埋石径，残碑插松根。
披藓辨文字，代历唐宋元。
况有丹青手，商喜[9]画壁存。
像设三十六，位置如弟昆。
余最爱其一，跏趺[10]盘高墩。
金环挂两耳，须卷颠毛髡[11]。
宿传绝视听，九载经寒暄。
其它态种种，伎俩争飑喧[12]。
何似面壁者，抱道已忘言。

此中有妙理，会之髯欲掀。
上人颇好事，禅榻开清樽。
先辈贻饮器，沥沥余酒痕。
醉后拟题句，留迹传祇园[13]。
应不让画师，兼可招吟魂。
稽阮[14]耽逸趣，斜日行将昏。
晚凉上马去，私路蝉声繁。渔洋曰：脱胎于凤翔八观诗，而不袭其迹，此为善学古人。

注　释

[1]方山、子未：指谢重辉和孙勷，二人皆为作者同乡好友。谢重辉（1647—？），字方山，号千仞，又号瓠斋，山东德州人。历官刑部主事、刑部员外郎、刑部郎中。与田雯同为康熙“金台十子”诗人，有《杏村诗集》七卷，存诗592首。孙勷（1657—1740），字子未，一字予未，号莪山，又号诚斋，山东德州人。康熙辛酉解元，乙丑进士，改庶吉士，历官大理寺少卿，终通政司参议，有《鹤侣斋诗集》。

[2]圣安寺：德州当时的寺院之一，在德州城外湖柳村。

[3]慧明上人：圣安寺僧人，名慧明。上人，佛教称具备德智善行的人，后来作为对僧人的敬称。

[4]王文安公：即王铎，字文安，曾作京官，生卒年月籍贯不详，明末著名书法家。

[5]贳（shì）酒：赊酒。贳，赊欠。

[6]侵晓：拂晓。

[7]霁（jì）：雨止。后来泛称雨雪止、云雾散。

[8]虢（guó）虢：流水声。

[9]商喜：此处疑为“尚喜”，意为还值得高兴的。

[10]跏趺（jiā fū）：佛教徒的坐法，即所谓结跏趺坐，分降魔坐和吉祥坐二种。前者先以右趾押左股，后以左趾押右股，诸禅宗多传此坐；后者先以左趾押右股，再以右趾押左股，令二足掌仰放于二股之上，相传即如来佛成道时的坐法。

[11]髡(kūn):此处指剃发。

[12]虺(huǐ)喧:大声的喧哗。

[13]秖(zhī)园:园林的名字,不知何人何地所有。秖,谷始熟曰秖。

[14]稽阮:通常写作“嵇阮”,晋代嵇康和阮籍的合称,好隐居山林,豪放不羁,饮酒自娱,同为“竹林七贤”中人。

西城别墅[1]十三首为王渔洋[2]先生作

石帆亭[3]

石影压孤亭,如帆挂游舫。
风来坐不摇,月上观无障。
我欲泛香海,青篙点激浪。

注　释

[1]西城别墅:清代王士禛家居时所筑别墅,在今山东省桓台县。

[2]王渔洋(1634—1711):即王士禛,又作王士祯,清代诗人,字贻上,号阮亭,又号渔洋山人,新城(今山东桓台)人。顺治十五年进士。出任扬州推官,后升礼部主事,官至刑部尚书,康熙四十三年罢官归里。王士禛论诗以“神韵”为宗。著作有《带经堂集》,诗选有《渔洋精华录》,诗话有《渔洋诗话》,笔记有《池北偶谈》《古夫于亭杂录》《香祖笔记》等。

[3]石帆亭:为王士禛在新城(今山东省桓台县)住宅内的景物之一,因亭上有石如帆得名;以下“春草池、绿萝书屋、半偈阁、樵唱轩、三峰、双松书屋、小华子岗、竹径、大椿轩、石丈、小善卷洞、啸台”均为西城别墅内建筑或景观。

春草池

空地生活水,水过生新草。

我来坐绿茵，因而怀谢老。
人从五字传[1]，才华果然好。

注　释

[1]人从五字传：谢灵运因诗《登池上楼》有名句“池塘生春草，园柳变鸣禽”而诗名久传，“春草池”取名此诗意。

绿萝书屋

女萝[1]架屋前，老蔓千条曲。
袅袅荫四合，青青出新浴。
中有读书人，影照须眉绿。

注　释

[1]女萝：植物名，即松萝，多附生在松树上，成丝状下垂。

半偈阁[1]

万言不觉多，一语亦非少。
半偈是何因，横梯立云表。
忽来广长舌，妙意自了了。

注　释

[1]半偈(jì)阁：王士禛西城别墅内的阁子。取梵语“半偈”之意。偈，梵语，意为“颂”，佛家唱词。多用三言、四言、五言、六言、七言为句，但都以四句合为一偈。

樵唱轩

樵歌出花村，入耳调亦古。
拍手欲和之，天风吹箫鼓。
谁是审音者？担头插巨斧。

三　峰

一峰形如笏[1]，一峰形如扇。
奇绝第三峰，形随朝暮变。
何处忽飞来？莫令忽飞散。

注　释

[1]笏(hù)：古代君臣朝会时臣子手中所拿的狭长板子，按品第分别用玉、象牙、竹制成，上面可以记事。

双松书屋

屋因双松结，松愿立于此。
浓荫时入来，绿染窗棂纸。
烹茶扫松钗，点茶拾松子。

小华子岗[1]

岗上待琴客，先来试远眺。
兴至已倾樽，高吟惊飞鸟。

恍如辋川[2]游，风景觉差小。

注　释

［1］华子岗：山名，在今陕西蓝田县城西南约5千米的尧山内。

［2］辋（wǎng）川：水名，在蓝田县城西南约5千米的尧山间，是秦岭北麓一条风光秀丽的川道。川水自尧关口流出后，蜿蜒流入灞河。古时候，川水流过川内的欹湖，两岸山间也有儿条小河同时流向欹湖，由高山俯视下去，川流环凑涟漪，好像车轮形状，故叫作“辋川”。

竹　径

曲径铺石子，人穿竹间行。
幸莫踏径外，万个琅玕[1]生。
不让王子猷[2]，独有爱竹情。

注　释

［1］琅玕（láng gān）：翠竹的美称。

［2］王子猷：即王徽之（？—386），字子猷，琅邪临沂（今属山东）人，王羲之第五子。性傲诞。《世说新语》载：王子猷尝暂寄人空宅住，便令种竹。或问：“暂住何烦尔？”王啸咏良久，直指竹曰：“何可一日无此君？”

大椿轩

云根斗龙蛇，枫叶荫百亩。
云历八千岁[1]，此树何处有？
取以名其轩，知是寓言否。

注　释

［1］云历八千岁：形容寿命很长。《庄子·逍遥游》："小知不及大知，小年不及大年。……上古有大椿者，以八千岁为春，八千岁为秋。而彭祖乃今以久特闻，众人匹之，不亦悲乎？"大椿从此有长寿不死的含义。

石　丈

此翁太倔强，见客不会揖[1]。
独秉太古色，寂然而孤立。
何人为石交？时有风云集。

注　释

［1］揖：一种见面行礼的形式，即拱手行礼。

小善卷洞[1]

采芝入深山，洞口逢青女[2]。
问客自何来？无乃访仙侣。
云中舞白鹤，花底拱苍鼠。

注　释

［1］善卷洞：地名，位于宜兴市西南约25千米的祝陵村螺岩山上，相传在4000多年前，有位善卷先生避虞舜禅让，在此隐居，因而得名。

［2］青女：传说中掌管霜雪的女神。《淮南子·天文训》："至秋三月……青女乃出，以降霜雪。"高诱注："青女，天神，青霄玉女，主霜雪也。"

啸　台[1]

欲舒古今愁，定须发长啸。

不入苏门山[2],何处觅同调?
久闻别墅中,孤台山四照。

注　释

[1]啸台:苏门山顶的古迹,是魏晋时孙登隐居长啸处。孙登,字公和,号苏门先生,土窑居之,夏则编草为裳,冬则披发至腹,善长啸,好读《易》,抚一弦琴,人见之与语不应。有村人将其高高抬起抛入湖中,观其怒,登从水中爬出,大笑而去。

[2]苏门山:山名,位于今河南省辉县市,距市中心西北 5 千米处,也叫苏岭,本名柏门山,亦作百门山,上有百门泉,故名。系太行山支脉,与百泉并誉,山顶有"啸台"。

招霖瞻[1]方山[2]大木[3]芳樾[4]游慈氏寺[5]

城西古招提[6],门临屯氏水[7]。
秋晚陟高阁,遥村坐可指。
独游未云乐,旋招同怀子。
韵绝一粟轩[8],共参半偈理。
俯仰十笏[9]旁,想象浩劫始。
历纪几何年,禅榻犹可倚。
素性厌尘嚣,拟住深山里。
岂知咫尺间,寂旷便如此。
携盒借僧厨,洗釜煮薏苡[10]。
笋蕨[11]颇不恶,何必粱肉[12]美。
雅爱佛境幽,留题藏经纸。
期结远公社[13],重来嗅霜蕊[14]。

注　释

[1]霖瞻:李浃(1618—1697),字霖瞻,号孔皆,又号陶庵,德州人。著有《陶庵集诗稿》《陶庵年谱记事》等。

[2]方山:见本卷《同方山子未过圣安寺观画壁慧明上人出王文公所遗饮器贳酒相饷晚归记事》注释[1]。

[3]大木:冯大木(1649—1700),名廷櫆,字大木,籍贯山东即墨,生长于德州,康熙十七年中举人,二十一年中进士,二十三年授官内阁中书舍人。44 岁致仕归家,居于德州,51 岁卒于家。有《冯舍人遗诗集》六卷流于世,存诗 500 余首。

[4]芳樾:人名,作者田霡的朋友。

[5]慈氏寺:寺院名。据民国《德县志》载:此寺在运河西岸,俗呼为"银瓦寺",雍正十二年,从河西迁徙至河东岸,后来被拆毁,只留遗址在。

[6]招提:寺院的别称。意为四方,省称"拓提",传写又为"招提"。北朝魏太武帝于始光元年造立伽蓝,名之曰招提,世人遂以招提为寺院的别称。

[7]屯氏水:指流经德州的屯氏三渎中的一条。据民国《德县志》载:原屯氏河,因流向济南附近洛水的水道淤塞难通,于德州境内的高唐、平原、安德开挖三条水道,引水至洛水,称"屯氏别渎",分布在州城的东西。

[8]一粟轩:源于佛法里藏世界于一粟之意。

[9]十笏:形容小面积的建筑物。"十笏"一词来自唐人所著《法苑珠林》,在此书的《感通篇》中说,印度吠舍哩国有维摩居士故宅基,唐显庆中王玄策出使西域,过其地,以笏量宅基,只有十笏,故号方丈之室。后人即以"十笏"来形容小面积的建筑物。此处指寺之方丈室。

[10]薏苡(yì yǐ):草本植物,茎直立,叶披针形,颖果卵形,灰白色。果仁叫薏米,可食用,也可入药。

[11]笋蕨:竹笋和蕨菜。

[12]粱肉:代指精美的饭菜。粱,细粮,精美的饭食。

[13]远公社:本指晋代高僧慧远所创白莲社。慧远(334—416),俗姓贾,雁门楼烦(约在今山西宁武附近)人。初学儒家、老、庄,21 岁往太行恒山参见道安,遂从而出家。入庐山住东林寺,领众修道。曾与刘遗民等人,在阿弥陀像前立誓结社,目的就是专修"净土"之法,以期死后往生"西方"。谢灵运钦服慧远,替他在东林寺中开东西两池,遍种白莲,慧远所创之社,遂称"白莲

社”。后泛指佛寺。

[14]霜蕊：菊花。

百　泉[1]

吾家在济南[2]，名泉七十二。
列布同宿煞[3]，小大各殊致。
今兹来共城[4]，眼底觉谲异[5]。
波涛射山根，连卷汇平地。
如珠走玉盘，如雨翻荷芰[6]。
泉眼万与千，谁以百为字。
窥源客心清，过桥僧舍至。
佛香小院深，目豁群山翠。
傍檐响风炉，数碗快人意。
毖彼寄好怀，探讨饶遗事。
不恨来时晚，但恐归去亟[7]。

注　释

[1]百泉：泉水名，位于今河南省辉县市中心西北5千米的苏门山南麓，因湖底遍布泉眼，故名百泉，泉水自地穴迸出，累累如贯珠，又名珍珠泉。

[2]济南：地名，即今山东省会，以泉水闻名，据说有七十二名泉，故雅称“泉城”。因历史上德州曾隶属济南府或济南路，所以作者称自己为济南人。

[3]宿煞：天上的星宿。宿，星辰，星座。煞，迷信的人指凶神，此处引申为神灵在天上对应的星座。

[4]共城：县名，治所在今河南辉县市。

[5]谲(jué)异：奇异，特别。谲，奇异，变化。

[6]荷芰(jì)：此处指荷叶和菱叶。

[7]亟(jí):急切,迫切。

苏门山[1]

凡城达百门,相隔仅数里。
客子犯晓[2]来,溶溶白云起。
曲径荣竹木,乱壑喧风水。
精蓝[3]可留瞩,名园任徙倚。
因过崇台下,忆昔长啸子。
弹琴寄绝调,读易探奥旨。
欻发[4]鸾凤音,渺渺清人耳。
客如嵇阮辈,或能悟妙理。
惭余无仙骨,安得私窃比。
徜徉[5]山谷间,掬流还漱齿。 渔洋曰:不烦刻书目,引人著胜地

注　释

[1]苏门山:见本卷《西城别墅十三首为王渔洋先生作·啸台》注释[2]。
[2]犯晓:类似于"侵晓",即拂晓。
[3]精蓝:原意指僧众所居之园林,后一般用以称僧侣所居之寺院、堂舍。
[4]欻(xū)发:吹动发出声音。欻,有所吹起。
[5]徜徉:闲游,安闲自在地步行。

天　坛[1]

晨起访天坛,漫着登山屐。
土人引我去,侧径印虎迹。

行行且复止，笑倚岩边石。
欲采何首乌[2]，免使头发白。

注　释

[1]天坛：山名，即天坛山，又名阳洛山，位于济源市城区西北约31千米处，海拔1711米，为王屋山主峰。绝顶有坛。传为轩辕帝祈天之所，故名天坛。

[2]何首乌：植物名，又名首乌、夜交藤、赤首乌、首乌藤。多年生草本，根细长，顶端有膨大的椭圆形、肉质块根，皮黑色或黑紫色。何首乌具有补肝肾、益精血、乌须发、强筋骨之功效。

玉　川[1]

水出苍崖底，霜降色愈清。
却羡玉川子[2]，日日供瓶罂。
香乳漱寒玉，洁可涤俗萦。
旋汲煎活火，坐待蟹眼[3]生。渔洋曰：坦率自佳。

注　释

[1]玉川：水名，在今河南省境内。

[2]玉川子：即卢仝（约794—835），唐代诗人，自号玉川子，范阳（今河北涿州）人。年轻时隐居少室山。爱茶成癖，被后人尊为茶中亚圣。

[3]蟹眼：茶道中讲烧水的功夫，将水烧到冒气泡，这里指水受热冒出的气泡的样子和速度而言。

王　屋[1]

王屋在天半，欲上还迟迟。

积雪明石蹬[2]，朔风响枯枝。
济胜叹无具，佳兴非委靡。
遥见山樵去，步履何坦夷[3]。

注　释

［1］王屋：山名，即王屋山，位于河南省济源市，是中国古代九大名山，也是道教十大洞天之首。“山中有洞，深不可入，洞中如王者之宫，故名曰王屋也。”一谓“山有三重，其状如屋，故名”。王屋山主峰之巅有石坛，故又称天坛山。

［2］石蹬：开凿石头或砌垒石头而成的登山石阶。

［3］坦夷：平坦。

盘　谷[1]

出郭望盘谷，相隔但里许。
曳杖转山脚，独立临风渚。
朝云绝飞巘[2]，老树参天举。
隐士邈[3]难寻，片石尚堪语。

注　释

［1］盘谷：山谷名，在今河南省济源市境内，史载王屋山下有盘谷川、盘谷山。唐代李愿曾读书于此，诗人韩愈有《送李愿归盘谷序》。

［2］飞巘（yǎn）：像要飞起来一般的险峻的山峰或山崖。巘，险峻的山峰或山崖。

［3］邈（miǎo）：久远，渺茫。

聂政墓[1]

路经轵城[2]旁，聂政冢在目。

荒草杂乱石，矫矫雉兔伏。
皮面死韩廷[3]，白骨遗山麓。
刺刺冬风来，犹疑姊嫈哭[4]。渔洋曰：五诗直举胸情，不衫不履自饶风趣。

注 释

[1]聂政（？—前397）：轵邑深进里（今济源轵城南）人，为替春秋时韩国大夫严仲子报仇，而只身入韩廷刺杀丞相侠累，难逃重围，遂倒转剑柄，以剑尖划破面颊，剜出双眼，破腹而死。聂政死后，家乡父老为其修建了衣冠冢，以示纪念。宋代，又在冢前建聂政祠。历经几代修葺，保留至今。

[2]轵（zhǐ）城：地名，在今河南省济源市。春秋时为轵国，战国时先为韩都，后为魏之重镇。秦置轵县。汉代曾两度封为侯国。唐初废县为镇。

[3]韩廷：指陷害韩国大夫严仲子丞相侠累的家里。

[4]姊嫈哭：指聂政的姐姐聂嫈痛哭遇难的弟弟。聂政死后，韩王暴其尸于市，悬赏购求能辨认其人者。聂政姐聂嫈闻听消息，大胆认尸，哭罢自杀在弟弟身边。

济渎[1]十二韵

嵩岳高嵯峨[2]，黄河势漭泋[3]。
宇内名山川，先已供客目。
侧闻济水清，不辞事驰逐。
穷日抵县岗，双池列昭穆[4]。
到眼何莹洁，湛湛首堪沐。
探源问桑钦[5]，云来自王屋。
大禹始导之，千里萦地轴。
泱泱怀盂间[6]，远达北海曲[7]。
不谓一勺多，俨然尊四渎[8]。

客子冲寒来，岂可略一瞩。
重源欲步寻，穹碑思遍读。
薄暮携短筇[9]，且就田家宿。

注　释

[1]济渎(dú)：即济水，水名，古与江、淮、河并称四渎。济水源出于河南济源市王屋山，其故道本过黄河而南，东流至山东，与黄河并行入海，后下游为黄河所夺，惟河北发源处尚存。

[2]嵯峨(cuó é)：山高峻貌。

[3]漭洑(mǎng fú)：水广阔无边的样子。

[4]昭穆：古代宗法制度，宗庙或者墓地的辈次排列，以始祖居中。二世、四世、六世位于始祖的左方，称昭；三世、五世、七世位于右方，称穆。用来区分宗族内部的长幼、亲疏和远近。《周礼·春官·小宗伯》："辨庙祧之昭穆。"后来泛指家族内的辈分。这里作者用于指代池水一左一右的分布方式。

[5]桑钦：人名，汉朝人，字君长。从平陵涂恽受古文《尚书》《毛诗》。撰《水经》三卷。见《汉书·儒林传》。这里作者用桑钦名代《水经》一书。

[6]怀孟：怀县和孟县之间。怀县，旧县名，故城在今河南武陟县西南。孟县，地名，古孟津地，相传武王伐纣，与诸侯在此会盟。明清为孟县，即今河南孟州市。

[7]北海曲：郡名，汉景帝中元二年置，治所在营陵，辖今山东益都、寿光、昌乐、潍坊、昌邑、高密等地。东汉改为北海国，治所在剧。

[8]四渎：《尔雅·释水》："江、淮、河、济为四渎。四渎者，发源注海者也。"《史记·封禅书》："四渎者，江、河、淮、济也。"江、淮、河、济皆独流入海，故名曰渎。

[9]短筇(qióng)：短拐杖。筇，竹名，可作杖，故杖也叫筇。

崿　岭[1]

买舟渡伊洛[2]，策杖上崿岭。

石径何盘迂，风叶扑衣领。
羊裘御薄寒，足力犹堪驰。
涧底响流泉，林杪露墙影。
恍疑入画图，顿忘在人境。
夤缘[3]入寺门，二室[4]略已领。
老衲[5]伴余行，还欲探灵景。

注　释

[1]崿（è）岭：山名，位于河南省登封市的东南。相传尧时巢父、许由隐于箕山，其后伯益避禹之子于箕山之阴，皆此。亦称崿岭。

[2]伊洛：河流的名称，伊水和洛水两条河流。《国语·周语上》："昔伊洛竭而夏亡。"三国吴韦昭注："伊出熊耳，洛出冢岭。"伊河，水名，出河南卢氏县东南，东北流经嵩县、伊川、洛阳，至偃师，入洛河。洛水，即洛河，源出陕西洛南县西北部。东入河南，经卢氏、洛宁、宜阳、洛阳，至偃师纳伊河后，称伊洛河，到巩义市的洛口流入黄河。

[3]夤（yín）缘：攀附。

[4]二室：指嵩山山脉的两座山峰少室山和太室山。

[5]老衲（nà）：僧服叫衲衣，故称老僧为老衲。

少　室[1]

乱峰攒东南，势若莲花放。
峭壁撑晴空，森列如屏障。
奇绝冠子山[2]，异态愁难状。
腰斧斩荆棘，缘崖陟其上。
危磴回愤风，盘石激骇浪。
绝顶更开阔，放眼穷四望。

太室[3]诚巍峨，伯仲[4]两不让。
俯视轩辕山[5]，驱使理亦当。
伊洛仅杯勺，大河等盆盎[6]。
天险具中州[7]，观者气顿壮。
颇闻革代时，蛇豕[8]竟凭仗。
弹指六十年，灵卉产岩嶂。
客至快跻攀，軥辂[9]发高唱。渔洋曰：巉刻出奇，与题相副。

注　释

［1］少室：山名，见本卷《送萧侍读韩坡游嵩山》注释［4］。

［2］冠子山：山名，少室山的南面，山姿很象古人戴的忠靖冠，所以宋代又有“冠子山”之名。

［3］太室：山名。嵩山中部以少林河为界，东为太室山，西为少室山。

［4］伯仲：此处比喻太室山、少室山两座山高险程度差不多，难分高低上下。

［5］轩辕山：山名，即少室山多个山峰中的一个，于少林寺南面，自西向东并列有五座小峰，其中一个因山顶有三皇寨，寨中有盘古洞，供奉着中华民族的三位先祖——黄帝轩辕氏、伏羲氏和炎帝神农氏，故又名轩辕山。

［6］盆盎：二种器具名。盎，一种大腹敛口的盆。

［7］中州：河南的别名。古豫州地处九州的中间，称为中州，今河南为古豫州地，故相沿亦称之为中州。

［8］蛇豕：蛇和野猪，这里比喻贪暴的首恶分子。

［9］軥辂（hōng líng）：车行进时发出的轰隆声。此处指登山之人高唱而山谷出回音好似车行进的轰隆声。

鼓山[1]看云

犯晓登云顶，日午仅陟半。

不知几多高，上为云所幔。
复穷千百级，忽已凌霄汉[2]。
擘絮[3]立岑椒[4]，裹绵坐石畔。
开口竟可吞，入手弗可玩。
袖归拟赠客，衣解随风散。

注　释

[1]鼓山：山名，少室山的东侧，有几座稍矮的山峰，人们因其形状分别取名，其中形状如鼓的，叫“鼓山”。

[2]霄汉：天空极高处。霄，云。汉，天河。

[3]擘(bāi)絮：用手分剖棉絮，这里比喻在高山云雾里行走，好像用手分剖如棉絮的云雾。擘，分剖，分裂。

[4]岑椒：小而高的山的顶部。岑，小而高的山。椒，山顶。

鼓　山

沿山寻石鼓，操棒欲掺挝[1]。
路径达摩洞[2]，满地落松花。
选石坐游党[3]，命奴弄筝琶。
云中下山鸟，侧耳立枝杈。
忽尔天风至，和拍喧岩崖。
妙趣岂容说，一啸日夕斜。

注　释

[1]掺挝(càn zhuā)：击鼓的调子。此处作者用作击鼓的动作。

[2]达摩洞：少林寺附近的山洞名。北魏孝昌三年释迦牟尼的第二十八代佛徒菩提达摩历时三年到达少林寺，首传禅宗，影响极大。在五乳峰离绝顶数

十米的地方，有一深约 5 米、宽约 3 米的天然石洞，即达摩面壁九年处，人称“达摩洞”。

［3］游党：一起来登山观景的朋友。

捕　蝗

田生捕蝗来，直欲破天算。
以法授乡农，杀之几过半。
嗟兹蜫蛭[1]微，诜诜亦漫漶[2]。
口刃疾雨风，进退作鱼贯。
啮稼如恶客，餍饕[3]净几案。
急捕勿失时，翼成将四散。
牧民者何人？我独与尔难。
劚地[4]深掘穴，投火以足踹。
势不异秦坑[5]，戕忍非余惮。
余仅存二三，姑留待乌鹳。
乃知孽可违，亦须人力捍。
功成赏与谁？宜宜姚崇赞[6]。

注　释

［1］蜫蛭（kūn zhì）：虫类，此处特指蝗虫。

［2］漫漶（huàn）：模糊不可辨别。

［3］餍饕（yàn tāo）：即“饕餍”，形似狼，好饮食，古人多将之铸于饮食器皿之上。

［4］劚（zhǔ）地：挖地。

［5］秦坑：指秦始皇焚书坑儒时，挖掘的深坑。

［6］姚崇赞：称赞唐朝名相姚崇的赞语。姚崇（651—721），唐陕州硖石人。

本名元崇,后改名崇。睿宗时为相,以太平公主事被贬;玄宗时,复为相,抑权贵,劝节俭。为相五年,引宋璟自代。旧史称其主政时期为"开元盛世"。

庚寅春孙学使莪山[1]以书寄问作此答之

曾记送君日,花下侑别卮。
明年寄手书,海棠适弄姿。
黔阳[2]五千里,音问不复期。
忽尔来双鲤[3],读罢手还持。
试看庭前树,春意又满枝。
转眼花三发,安能不相思?

注 释

[1]孙学使莪山:指作者朋友孙勷。见本卷《同方山子未过圣安寺观画壁慧明上人》注释[1]。

[2]黔阳:县名,在今天的湖南省怀化市境内。

[3]双鲤:书信的雅称。古人常用木头刻成上下双鱼形状的木函,把写好的书信封在里面交给人传递,故人们称书信为"双鲤"。

望 岱[1]

结庐在卫水[2],去岱四百里。
路远虽未游,岳势熟于耳[1]。
晴日登阿阁[3],不惜劳眸子。
朝来山色青,日暮山色紫。
莫云远望虚,难与近观比。

但恐山灵妒，未许人块视[4]。自注：太白块视三山、杯观五湖。
云埋峦与峰，秘比神化理。
遂令炯炯者[5]，坐穷跬步[6]里。
何时十六盘[7]，矫首[8]振木履。

校　记

【1】底本中本卷本诗自“耳”至结束、《过乱冢》、《有感二首》、《寄甘别驾怀园四首》第一首开篇至“安得弗”，与卷四《香城居士七十以后诗·菊隐集》之《戏题所选汉唐诗卷后》、《食鱼》、《八老诗·头》《眉》《目》以及《耳》诗题“耳”错简，现乙正。

注　释

[1]岱：指山东境内的泰山。

[2]卫水：河流名。见本卷《对月偶成》注释[4]。

[3]阿阁：高高的阁子。阿，大的丘陵。

[4]块视：把它当作土块来看待。块，土块。

[5]炯炯者：眼睛明亮的人。炯炯，光亮貌。

[6]跬(kuǐ)步：半步，相当于今之一步，比喻数量之小。

[8]十六盘：一般说法为泰山十八盘。当时今日之十八盘还未开凿。泰山十八盘是其登山盘路中最险要的一段，共有石阶1600余级，在对松山北。高阜之上，双崖夹道，旧称云门，今名开山，清乾隆末改建盘道时修建。

[9]矫(jiǎo)首：举头。

过乱冢[1]

偶尔过乱冢，冢旁逢野老[2]。
告我冢中人，荣名足自好。
负累[3]连枝叶，厥祀竟不保。

号泣常夜闻，酸风[4]摇百草。

注　释

[1]乱冢（zhǒng）：没人管理的乱坟地。

[2]野老：田野老人。

[3]负累：指连绵的坟头。

[4]酸风：因悲伤而让人鼻子辛酸的风。

有感二首

闻物有封豕[1]，贪惏[2]性不已。
俯首似卑率[3]，柔毫藏激矢[4]。
是物果龌龊[5]，不挂古人齿。
今者复何如？投畀[6]应难俟[7]。

注　释

[1]封豕：大猪。常用于比喻贪暴的首恶分子。

[2]贪惏（lán）：即贪婪，贪得无厌。惏，贪残。

[3]卑率：卑顺粗心。

[4]柔毫藏激矢：野猪的柔软的毛里面藏着尖锐的箭一样的硬毛。

[5]龌龊（wò chuò）：恶浊，肮脏。

[6]投畀：抛弃，放逐。

[7]俟（sì）：等待。

玉可比君子，青蝇竟污玉。
人怪玉不洁，玉笑人无目。
浮疵[1]虽为累，色泽犹可沐[2]。

世乏爱玉者，谁将青蝇逐？

注　释

[1]疵(cī)：缺点，毛病。

[2]沐：使之润泽。

寄甘别驾怀园[1]四首[2]

握手平原岭[3]，踌躇[4]罢欢宴。
回忆五年间，无日不相见。
风雨董子台[5]，跌宕[6]柳湖岸。
忽复与君远，安得弗□□。

注　释

[1]甘别驾怀园：甘怀园为清代早期著名的指画家，汉军正蓝旗人，善指画，曾亲承高其佩的指授。别驾，官职名，汉制，是州刺史的佐吏，也称别驾从事吏。因随刺史出巡时另乘传车，故称别驾。隋唐曾改为长史，后又复原名。宋代改置诸州通判。

[2]题为“四首”，现存二首，另一首只存一句。

[3]平原岭：地名，即小胡城古城遗址，在今山东省德州市。

[4]踌躇(chóu chú)：从容自得的样子。

[5]董子台：德州的古迹之一，今德州小西门外四龙坝建有董子读书台，是董仲舒读书的地方，俗称董子台。后因董子著《春秋繁露》，世人也称“繁露台”。

[6]跌宕(dàng)：谓行为无检束。

罗酒[1]白如水，德鲤[2]胜似银。
二者称清品，欲以啖[3]诗人。

探囊怪羞涩[4]，心与力不均。

气味既相合，粗粝[5]亦足珍。

注　释

[1]罗酒：酒名，其创始人为明末德州人罗国士（1591—1666），字励相，号嵚瞻，崇祯十年进士，历任直隶固安县、河南安阳县令。其在安阳任职期间，经常到当地酿酒作坊视察参观，与酿能手交流，回德州后结合德州水土特点，指导家人酿制白酒，人称罗酒。其后人不仅供自家享用和赠送亲友，还建起作坊酒场，使之成为家族产业。据载明代京师排列当时南北名酒，首为金坛于酒，次为德州罗酒。

[2]德鲤：指德州的河流里产出的鲤鱼。

[3]啖（dàn）：给……吃。

[4]探囊怪羞涩：伸进口袋摸钱发觉它是空空的而感到羞愧拘束。典出宋阴幼遇《韵府群玉》："阮孚持一皂囊，游会稽。客问囊中何物，曰：'但有一钱守囊，恐其羞涩。'"后人自谓身无钱财曰"阮囊羞涩"，比喻口袋里没钱。

[5]粗粝（lì）：粗米饭。

布帘还自下【1】。

校　记

【1】此首现存一句。

六图诗为邢生[1]题

石雀图

小鸟何灵慧，丘隅得所止。

忆彼山中人，安稳亦如此。

注　释

[1]邢生：姓邢的年轻人，善画。籍贯生卒年月不详。

高猿图

老猿据空山，高卧翠屏[1]上。
长啸呼其俦[2]，同将王子[3]访。

注　释

[1]翠屏：山名，此处似不是确指，而是用以指代一般的山。
[2]俦(chóu)：同辈，伴侣。
[3]王子：本指王子乔，这里泛指隐居山林的隐士们。

燕子穿柳图

新柳拖长条，春风开燕剪[1]。
剪断长条未，游人迷望眼。

松鼠图

大尾掉松枝，洁肠饱松子。
视彼居窟者，龌龊何足齿？

柳穿鱼图

柳条穿尺鲤，鳞横三十六[1]。

尔胡不择渊？枉负鳏鳏[2]目。

注　释

[1]三十六：六六鱼，即鲤鱼。《广辞林》说，六六鱼乃因为有36个鳞片的排列而得名，是鲤之别称。

[2]鳏(guān)鳏：张目不寐的样子。此处形容鱼儿们的眼睛一眨不眨的样子。

醉仙图

一瓢忘昏旦，酩酊[1]卧绿茵[2]。
八仙[3]歌里客，未审是何人。

注　释

[1]酩酊(mǐng dǐng)：大醉。

[2]绿茵：像席子一般的草地。茵，车上的垫子，后来范围扩大，指一般的席子。

[3]八仙：酒八仙人。唐代李白、贺知章、李适之、李琎、崔宗之、苏晋、张旭、焦遂八人，好饮酒赋诗，人称"酒八仙人"。

大　水

霪霖[1]浸夏末，翳晦[2]足深忧。
兼之河口决[3]，大陆奔洪流。
城垣没几板，民舍游鳝鳅[4]。
野渡买禁门[5]，桥断径奚由。
薄田在城北，往探思夷犹[6]。

骑马防坑陷，登车危操舟。
阿奴画奇策，令余学越泅[7]。
所历堪酸楚，十室无一留。
敝庐幸无恙，土墙倒四周。
居然号水国，足底响清流。
鹅鸭偏得意，蛙吹夜未休。
置身尚少地，安望岁有秋？
天心不可测，我欲问阳侯[8]。
怜彼蕴蕴者[9]，泛滥何时收。

注 释

[1]霪霖(yín lín)：长时间下得不停的雨。霪，久雨。霖，久雨。

[2]翳晦(yì huì)：指天空乌云密布、阴沉灰暗。翳，障蔽。

[3]河口决：特指黄河决口。

[4]鳝鳅(shàn qiū)：两种鱼的名称。这里泛指多种鱼类。鳝，鱼名，俗称黄鳝，身体细长，似蛇，有黏滑的体液。鳅，鱼名，泥鳅。形似鳝鱼，长约三四寸，尾扁，身体青黑色，无鳞而微有黏液。

[5]禁门：此处指德州城的城门，过去城门有人把守，定时启闭，不能随便出进，故称为禁门。

[6]夷犹：迟疑不前。

[7]越泅(qiú)：用游水的办法过河。泅，游。

[8]阳侯：传说中的波涛之神。

[9] 蕴(méng)蕴：迷离，迷茫。这里指大地一片水泊，水波茫茫。

题张卯君[1]桐阴书屋图

凉雨洗高桐，浓阴覆矮居。

幽意妙何如，岑寂[2]更无虑，
客去鸟飞来，客来鸟飞去。

注　释

[1]张卯君：即张在辛(1651—1738)，字卯君，号兔公，又号柏庭。山东安丘人，与父亲张杞园同为鲁中名士，父子俱善书画篆刻。张卯君有《隐厚堂遗诗》。

[2]岑寂：冷清，寂寞。

老　柳

老柳大十围[1]，犹是童时见。
今成白发翁，其大又增半。
始栽者为谁？岁久年莫算。
譬如期颐[2]人，未可轻亵慢[3]。
三眠[4]弄烟姿，百尺耸伟干。
环村拖条者，俱做儿孙看。
老矣足风流，惜乎生旸院[5]。
饱听碌碡[6]声，地从牛马便。
徒怀攀折忧，不遇工师盼[7]。
虽老亦奚为，较余还差善。
余死身便埋，尔枯尚可爨[8]。

注　释

[1]围：记录圆周的量词。

[2]期颐(yí)：称百岁之人。百岁为生人年数之极，故曰期。此时起居生活待人养护，故曰颐。

[3]亵(xiè)慢:轻慢,不庄重。

[4]三眠:指柽柳(人柳或者三眠柳)的柔弱枝条在风中时起时伏。《三辅旧事》:“汉苑中有柳如人形,号曰人柳,一日三眠三起。”

[5]畼(chàng)院:指场院,打晒谷物、种蔬菜用的地。

[6]碌碡(liù zhou):平地碾谷脱粒的农具,由石滚及枢架构成,以牛马或者人力牵引。

[7]工师盼:采伐制造的匠师来查看采伐。工师,古代主管百工之官,此特指管采伐制造的匠师。

[8]爨(cuàn):炊,即烧火做饭。

题艾州刺浩亭[1]学稼图四首

我识学稼人,今已十三载。
须眉虽渐异,丰标[2]犹未改。
若从画图看,焉知是守宰[3]?

注 释

[1]艾州刺浩亭:艾浩亭,作者友人,曾官居州刺史。籍贯生卒年月不详。

[2]丰标:美好的风貌神情。标,风度,格调。

[3]守宰:泛指地方官。

我识学稼人,不爱衙宅住。
买此溪上田,播种已成趣。
肖彼农父态,何须巾与屦[1]?

注 释

[1]屦(jù):古代用麻葛制成的一种鞋。

我识学稼人，即所称诗老。
春水暖野塘，春风绿新草。
计到西成[1]日，佳句添多少。

注　释

[1]西成：谓秋季收成。《书·尧典》“寅饯纳日，平秩西成”，传：“秋，西方，万物成。”

我识学稼人，归田意似果。
自耕还自食，其乐良亦颇。
名记御屏风[1]，问君可不可？

注　释

[1]御屏风：皇帝宫廷里所陈设的用于挡风或者遮蔽的用具。屏风上常书写重要人物的姓名。

寄临淮[1]戴明府霞城[2]

临风动怀想，感时忆畴昔[3]。
故人同乡县，少小年相敌。
无日不追随，有如鸟比翼。
自秉榆山铎[4]，相思从此积。
驱车曾过访，梅花香满宅。
三度归里门[5]，须眉随时易。
屈指廿余载，四见君颜色。
临淮称都会，地界大江北。

君往抚字[6]之，不负夙所期。自注：叶。

民安官自闲，水美肥金鲫。自注：城内池出大鲫，有重十余斤者。

乃复念故人，一缣[7]等拱璧。

嗟余老更贫，闲情何所适。

朝夕短长吟，积箧[8]已三百。

便欲灾梨枣[9]，阿谁堪借力。

艰难托友朋，天涯几相识。

缅怀素心[10]人，千里犹几席。

因此走长须[11]，藉以达胸臆[12]。

注 释

[1]临淮：地名，在今安徽凤阳县东，春秋钟离国地，为钟离县。金改临淮县，属泗州。清乾隆十九年后废为乡，并入凤阳。

[2]戴明府霞城：戴霞城与作者为同乡，少时朋友，曾官居榆山县教谕、临淮县令，生卒年月不详。按古人行文惯例，对友人不会直呼其名，"霞城"当为号。明府，唐代对县令的尊称，此处代指县令。

[3]畴(chóu)昔：往日。畴，助词，无义。

[4]秉榆山铎(duó)：指戴霞城做榆山县教谕。秉铎，做教官，以其执铎而宣教令，故称。榆山县，即今山东平阴县，清代属泰安府。

[5]里门：乡里之门。古聚族列里而居，里有里门。

[6]抚字：抚养爱护。

[7]缣(jiān)：双丝织成的细绢。汉代以后多用作赏赠酬谢之物，或以作货币。因古人曾用绢做书写材料，此处"缣"代指书信。

[8]箧(qiè)：箱。大曰箱，小曰箧。此处指书箱。

[9]灾梨枣：祸害梨木和枣木，此处指自己的书要刻成木版刊印的谦称。灾，祸害。梨枣，旧时多用梨木、枣木刻版印书，故以"梨枣"为书版的代称。

[10]素心：心地纯洁。

[11]长须：男仆。

[12]胸臆：心怀。

第二卷

鬲津草堂五字今体诗

赵香坡[1]自济南贻诗赋答

斜月侵书屋，凉风透槿篱。
吾曹不在眼，孤兴未能移。
幸有尊中酒，忽来泉上诗。
把杯饮一过，如对故人时。渔洋曰：诗品之最为贵者。

注　释

[1]赵香坡：赵于京（1652—1707），字丰园，号香坡，历城人。辛酉孝廉，历官河南府尹。有《泉上诗》流传。

造　屋

河干[1]半弓[2]地，新结两三椽。
屋小才容膝，墙低仅及肩。
风来帆影外，日落女城[3]边。
何似张融[4]宅，移来岸上船。

注 释

[1]河干:河岸。干,水边。

[2]半弓:形容面积很小。弓,古代丈量土地的单位和工具。五尺为一弓,即一步。三百六十弓为一里,二百四十方弓为一亩。

[3]女城:即女墙,城墙上面呈凹凸形的小墙。

[4]张融:南朝齐文学家、书法家,字思光,一名少子,吴郡(今苏州)人,善草书。

北村访友人晚归

屯氏河[1]边柳,玄元庙[2]里钟。
栖鸦乱马首,月影淡孤踪。
林转村方见,更深露正浓。
莫言归太晚,好友喜相逢。

注 释

[1]屯氏河:卫河,汉代称屯氏河,曾是黄河故道。隋炀帝时开永济渠,其今在山东境内一段,一部分是利用屯氏河故道修浚而成。现在的卫运河自临清经武城至故城一段,即是利用屯氏河的故道,流经德州,故作者称卫运河为屯氏河。

[2]玄元庙:道士修行之道观。

村居杂咏五首

城市多烦扰,村居半月期。
屋低尘欲静,客至犬先知。

沽酒呼牛竖[1],抄书访塾师。
幽怀耽此地,作意故栖迟[2]。

注　释

[1]牛竖:牧牛的儿童。竖,童仆,童子。

[2]栖迟:淹留,隐遁。

地枕鬲津岸,人稀夏未深。
纳凉先选树,临水自弹琴。
意往孤云外,神闲太古音。
偶然田父至,一笑豁幽襟。

暂辞裘马客[1],来作种瓜人[2]。
缑氏法[3]难得,东陵[4]意可询。
命奴修圃具,辟地傍溪垠。
寄语同怀子,此中堪隐沦[5]。

注　释

[1]裘马客:乘车马出门穿华丽裘服的人,比喻生活奢华的人。

[2]种瓜人:指秦代东陵侯邵平。

[3]缑(gōu)氏法:指得道成仙之法。缑氏,山名,即缑山,在今河南偃师市,又名缑氏山。道家传说,仙人王子乔语桓良于七月七日在缑氏山岭相见,即此山。

[4]东陵:指秦代东陵侯邵平,他秦代被封东陵侯,秦灭后为民,种瓜长安城东以营生,所种瓜甜美,人称“邵侯瓜”或“东陵瓜”。

[5]隐沦:隐居。

西村王处士[1],今日一尊开。

曳杖我先去，抱琴奴后来。
门深遮乱柳，屋老覆苍苔。
饶有高人致，何妨取醉回？渔洋曰：洒脱。

注　释

[1]王处士：姓王的邻村朋友。名字和生卒年月不详。处士，未仕或者不仕的士人。

科头[1]坐树下，颇爱野人情。
樵唱腰镰去，牛归项铎鸣。
纷纭早麦色，琐细暮禽声。
佳趣谁能识？吾将老此生。

注　释

[1]科头：指不戴冠帽，裸露头髻。

春日杂诗八首

天放终年假，春来慰寂寥。
分花到邻圃，信步过溪桥。
压帽游丝[1]静，垂鞭村路遥。
正耽风日美，又见酒帘招。

注　释

[1]游丝：比喻飘动的淡淡烟气。

百丈牵风上，摇摇势欲鸣。

图经郭子[1]作,戏自汉宫成[2]。
绰约[3]云衣薄,低昂燕尾轻。
层霄偶尔到,得意似鹏程。

渔洋曰:先考功兄有诗云"扬子桥边九层塔,朝来不供纸鸢齐",同一寓意。

注 释

[1]郭子:指取放风筝的题材入画的郭忠恕(?—977),字恕先,又字国宝,洛阳人,工画山水,所画重楼复阁建筑颇合规矩,有《配鱅》等。

[2]戏自汉宫成:汉将韩信曾将风筝放飞到空中,根据风筝线的长度来计算到未央宫的距离之事。

[3]绰约:形容女子体态柔美的样子。

花事才经眼,闲游到鬲津。
柔蓝浮野岸,淡墨上春鳞。
放艇萍牵棹,垂竿鸭狎纶[1]。
村童颇解事,隔水唤渔人。

渔洋曰:"淡墨上春鳞"五字,似不从人间来。

注 释

[1]鸭狎纶:河里的鸭子用嘴巴衔牵着钓鱼人垂下的钓丝。狎,戏弄。纶,钓丝。

开士[1]曾相约,春朝许往寻。
为生何寂寞?爱客尚关心。
彼岸鸣斋鼓[2],诸天动梵音[3]。
头陀[4]迎我入,草碧一堂深。

注 释

[1]开士:即菩萨。能开导众生悟入佛的知见,故称开士,后来作为对僧

人的敬称。

[2]斋鼓:寺院内举行佛事活动时的钟鼓声。

[3]梵音:诵经的声音。

[4]头陀:梵语称僧人为头陀,亦作“头陁”“杜多”。原意为抖擞,谓少欲知足,去离烦恼,如衣抖擞,能去尘垢,故以喻为名。

兀兀[1]春情减,贪眠曲录床[2]。
此中真有味,与世暂相忘。
攲[3]枕茶鸣鼎,窥帏燕语梁。
欠伸[4]还自笑,忽忆少年狂。

注　释

[1]兀兀:昏昏沉沉的样子。

[2]曲录床:器具名。僧家所用的椅、床多刻木为之,其床称曲录床。曲录,刻木成屈曲貌。

[3]攲(qī):倾斜不正。

[4]欠伸:倦时打哈欠和伸懒腰。

柴门绝造请,俯仰爱吾真。
抚帖存奇字,摊书识异人。
垂帘香穗直,脱帽酒痕新。
斜日石栏曲,春驹[1]亦自驯。渔洋曰:司马文正公诗“烟曲香寻篆,杯深酒过花”,叹其工绝,五六似之。

注　释

[1]春驹:蝴蝶的一种。

兴至从吾乐,当春更不同。
莺花三月半,谈笑一帘中。

柳似裙腰绿，桃如醉颊红。
呼奴招饮伴，我欲饯[1]东风。

注　释

[1]饯：以酒食送行。

春至如佳客，同人作胜游。
有时频命酒，无日不登楼。
树古劳题品，诗多借校雠。
犹嫌兴易尽，欲去更迟留。

送萧侍读韩坡[1]游天台[2]

乘兴扁舟去，春风远送行。
柳垂江岸阔，潮落布帆轻。
水绕逢青鸟，云流望赤城[3]。
知君三月半，倚杖石梁横。

注　释

[1]萧侍读韩坡：作者同乡好友萧惟豫，见卷一《送萧侍读韩坡游嵩山》注释[1]。

[2]天台：山名。在今浙江天台县北，仙霞岭山脉的东支。

[3]赤城：天台县的别称。

答孙检讨子未[1]

疏狂非有意，好懒得吾真。

盛事推杯斝[2]，闲情付欠伸。
桐材[3]原可爨，鸥性[4]故难驯。
虽作金台[5]客，依然是散人[6]。

注　释

[1]孙检讨子未：作者同乡好友孙勷，字子未，见卷一《同方山子未过圣安寺观画壁慧明上人出王文公所遗饮器贳酒相饷晚归记事》注释[1]。

[2]杯斝(jiǎ)：酒杯和似爵的大酒器，泛指饮酒器皿。斝，古代铜制的酒器，似爵且体形较大。

[3]桐材：珍贵的材料。古人常用桐木作琴瑟的底座，用以比喻难得的人才。

[4]鸥性：海鸥，性喜在海上随潮迎浪，上下飞翔，自由自在。这里作者比喻朋友不愿受到约束喜欢自由自在的性格。

[5]金台：指当时京城北京。

[6]散人：闲散不为世用之人。唐陆龟蒙隐居不仕，以散人自居，常以舟载茶灶、笔床、钓具往来各地，时人称之为江湖散人。后来常以散人作为隐士的代称。

登悯忠寺[1]阁远眺

阁上倚阑干，裴回[2]纵目看。
青山隐树里，白塔耸云端。
一握天应近，孤怀客欲宽。
兴随落日尽，忘却滞长安。

注　释

[1]悯忠寺：寺院名。唐贞观十九年，唐太宗为纪念跨海东征中死难的将士，命人在幽州城内建一座寺庙。寺未建成，李世民去世。后寺于武后万岁通

天元年建成,命名为"悯忠寺"。后世屡经毁建,明正统七年重建,改叫"崇福寺";明朝末年败废,又重建始称"法源寺"。雍正年间大修后仍名"法源寺",定为律宗寺庙,是专司传戒授法的皇家古刹。

[2]裴回:同"徘徊",往返回旋。

访超上人[1]

欲访山腰寺,穿云路几重。
惊涛桥口白,野火岭头红。
鸟道[2]迷荒草,樵歌起上风。
劳劳[3]山色里,日暮对支公[4]。

注　释

[1]超上人:僧人名。生卒年月籍贯不详。

[2]鸟道:谓险绝的山路,仅通飞鸟。

[3]劳劳:惆怅忧愁的样子。

[4]支公:即支遁(314—366),晋代陈留人,或云河东林虑人,字道林,本姓关,隐居于余杭山,后出家,通《庄子》及《维摩经》等,世称支公或林公。

济源[1]段园[2]二首

辟地东郊外,开门枋口[3]边。
山从王屋[4]起,水与孟门[5]连。
处士名犹在,司空图[6]正传。
因怀玉川子[7],对月诵余篇。

注　释

［1］济源：河南省济源市。

［2］段园：园林名，在河南省济源市境内。

［3］枋口：打木桩作堰的水边。

［4］王屋：山名，即王屋山。

［5］孟门：又称白陉，太行八陉之第三陉。在今河南省辉县市西，春秋时今晋南、豫北地区间交通要隘。

［6］司空图：唐代诗论家、诗人。字表圣，河中（今山西永济）人。咸通十年（869）进士，官至知制诰、中书舍人。唐末政局混乱，他力求退隐，归居中条山王宫谷别墅中，游吟于泉石林亭间。曾作《休休亭记》以示放达。

［7］玉川子：见卷一《玉川》注释［2］。

不入名园里，安知设境幽？
有山皆架阁，无径不临流。
尊酒双鬟侍，烟萝一榻收。
风流弹指尽，客至任闲游。渔洋曰：三四想见位置之妙。

出　游

今朝风日暖，缓步出城闉[1]。
欲访缑山[2]寺，先经洛水[3]滨。
酒旗阑道出，雁阵[4]傍林屯。
正拟穷游目，峰头雾作巾。

注　释

［1］城闉（yīn）：古代瓮城的门。

[2]缑(gōu)山:山名,即“缑氏山”,在今河南省偃师市。道家传说,仙人王子乔语桓良于七月七日在缑氏山岭相见,即此山。

[3]洛水:河流名,即洛河,见卷一《崿岭》注释[2]。

[4]雅阵:成群的乌鸦。雅,同“鸦”,即乌鸦。

僧　舍

散策离城市,孤踪入少林。
山高天影窄,僧定佛堂深。
榻就琉璃[1]设,诗随钟磬吟。
虽为浪游客,无复动归心。

注　释

[1]琉璃:以黏土、长石、青石等为原料而烧制的瓦,此处指用琉璃瓦盖的大殿。

钵盂峰[1]

最爱钵盂顶,孤峰直插天。
山腰盘鸟道,石罅泻龙泉。自注:上有五龙泉。
白社[2]僧先去,黄昏客未还。
耽奇亦为累,竟日滞层颠[3]。

注　释

[1]钵盂峰:山名,在今河南省登封市境内。

[2]白社:即“远公社”,本指晋代高僧慧远所创的白莲社,此处作者用于

泛指佛寺。

[3]颠:此处指山顶。

少林寺[1]

寺就名山建,大元皇庆[2]时。
残碑判今古,老树作之而[3]。
佛塔巢灵鸟,僧厨走介麋[4]。
何当来胜地,衣钵问禅师。

注　释

[1]少林寺:寺院名。在河南省登封市北部少室山北麓。北魏孝文帝太和十九年建。隋文帝改名陟岵,唐复名少林。

[2]大元皇庆:元朝皇庆年间。元仁宗爱育黎拔力八达的年号。

[3]之而:须发,指胡须和头发。见《周礼·考工记·梓人》:"作其鳞之而。"清戴震《考工记补注》:"颊侧上出者曰'之',下垂者曰'而',须鬣属也。"

[4]介麋:大鹿。介,大。

初祖庵[1]

达磨[2]面壁处,云在乳峰[3]南。
路折烦樵引,风寒趁午探。
通山皆怪石,绝顶一茅庵。
涉险须当记,诗题古佛龛。渔洋曰:三四形容入妙。

注 释

[1]初祖庵:指佛教禅宗达摩初来中国的修行之处。

[2]达磨:即达摩,菩提达摩的省称。南朝梁释慧皎《高僧传》谓达摩,天竺人,本名菩提多罗。于梁普通元年入华,武帝迎至金陵。后渡江往魏,止嵩山少林寺,面壁九年而化。传法于神光,禅宗称为天竺禅宗第二十八祖,中华初祖。

[3]乳峰:少室山的一峰,称五乳峰。

探梅诗同振玉[1]宪武[2]清远[3]二首

梅花犹未放,何事故迟迟?
雪杳三冬夜,春无半月期。
抚时伤暮景,把酒笑寒枝。
忽忆金轮主[4],明朝一首诗。

注 释

[1]振玉:即颜希圣,字振玉,号者莪,清康熙五十九年举人,雍正元年进士,曾任湖北广济县(今武穴市)知县。《高津草堂诗》的校对者之一。

[2]宪武:魏藿村,即魏丕承,字宪武,号藿村。清初山东德州人,康熙戊子举人。官至中书舍人,有《洗心堂集》。《高津草堂诗集》的校订者之一。

[3]清远:即宋来会,字清源,一字清远,号秋圃,德州人,雍正癸卯拔贡。有《近思斋集》。作者友人,著名学者宋弼之父。

[4]金轮主:指武则天。据《旧唐书·则天皇后纪》,武则天于长寿二年"秋九月,上加金轮圣神皇帝号,大赦天下"。所以后人称武则天为金轮或金轮皇帝。民间传说她曾命令百花在寒冬里一夜尽开,而独有牡丹拒绝,故遭贬至洛阳。

看汝含苞意,将开不竟开。

欲听风信至，还待酒人来。
好日宁虚度，新诗许浪裁。
先期能作约，如意报吾梅。

酬冯舍人大木[1]二首

故人常在念，别久梦难寻。
视昔时方异，论交味愈深。
燕山悲道远，秋水怪鱼沉。
应是京华美，忘怀到素心。

注　释

[1]冯舍人大木：见卷一《百泉》注释[3]。

一官君自达，切莫说归期。
车马投交地，篇章引誉时。
无劳分禄米，有便寄新诗。
千里虽相隔，犹堪慰我思。

偃师[1]留别卢明府喜臣[2]内舅【1】[3]三首

遥望偃师路，临城尚隔村。
邙山[4]在北郭，洛水绕南门。
客至鞭挝鼓，官清酒酝尊。

征衣聊抖擞，相与话寒暄[5]。

校 记

【1】内舅：《国朝山左诗钞》作“先生”。

注 释

[1]偃师：县名，今河南偃师市。

[2]卢明府喜臣：作者亲戚卢喜臣，即卢道悦（1640—1726），字喜臣，号梦山，德州人。康熙庚戌进士，官偃师知县。有《公余漫草》《清福堂遗稿》。

[3]内舅：妻子的舅舅。

[4]邙山：山名，即河南洛阳北邙山。

[5]寒暄：多指宾主相见时互道天气冷暖的应酬之辞。

水北山南县，三年客载过。
烛烧残夜短，语及故乡多。
不尽杯中酒，懒听瓶里歌。
人生几聚首，凄惋意如何。

衙斋留几日，离况又重新。
昔作还乡客，今为万里人。自注：将有闽中之行。
江山动感慨，风雨抱酸辛。
况是经年别，劳思应最真。

浦城[1]逢庞雪崖[2]赴建宁[3]太守任

万里遨游客，依依好友前。
篇章投北地，饮酌共南天。

相慰情何重，言归思可捐。
酒阑重惜别，竟夜话江边。

注　释

[1]浦城：县名，今属福建省。东汉侯官县地，建安初置汉兴县；唐改唐兴，又改武宁，天宝元年更名浦城，以城临浦水而名；明清属建宁府。

[2]庞雪崖：即庞垲（1657—1725），字霁公，号雪崖，直隶任丘人。康熙十四年举人，十八年登博学宏词科，官至建宁知府，后辞归。有诗名，著有《丛碧山房集》五十七卷附《诗义固说》二卷。

[3]建宁：府名。汉为会稽郡治县地，建安初分置建安县；三国吴永安三年于冶地南部置建安郡，郡治建安县；隋大业初移郡治闽州（即今福州市）；唐武德初置建州，天宝初复称建安郡，乾元初又改为建州；南宋绍兴二十三年改为建宁府；元为路；明清皆为府。

思　归

旅梦纷难记，客窗看已明。
见人携幼子，使我动归情。
饮水思乡味，登山望帝京。
浪游心暗悔，不自此时生。渔洋曰：三四是情至语。

瓯宁[1]遇朱竹垞[2]查夏仲[3]停舟话旧惠分名茶鲜荔隔夜而别

相将情独至，异味赠天涯。
香蜜浸红荔，银瓶贮郑茶。

同舟客偏好，孤棹路犹赊。
明日分帆去，回头空落霞。

注　释

［1］瓯宁：地名，位于今福建省建瓯市内，属闽北山区。北宋治平三年分建安、建阳、浦城三县地，置瓯宁县，寻废，元祐中复置；绍兴三十二年升为建宁府治。明清相因。1913 年并建安、瓯宁为建瓯县。

［2］朱竹垞（chá）：即朱彝尊（1629—1709），字锡鬯，号竹垞，清浙江秀水（今属浙江嘉兴）人。康熙八年以布衣举博学鸿词科，授检讨，曾参与修撰《明史》。是浙西词派的创始者，著有《曝书亭集》《日下旧闻》《经义考》；辑有《明诗综》《词综》。

［3］查夏仲：即查慎行（1650—1727），清浙江海宁人。初名嗣琏，字夏重；后更名慎行，字悔余。康熙四十二年进士，授编修。工诗，著有《敬业堂集》《补注东坡编年诗》等。

过高唐[1]留别刘明府毅斋[2]二首

几载劳相念，终虚接面欢。
地非千里隔，书寄数行难。
久作鱼丘梦[3]，今过漯水滩。
笑言官阁里，相对味如兰。

注　释

［1］高唐：县名。汉灵县地，属清河郡；北魏景明三年分置高昌县；元至元七年为高州州治；明初省县入州；1913 年改州为县，即今山东省聊城市高唐县。

［2］刘明府毅斋：曾官高唐县令，其余不详。

［3］鱼丘：县名。公元 690 年，武则天称帝改唐为周，因忌讳“唐”字，于 693 年改“高唐县”为“崇武县”；中宗李显复唐后，于 705 年复名“高唐县”；908

年，后梁时改“高唐县”为“鱼丘县”；到924年，后唐替代了后梁，恢复“高唐县”名。曾称“鱼丘县”，是因城东有土山，形状像鱼，故称鱼丘。

崇武城[1]西路，棠阴处处连。
策驴入清署，把酒话当年。
双鬓我先改，一官君自贤。
交情老更笃，欲去复迟延。

注　释

[1]崇武城：武则天称帝时曾改“高唐县”为“崇武县”。

过郓城[1]留别李广文航石[2]

交情属夙好，酬对记当年。
烧烛留花夜，携肴就酒天。
一官成远别，数载杳音传。
何意他乡里，相逢霜满颠。

注　释

[1]郓城：县名。今山东省郓城县。春秋时为鲁郓邑；汉为寿良县地；隋开皇十年置郓州，十八年改为郓城；唐改为万安县，五代以后复称郓城县。

[2]李广文航石：李航石，生卒年月籍贯不详，曾任郓城县教谕。广文，职官名，儒学教官。唐天宝九载，在国子监增开广文馆，设博士、助教等职，领国子学生中修进士业者，时人视为冷官；明清以来泛指儒学教官。

送周榕客[1]出刺宣州[2]二首

我识周夫子，经今五载强。

订交惭老大，投合赖篇章。
君自移官好，谁还爱客狂？
相思从此始，千里故鄣乡[3]。

注　释

[1]周榕客：即周在建，字榕客，号西田，祥符人。历官淮安知府，有《近思堂诗》。

[2]宣州：今安徽宣城市。汉丹扬郡宛陵县，东汉置宣城县。晋为宣城郡治所，唐为宣州治所。明清均为宁国府治所。

[3]鄣乡：宣州古属鄣郡。鄣郡，战国楚地；秦置郡；汉武帝元封二年更名丹阳郡。今江苏南部茅山以西、安徽省长江以南、浙江省新安江以北，皆其地。治所在鄣。

偏是风雅客，衙斋地更幽。
竹山当户出，桐水绕阶流。
小饮人堪共，新诗谁可酬？
知君当此际，还忆古陵州[1]。

注　释

[1]陵州：今山东德州的元代旧名。

送赵怡斋[1]赴金华[2]太守任二首【1】

君出东阳[3]守，春风欲送行。
山青严子濑[4]，花灿越王城[5]。
八咏楼[6]还在，双溪[7]水渐清。
应知喧野老，复得见袁宏[8]。

校　记

【1】“太守任二首”,《国朝山左诗钞》无此五字。

注　释

［1］赵怡斋:即赵善庆,字怡斋,德州人,作者友人。历官金华知府,有《重知堂诗》。

［2］金华:县名,即今浙江省金华市。西汉为乌伤县,东汉曰长山县,隋改今名,历代因之。

［3］东阳:郡名。三国吴宝鼎元年置,治所在长山县,即今浙江金华市。南朝陈改为金华郡,隋改为婺州,大业初及唐天宝初曾复称东阳郡。

［4］严子濑:地名。即严陵濑,在浙江桐庐县南,相传为东汉严光隐居垂钓处。

［5］越王城:古代越国都城所在地。《读史方舆纪要》卷二十《南直二》:“越城在府南六里。《图经》:在江宁县南三里秦淮水南。范蠡佐越灭吴,欲图霸中国,因立城于此以威楚。今遗址尚存,亦名范蠡城,人呼为越台。”

［6］八咏楼:楼名。在浙江金华市南,旧名元畅楼,南齐太守沈约建。沈约有《登台望秋月》等诗八首,称八咏诗。至宋郡守冯伉改名“八咏楼”。

［7］双溪:溪流名。在浙江金华市内。

［8］袁宏(328—376):晋阳夏人,字彦伯,小字虎。少孤贫,有逸才,文章绝美。太元初,出为东阳太守。撰《后汉记》三十卷,与范晔《后汉书》并传。

官清公事少,一月几开衙。
好续山栖志,闲寻少女花[1]。
垂杨拂高盖,古洞住游车。
何意耽诗兴,翻从太守加。渔洋曰:襄阳音调。

注　释

［1］少女花:花名,即菊花。

正月初旬张幼渠[1]携新诗过舍索尝雪酒

人日[2]平原路，携诗特地来。
适逢宾满座，独诧子多才。
新什阳春艳，清尊白雪开。
如君佳士少，值得老夫陪。

注　释

[1]张幼渠：张方载，字幼渠，号律翁，岁贡生，官至东阿训导，有《自娱草》《聊尔集》。

[2]人日：农历正月初七。

立春日大雪二首

今年节气好，一夜雪漫漫。
试荈[1]添新味，窥园改旧观。
梅开才半树，风过尚微寒。
此日春鞭动，衣沾满郡衙。渔洋曰："窥园改旧观"五字，不让古人雪诗之佳者。

注　释

[1]荈(chuǎn)：晚采的茶。

夜雪无声息，开门路已漫。
何能操大篲[1]？未可作旁观。
扫径春风至，垂檐冰柱寒。

花情与酒事，从此属闲官。

注　释

[1]大篲(huì):大扫帚。篲,扫帚。

谢友人惠盆鱼

锦鳞几点点，盆盎任浮沉。
饶有金银气，岂无江海心?
儿顽休弄药，客至莫敲针。
珍重故人意，濠梁[1]趣可寻。

注　释

[1]濠梁:指濠水之上。《庄子》记载庄子和惠施在濠梁上观游鱼而辩鱼之乐否。后则以濠梁、濠上指逍遥闲游之所。

落　花

花事阑珊[1]日，哪堪风更狂?
余香留燕嘴，常贡减蜂王。
未许奴来扫，还怜客到堂。
落红虽满地，着眼兴犹强。渔洋曰:天然佳致。

注　释

[1]阑珊:衰落,将尽。

高西园[1]以南村图索题卷首张卯君[2]题我爱南村好五字即用其句率成三律

我爱南村好，披图识隐居。
矮篱沿水石，小屋富琴书。
谋醉沽山肆，寻诗跨瘦驴。
果然风景美，何日到轩除[3]。

注　释

［1］高西园：高凤翰（1683—1749），字西园，号南村，晚号南阜老人，山东胶州人，清代著名画家、书法家、篆刻家。曾任安徽歙县县丞、泰州巡盐分司，去官后流寓扬州；55岁时右手病废，改用左手作画，善画山水、花卉。有《南阜山人诗集》流传。

［2］张卯君：张元（1672—1756），字长四，号殿传，又号榆村，山东淄川人，系作者好友。有《绿筠轩诗集》等。

［3］轩除：堂的前沿和堂下的台阶。

我爱南村好，还知不自量。
山人书白兔，自注：卯君号“白兔山人”。石丈画王郎。自注：画乃王石丈作。
展卷惊双绝，挥毫笑老狂。
况贻佳士手，哪得取差强[1]？

注　释

［1］差强：即差强人意，勉强达到要求。

我爱南村好，遥遥千里程。

寒暄无定候，老病已难行。
泼墨君能事，相思我有情。
何如摹副本，留玩在香城？

题高西园六印山房[1]东坡先生雪浪斋[2]一印

古斋传雪浪，小印见苏家。
波涌九河水，光迷六出花[3]。
摩挲迹犹在，款识字微斜。自注：旁镌公名。
今落书生手，山房用自华。渔洋曰："雪浪"二字写得出。

注 释

[1]六印山房：作者友人高西园住宅名。

[2]雪浪斋：苏东坡的住宅或书斋名。

[3]六出花：雪花。因其为六角形的结晶体，而得名。

种 竹

此君能免俗，相对足清欢。
何用思千亩？偏宜种数竿。
可销朱夏[1]暑，不畏素秋寒。
培溉劳人意，休同别树看。

注 释

[1]朱夏：夏季。《尔雅·释天》："夏为朱明。"因称夏季为朱夏。

中　秋

节届中秋日，香盈老桂枝。
满堂无外客，把酒是豚儿。
饼食盘中美，瓜分醉后宜。
残年尚有几？肯负月圆时。

过指南庵[1]

开士[2]结茅处，平原古道间。
迎门来频水[3]，趺坐即空山。
供客秋瓜嫩，栽盆细菊斑。
匆匆骑马去，终让老僧闲。

注　释

[1]指南庵：指当时山东省平原县境内马颊河岸边的一僧庵，今不存。

[2]开士：菩萨的异名，后变成对一般僧人的尊称。

[3]频水：河流名，即马颊河，流经山东东北部。源出河南濮阳县，经平原、乐陵等地注入渤海。

过平原游即园[1]

爱此园林好，重游已十年。
亭台仍旧地，树木胜从前。

径曲风难扫，人来鸟代延。
檀州[2]何处是？遥望断秋烟。自注：时主人有事于密云，未还。

注　释

[1]即园：园林名。在山东省平原县内，今不存。

[2]檀州：唐武德元年设檀州，移治密云，即今北京市密云区。

过僧院午饭

午饭僧厨备，香台客座围。
堆盘茄杵大，上箸豆刀肥。
不肉遵禅戒，开尊典衲衣[1]。
淹留情未厌，摩腹发谈机。

注　释

[1]衲衣：僧衣。

庙前老槐

开士为余道，山门镇此槐。
但闻传说久，不记是谁栽。
下接南柯郡[1]，旁邻驸马台[2]。
君如寻好梦，须向此间来。

注　释

[1]南柯郡：唐李佐公作传奇小说《南柯太守传》，记淳于棼至大槐安国，

被招为驸马，出任南柯太守，享尽荣华富贵。后公主死，淳于棼遂失宠，被送归。梦醒，始知所游即庭前大槐树下蚁穴。比喻富贵得失之无常。

[2]驸马台：《南柯太守传》中淳于棼至大槐安国被招为驸马，故说大槐傍邻驸马台。

题张卯君种菜图

未见人与画，题诗似也无。
香城菊百种，杞圃[1]菜千区。
雅事堪相敌，高怀每觉孤。
东州[2]余二老，可惜阻遥途。

注　释

[1]杞圃：张卯君的父亲号张杞园，盖此处取其父字号称张卯君菜园。

[2]东州：此处指山东。古代齐、鲁等国，因皆位于我国东方，故称东国或东州。

寄罗定州[1]王明府[2]时侄幼安[3]赴西宁[4]任乃其属官也

阿买[5]从此去，龙乡[6]路八千。
莫愁庾岭[7]峻，方喜上官贤。
旧是通家子[8]，今成属下员。
知君敦古处，不假仆为先。

注 释

[1]罗定州:今广东罗定市。秦南海郡地;汉为端溪县地,属苍梧郡;南朝梁置平原县,属泷州;隋改为泷水县;宋废州,县属德庆府;元因之;明万历初升为罗定州;清为直隶州。

[2]王明府:作者友人,名号籍贯不详,曾为官于广东罗定州。

[3]幼安:作者田霡的侄子,田霡长兄田雯的儿子。

[4]西宁:今广东郁南县。明万历五年,因罗定地区的"瑶乱"被平定,泷水县升格为罗定直隶州,管辖东安(云浮县)、西宁(郁南县)两县,俗称"三罗"。

[5]阿买:田霡的侄子幼安的小名。

[6]龙乡:古代县名,清代的罗定州。东晋末年,在罗定地设立龙乡、元阮两个县,龙乡治所在今罗定市太平镇潭白,故后人也称罗定为龙乡。

[7]庾岭:山名。即大庾岭,一名梅岭,为五岭之一。在江西、广东交界处,古称塞上、塞岭、台岭。相传汉武帝时,有庾姓将军筑城岭下,故名大庾,又曰庾岭。

[8]通家子:世代有交谊之家的孩子。田霡一家与王明府一家旧有交情,故对王来讲,田霡的侄子就是"通家子弟"。通家,谓世代有交谊的家庭。

艺菊多种秋晚盛开此老来快意事也以诗记之二首

菊自令人爱,谁言爱必陶?
遣奴求异种,亲溉不辞劳。
叶比他家翠,枝过曩岁[1]高。
始知花有意,未肯负吾曹。

注 释

[1]曩(nǎng)岁:去岁,往年。曩,往昔,从前。

才过重九候，盆菊已升堂。
间色[1]分红紫，中央位白黄。
能供一月看，值得半年忙。
不让罗含宅[2]，秋来满舍香。渔洋曰：不着一字尽得风流，五六足以当之。

注　释

[1]间色：杂色。

[2]罗含：晋耒阳人，字君章，擅文章，官至廷尉、长沙相。致仕还家，在荆州城西小洲上立茅屋而居，阶前皆种兰菊。后来诗文中常用为退仕后托身有所的典故。

菊花二首

手种百盆菊，劳劳已半年。
枝烦人力护，色任化工[1]传。
此福谁能享？经霜看愈鲜。
拟将欣赏处，榜作菊花天。

注　释

[1]化工：大自然的作用，与“人为”相对而言。

艺菊从吾好，今年是次年。
渐知栽种法，遂结冷香缘。
盆位茅堂里，竹扶清砌边。
不须烦杜老[1]，代恨醉无钱。

注 释

[1] 杜老：即杜甫，杜甫自号少陵野老，所以后人也称他为“杜老”。

寄东昌[1]常别驾近辰[2]二首

自得忘年友，于今六载余。
两膺国士[3]荐，三过野人居。
言别春方始，怀人岁渐除。
何时重载酒？共读射城书[4]。

注 释

[1]东昌：府名。秦为东郡地，两汉因之；隋置博州；元至元四年置博州府，十三年改为东昌路；明洪武初改为府，清因之。今为山东聊城市东昌府区。

[2]常别驾近辰：即常建极，作者好友，是田雯的诗集校正者之一。诗文成就较高，曾做过山东沂郯海赣司马和郡守，在今江苏省连云港市云台山的古迹上题有很多名联。别驾，官名，又称别驾从事、别驾从事史，明清作为通判（分掌粮运及农田水利等事务）的别称。

[3]国士：国中才能出众的人。

[4]射城书：指战国时期的聊城义士鲁仲连射入书信以退燕军之事。

相尽轩裳[1]客，如君乃可亲。
甲门[2]贵公子，宦达旧诗人。
清俸虽云薄，良交亦正贫。
胡为不我弃？大半是前因。

注 释

[1]轩裳：乘有屏幛的车，代指官员。

[2]甲门：世家大族。同“甲族”。

重九前半月菊已半放向所未见故有是作二首

香城七十叟，种菊第三年。
非为餐能寿，多因好自偏。
分花娱后辈，泥酒[1]效前贤。
颇得颓龄[2]趣，难将爱顿捐。

注　释

[1]泥酒：强留他人饮酒，或者沉湎于酒。

[2]颓龄：老龄，晚年。

今年节序早，菊绽未重阳。
雁背才初白，篱根已半黄。
成他新意思，助我小徜徉[1]。
省得催花句，翻先十日忙。

注　释

[1]徜徉（cháng yáng）：闲游，悠闲自在地步行。

酬常别驾近辰见怀之作

地非百里隔，聚首一何难？
还乏人为使，多缘身是官。
离怀诗里见，客枕梦中安。自注：时住郑口，与眉山订交，假其仆来寄书。

应谅颓年友，无能据马鞍。

同储屺云[1]卢抱孙[2]萧朗甫[3]赵根矩[4]孙香祖[5]以姓分咏古人田游岩[6]

吾家有隐士，风雅著初唐。
居卜箕山[7]侧，田耕颍水[8]阳。
闲云着野服，御榜挂茅堂。
芳躅真难继，惭分姓字光。

注　释

[1]储屺云：作者友人或门生。

[2]卢抱孙：即卢见曾（1690—1768），字抱孙，号澹园，别号雅雨山人，清朝山东德州（今德州市德城区）人。康熙六十年进士；雍正三年，出为四川洪雅县知县；累官至两淮盐运使。著有《雅雨堂诗》八集，文十余卷。好校刊古书，所刻《雅雨堂丛书》，共计十三种一百三十六卷。

[3]萧朗甫：即萧炘，字朗甫，德州人。萧惟豫的从孙，官监察御史。

[4]赵根矩：即赵念曾，字根矩，号漱阳。德州人，清雍正年间以监生考职第一，特用知县，发往湖南试用，初知华容县，后调沅陵县，卒于澧州任上。

[5]孙香祖：即作者友人孙今兰。曾参与校对《鬲津草堂诗集》。

[6]田游岩：唐代京兆三原人。约唐高宗咸亨初前后在世，有文才。

[7]箕山：即崿岭，位于河南省登封市的东南。相传尧时巢父、许由隐于箕山，其后伯益让禹之子辟居于箕山之阴，皆此。

[8]颍水：即颍河。源出河南登封市西南，东南流向，经禹县、临颍、商水，至周口镇，北合鲁河，南合沙河入淮河。

雨余销暑

好雨连朝足，桐阴坐可移。
客来先解带，风过欲衔卮[1]。
漫拂蒲葵扇，高吟冰雪辞。
凉生佳兴发，还喜水平池。

注　释

[1]卮(zhī)：古代盛酒的器皿。

题程后三[1]濯锦园[2]图

园是司空造，名从濯锦留。
抵今图妙手，已历百余秋。
乔木参天举，云根扑地浮。
常时频此过，犹忆旧风流。

注　释

[1]程后三：生卒年月不详。明末清初德州贤达程先贞的后人。
[2]濯锦园：明末清初德州人程先贞家的花园，又称程氏北园。

题谢白驹[1]松泉画壁书屋

画壁沧洲[2]事，复传春草堂。

水流云洞口，松倚峭岩旁。
旧是山樵画，今为小谢庄[3]。
何来董哑子[4]，横笔扫西墙。

注　释

[1]谢白驹：即谢紫芝，字商隐，小字白驹。谢重辉的孙子，著有《春草堂诗稿》。

[2]沧洲：滨水的地方。古代常用以称隐士的居处。

[3]小谢庄：谢白驹居住的村庄名。

[4]董哑子：即董羽，字仲翔，毗陵（今常州）人，五代末、北宋初画家，善画山水。因他说话口吃，故俗称"董哑子"。

第三卷

鬲津草堂绝句诗

历下亭[1]二首

三重阁下树缤纷，十顷明湖占一分。
却羡开元数君子[2]，曾来此地策诗勋。

注　释

[1]历下亭：亭名，在今山东省济南市大明湖西部。唐杜甫《陪李北海宴历下亭》"海右此亭古，济南名士多"，即此亭。

[2]开元数君子：开元二十四年，李白移家东鲁，直至乾元二年移家楚地，其间李白写下大量关于齐鲁的诗篇。杜甫于开元二十四年和天宝四载两度到山东。天宝四载，李白、杜甫同游齐鲁，写下许多诗篇。同年，杜甫和当时著名文学家、书法家李邕宴集大明湖历下亭，写下《陪李北海宴历下亭》；在鲁期间，杜甫还写下《望岳》《登兖州城楼》等诗，为唐代文坛盛事。

阶下芰荷[1]香正浓，竹边小榭水云封。
钩帘羞怪岚光远，欲向华山[2]借一峰。

注　释

[1]芰(jì)荷：菱叶和荷叶。

[2]华山：此处指大明湖西岸的鹊华山。

水仙花三首

缟袂霓裳[1]拥雾鬟，烟波深处白银湾。
缘尘底事犹难却，谪作名花驻世间。

注　释

［1］缟袂霓裳：白色的衣袖，神仙的衣裳。缟，细白的生绢，引申为白色。霓裳，飘拂轻柔似神仙穿的衣裳。《楚辞·九歌·东君》：“青云衣兮白霓裳，举长矢兮射天狼。”

也共寒梅点破春，盈盈洛水[1]拟丰神。
小斋招尔闲为伴，唤作黄冠[2]女道人。

注　释

［1］洛水：此处指代洛神。常用于形容女子的貌美，洛神出自曹子建的《洛神赋》。

［2］黄冠：道士戴的黄色道巾。

岛瘦郊寒[1]骨格清，偏于冷淡寄诗情。
凌波岂是人间态，落墨徐熙[2]画不成。

注　释

［1］岛瘦郊寒：指唐代贾岛和孟郊的诗歌风格。岛、郊都以苦吟著名，诗中多凄苦之辞，故并称。此处作者用以指水仙花枝叶的清寒细瘦。

［2］徐熙：人名。钟陵（今江西南昌）人，一说金陵（今江苏省南京市）人。生卒年不详，卒于宋灭南唐之前。出身江南名族，一生以高雅自任而不肯出

仕。善画花竹、禽鱼、蔬果、草虫。在画法上他一反唐以来流行的晕淡傅色，另创一种落墨的表现方法，即先以墨写花卉的枝叶蕊萼，然后傅色。

盆梅一首柬大木[1]

窗间静对一枝开，愧我偏无作赋才。
正恐冰魂[2]生寂寞，舍人骑马出城来。评曰：与山谷“城南名士遣春来”各妙。

注　释

[1]大木：作者同乡好友冯大木，见卷一《招霖瞻方山大木芳樾游慈氏寺》注释[3]。

[2]冰魂：即冰魂雪魄，比喻高洁的品质。

花　开

长红小白绕庭斜，妆点竹竿贫士家。自注：竹竿，余巷名。
只恐春风还我妒，不容消受数枝花。评曰：元白有此种，亦似王元之。

客有遗余人参种子者戏占四首

价敌播玙[1]信不虚，竟成土产更何如。
要将播种人参法，
补入齐奴[2]致富书。评曰：可补《货殖传》所未及。

注 释

[1]璠玙(fán yú):鲁之美玉。以之比喻美好的事物。

[2]齐奴:指《齐民要术》作者贾思勰,北魏时人,益都(今山东省寿光市)人,生活于北魏末期和东魏时期,曾经做过高阳郡(今山东临淄)太守,是中国古代杰出的农学家。所著《齐民要术》是综合性农书,书名中的"齐民"指平民百姓,"要术"指谋生方法;书中收录1500年前中国农艺、园艺、造林、蚕桑、畜牧、兽医、配种、酿造、烹饪、储备以及治荒的方法。

托根辽海[1]抱巉峘[2],吾土移来却亦难。
倘得三桠五叶发,直堪聊尔佐盘餐。

注 释

[1]辽海:渤海,也泛指辽东滨海之地。此处泛指吉林等出产人参的地方。

[2]巉峘(chán huán):陡险的悬崖峭壁。

马铃牛膝[1]同为药,鸭跖乌头[2]亦佐医。
何似呼人名更好,阶前种尔颇相宜。评曰:妙于诙嘲。

注 释

[1]马铃牛膝:两种植物名,即马兜铃和牛膝。马兜铃,植物名,蔓生,附木而上,叶脱时,其实尚垂,状如马项之铃,故名。藤、实、根皆可入药。牛膝,植物名,入药;以节状如牛膝而名。

[2]鸭跖(zhí)乌头:两种植物名。鸭跖,植物名,即鸭跖草。茎下部常匍匐地上,节上生根,花下有苞形如刀,俗称菜刀花;色蓝,亦名碧蝉花,中医用作清热解毒及利尿药。乌头,植物名,亦名土附子、乌喙、奚毒,茎、叶、根都有毒。

使者帆悬鸭绿滩[1],曾闻采取有专官。
庙堂新下群公议,不禁书生种紫团。

注　释

［1］鸭绿滩：地名。鸭绿江江滩。鸭绿，江名。古名马訾水，一名益州江。其水色绿如鸭头，故名鸭绿江。与图们江同为我国与朝鲜天然界水。源出白头山，经集安至丹东入黄海。

春日过城西人家题壁二首

寻春携得酒盈尊，路接桃花水接村。
行尽画图三五里，恰逢好友立柴门。

依树茅亭翠幕遮，莺藏密柳蝶穿花。
若凭景物搜佳句，输于城西处士[1]家。

注　释

［1］处士：未仕或者不仕的读书人。

送友人南游三首

竹竿小巷[1]正当春，酒券能书醉可频。
二十四番风渐好，偏来桥上送诗人。

注　释

［1］竹竿小巷：地名。作者居住的小巷名竹竿巷。

计到江南春已过，鲥鱼[1]正美兴犹奢。

骑驴我欲从君去，恐负庭前一树花。

注　释

［1］鲥鱼：见卷三《送友人南游三首》其二注释［1］。

昔到吴山[1]梦已残，题诗曾记下征鞍。
君逢墨迹模糊处，手剥苍苔仔细看。

注　释

［1］吴山：在浙江杭州市西湖东南，春秋时为吴南界，故名。又名胥山，因伍子胥而名。

赴西村李子[1]约月夜饮梨花下八首

明月有情招客至，梨花几树洗新妆。
洛阳虽有美年少，试问可能如我狂？

注　释

［1］李子：人名。指作者邻村李姓的朋友。名号和生卒年月不详。

村北村南十里遥，一林轻素媚清宵。
浑忘身在梨花下，疑入春山雪未消。

冰丸[1]皓质两无痕，满地惟余素影存。
一段风情觥别调，令人著眼在黄昏。

注　释

[1]冰丸:冰作的丸。比喻纯净洁白,此处指月亮。

分付[1]村翁送酒来,泥人曙色莫相催。
今宵不惜沉沉醉,一树梨花饮一杯。评曰:好。

注　释

[1]分付:即吩咐,安排命令之意。

楚塞楼[1]前泛客卮,红梨花放正春时。
此间看遍惟一色,空忆欧阳绛雪诗[2]。

注　释

[1]楚塞楼:楼名。具体位置不详。

[2]欧阳绛雪诗:北宋欧阳修写过《和对雪忆梅花》诗。

信步还来萧寺[1]东,冷香扑鼻面微红。
淡云斜月清风里,万树梨花一醉翁。评曰:真绝唱也。

注　释

[1]萧寺:佛寺。相传梁武帝萧衍造佛寺,命萧子云飞白大书曰"萧寺"。后世因亦称佛寺为萧寺。

枝头粉靥正团团,独许诗人倚醉看。
我爱梨花深护惜,红幡旋制挂高竿[1]。

注　释

[1]红幡旋制挂高竿:典故来自传奇故事,挂红幡是祈求风神或花神保护

花儿的做法。

佳兴正奢香正肥，却缘月落暂相违。
笙歌[1]一队前村路，手把花枝缓步归。

注 释

[1]笙歌：吹笙唱歌。指代娱乐歌舞的活动。笙，乐器名，竹制吹奏乐器。

和殷彦来[1]送花与山薑[2]诗用韵

军持[3]忽见插新枝，知是君贻索赋诗。
我愧作家仍著句，自注：用摩诘事。应门先已笑庐儿[4]。

注 释

[1]殷彦来：广陵人，字誉庆，为王士禛的门生。
[2]山薑：作者的长兄田雯，自号山薑子，人称田山薑。
[3]军持：水瓶。
[4]庐儿：仆人。

谢郎中方山[1]见访予适他出留诗而去赋答

朝放游情暮始回，衣冠卸罢秩书堆。
题笺忽出澄泥[2]下，知是先生到此来。

注 释

[1]谢郎中方山：作者同乡好友谢重辉。

[2]澄泥:文具名,即澄泥砚。砚台的一种,用泥烧制而成。

彦来[1]以诗易罗酒诗至而酒尽戏答四首

无酒何颜答报书,乞邻笑我愿难如。
总然赚得新诗在,不免头衔署子虚。

注 释

[1]彦来:人名,即殷彦来。广陵人,字誉庆,为王士禛的门生。

说来着水口涎香,豪饮纵教锦瑟[1]旁。
莫叹吾曹无此分,也缘醉后太颠狂。

注 释

[1]锦瑟:漆有织锦纹的瑟。

酒人燕筑[1]亦堪听,我辈何劳诧独醒?
典尽春衣谋一醉,与君携手到旗亭[2]。

注 释

[1]燕筑:用筑弹奏的乐曲。筑,古代弦乐器,像琴,有13根弦,用竹尺敲打。战国时期燕太子丹为荆轲在易水送别。高渐离击筑,荆轲和而歌,慷慨激昂,士皆垂泪涕泣。

[2]旗亭:酒肆,酒楼。

家园屈指黍头低,酿熟严封瓮口泥。
满载百船通潞水[1],曲车到日索新题。评曰:数诗极颓唐之趣。

注　释

［1］潞水：河流名。即今潮白河，为北运河的上游。沽河亦名西潞水，鲍丘水亦名东潞水，合流南经路县为潞河。

有　感

日日飙尘[1]扑面吹，费人盥沐[2]似佟之[3]。
偶然倚徙高槐下，忽听风蝉动我思。

注　释

［1］飙（biāo）尘：狂风卷起的尘埃。

［2］盥沐：洗手洗头。

［3］佟之：即何佟之，南朝齐人，出身于名门贵族，师心独学，手不辍卷。史传他有沐浴癖，称其为人性好洁，往往一天之内，要洗浴十几次，时人送给他一个绰号叫“水淫”。

僦居[1]内有槐一株甚古戏占

老槐作态立庭隅，时借浓荫卧酒徒。
蝼蚁欺人真太甚，千秋独取一淳于[2]。

注　释

［1］僦（jiù）居：所租的房子，此处是作者在京期间租赁的住处。僦，租赁。

［2］淳于：姓氏，即淳于棼。见卷二《庙前老槐》注释［1］。

崇效寺[1]访雪坞上人[2]不遇二首

枣花寺里好徜徉，不遇支公[3]在讲堂。
独坐绿阴留半日，客身还许看僧忙。

注　释

［1］崇效寺：寺院名，在今北京市。崇效寺始建于唐贞观元年（627），宋元之间屡遭兵火，日渐倾颓。元至正初年，在唐代旧址之上重建，赐名曰“崇效寺”。清初，因从寺内迁出的藏经阁东北植有千株枣树，故此地得名枣林街，崇效寺因而俗称枣花寺。

［2］雪坞上人：名叫雪坞的僧人。籍贯生卒年月不详。

［3］支公：晋代名僧，此处泛指一般僧人。

酒贮千觥墨数升，案头书帙佛前灯。
高标[1]未识烦商略[2]，半似诗人半似僧。

注　释

［1］高标：比喻高洁的品行。

［2］商略：商讨。

明潞王墓[1]

几经兵火变浮云，殿阁犹存映夕曛[2]。
不是支持缘佛力，自注：今作佛宫。至今谁说潞王坟？

注　释

[1]潞王墓:位于河南省新乡市东北,建于明代,为明潞王朱翊镠之墓。朱翊镠(1568—1614),4岁时被册封为潞王,14岁封藩于卫辉府,死后谥号"简",故称潞简王。他是明太祖朱元璋九世孙。

[2]夕曛(xūn):夕阳的余光。

望京楼[1]

百尺楼高接太虚[2],中悬银榜故王书。
游魂莫惜重登望,北向依然是帝京居。

注　释

[1]望京楼:位于河南卫辉古城东北隅,为明潞简王(朱翊镠)思母所建。

[2]太虚:天空。

珍珠泉[1]二首

清泠[2]一脉出荒丘,不似寻常虢虢[3]流。
无数明珠倾满地,海南渊客为谁留?

注　释

[1]珍珠泉:百泉的别名。在河南省,非济南之珍珠泉。

[2]清泠(líng):形容水清凉貌。

[3]虢(guó)虢:流水声。

何由兴不让狂夫? 攘腕[1]泉头采洞珠。

客计哪堪常索莫[2],欲将一斛效齐奴[3]。评曰:自谑亦妙。

注　释

[1]攘腕:挽起袖子,露出手腕。

[2]索莫:沮丧、寂寥、无生气的样子。也作"索寞""索漠"。

[3]齐奴:此处为人名,即晋代石崇,字季伦,生于青州,故小名齐奴。史载石崇又洒沉香屑于象牙床,让所宠爱的姬妾踏在上面,没有留下脚印的赐珍珠一百粒;若留下了脚印,就让她们节制饮食,以使体质轻弱。

渡伊洛[1]

出门欲向嵩阳去,五里城南上渡船。
黄帽[2]知人临眺意,
洛川说罢说伊川。评曰:风味最佳,元白集中恐不多见。

注　释

[1]伊洛:伊水和洛水两条河流的总称,两水汇流,多连称。

[2]黄帽:船夫所戴帽子为黄色。此处用黄帽代指船夫。

升仙太子庙[1]

升仙古庙岭头横,犹见碑存天后[2]名。
饮鹤池[3]边留半日,依稀入耳似吹笙。

注　释

[1]升仙太子庙:在河南偃师市缑氏山上。唐代武则天泰山封禅时,封太

子晋为“升仙太子”，并为他立庙，多年之后武则天来到嵩山，立制了御书“升仙太子碑”。现在河南偃师市缑氏山上仍有别名仙君观的升仙太子庙。

［2］天后：此处指武则天。

［3］饮鹤池：池名，在河南偃师市缑氏山上。

雾

竟日山椒[1]雾不开，望中嵩少失崔嵬[2]。
作笺乞借西风力，吹出三峰五乳[3]来。

注　释

［1］山椒：山巅。

［2］崔嵬：高耸貌。

［3］三峰五乳：指河南登封少室山，有三峰和五乳峰之峰峦。

思酒二首

问水寻山兴愈奢，避风僦舍[1]在僧家。
定知此夜眠难稳，只饮盐姜数盏茶。

注　释

［1］僦舍：租赁住所。

青帘不见挂山村，佛戒精严未可论。
明日去寻王子晋[1]，愿抛释氏[2]入元门[3]。

注　释

[1]王子晋:见卷一《送萧侍读韩坡游嵩山》注释[7]。

[2]释氏:佛教,佛门。

[3]元门:道家。

山　松

谁种龙鳞辟草莱[1],霜林韬日[2]诧奇哉。
一松一石层层上,青到天边又折回。评曰:别是一格。

注　释

[1]草莱:杂草,荒草。莱,草名,即藜草;又指生满杂草的地方。

[2]韬(tāo)日:掩藏住太阳。韬,掩藏。

面壁石[1]

坐对岩崖历九年,还留形影[2]结尘缘。
生憎粉饰西来意,不许人将笔墨传。

注　释

[1]面壁石:在少室山达摩洞,是达摩面壁沉思九年之处,据说因面壁之久,壁上已经留下达摩的身影。

[2]留形影:后人在达摩洞壁上凿刻出达摩面壁的身影。

汉柏[1]二首

云根风叶守山精[2],自受衔封代几更。

除却嬴秦并两汉，晋隋唐宋金元明。

注　释

［1］汉柏：嵩山上传说有在汉代受到皇帝册封的柏树。

［2］山精：传说中的山中怪兽。形如鼓，赤色，一足，称为晖。

偃盖森森接翠微，嵩阳院[1]里傲晴晖。
果然不愧将军腹，剥落龙鳞大十围。

注　释

［1］嵩阳院：即嵩阳书院。见卷一《送萧侍读韩坡游嵩山》注释［3］。

答支公上人[1]二首

日日茶汤饮数回，空肠不次响如雷。
山僧会遣头陀[2]至，送得新霜柿饼来。

注　释

［1］支公上人：晋代名僧支遁，此处泛指一般僧人。

［2］头陀：僧人。

多[1]师一见不相忘，数首新诗写硬黄[2]。
仔细看来知大意，笑吾归去太匆忙。

注　释

［1］多：赞许，自负。

［2］硬黄：纸的一种。唐代在前代染黄纸的基础上，又在纸上均匀涂蜡，

经过砑光(用力轧磨,使物光滑),使纸具有光泽莹润、柔韧艳美的优点,人称硬黄纸。

有 感

看遍嵩高数十峰,暮归禅院寄孤踪。
薄游惭负登山屐,结伴远来惟一筇[1]。

注 释

[1]筇(qióng):竹名,可作杖,故杖也叫筇。此处指竹杖。

山中食物

松花百合小筐盛,老衲将来送客行。
答罢来书传口语,从师更欲乞黄精[1]。

注 释

[1]黄精:草名。又名黄芝、菟竹、鹿竹、救穷草、野生姜等。多年生草本。叶似竹而短,根如嫩姜,可入药。道家以为其得坤土之精粹,故名黄精。

题酒家壁

鬓点寒霜西复东,杖头尚喜未全空。
名山历尽无人识,姓字惟留酒肆中。评曰:正自不恶。

买　酒

风透驼裘[1]雾未清，遥闻酒肆唤人声。
停鞭立博三分醉，拥鼻微吟过故城。

注　释

[1]驼裘：驼毛织作的裘皮衣服。

晚宿新城[1]

长堤断处危桥连，衣满秋风野草烟。
今夜晚投何处宿？督亢[2]陂下紫泉[3]边。

注　释

[1]新城：县名，属河北省。汉置，隶涿郡。唐太和六年属涿州。五代后唐同光二年，契丹侵新城，即此地。元至元二年改为雄州，明洪武六年改属保定府。今属河北省涿州市。

[2]督亢：古地名，在今河北省涿州市东，为战国时燕国的富饶地带。荆轲以献督亢地图为名，入秦行刺。

[3]紫泉：泉水名，在河北省涿州市。

雨中渡易水[1]

丝丝淫雨夜经晨，目断前途隔远津。

不独萧萧风渐冷，踏泥老马亦欺人。

注　释

［1］易水：水名。其水有三，皆发源于河北易县。起自定兴西南入拒马河，为中易，今大部已干涸。在定兴西沙河流入中易者为北易，即今之易水。经徐水县名瀑河者为南易。

读　史

西湖处士亦堪名，投贽[1]无功枉自轻。
何事茫茫身两失，反令王济[2]得真评。

注　释

［1］投贽（zhì）：初次见尊长时送给对方礼品。贽，初见尊长时所送的礼品。

［2］王济：人名。晋代太原晋阳人，字武子，王浑之子。善治《易》及《老子》《庄子》。娶尚武帝女常山公主。累至侍中，性豪侈。

淇水[1]早发

明星未没渡淇河，红日方升历几坡。
地近中条[2]风土美，乱泉流处竹林多。

注　释

［1］淇水：河流名。在今河南省北部，古为黄河支流，源出淇山。南流至今卫辉市东北淇门镇南入河。东汉建安九年，曹操于水口筑堰，遏使淇水东北流，注入白沟（今卫河），以通粮道。此后遂为卫河支流。

［2］中条：山名，即中条山。位于山西省西南部，居太行山及华山之间，山

势狭长，故名中条。

殷太师墓[1]二首

左岗右道自注：见铜盘铭。茂林间，一带长垣卫水[2]环。
古恨今愁消不得，停车细看枉人山[3]。自注：枉人山，即大伾山，比干剖心于此。

注　释

[1]殷太师墓：指殷朝太师比干的墓。比干，殷末纣王叔伯父。传说纣王淫乱，比干犯颜强谏，纣怒，剖其心而死。与箕子、微子并称殷之“三仁”。

[2]卫水：河流名，即卫河。

[3]枉人山：山名。即大伾山，又名上阳山，在河南省浚县西北。比干被纣王枉杀剖心于此。

碣留四字圣人笔[1]，七窍丹心[2]殷相祠。
片石孤坟并千古，不容凭吊动微词。

注　释

[1]圣人笔：据说当年孔子亲率弟子临墓凭吊比干，挥剑刻下“殷比干莫”（古时莫、墓通用）四字，立石于墓前。

[2]七窍丹心：纣王说忠臣之心有七窍而红色，剖挖比干之心，而害死比干。

河阴[1]道上

彭城[2]据险失良谋，手画山河气不收。

欲筑楚宫成远计，故同亭长割鸿沟[3]。

注　释

[1]河阴：县名，汉河南郡有平阴县，在广武山。三国魏黄初中徙置濒河山下，始称河阴。唐开元二十二年于古汴河口筑河阴仓，元以河决移置广武山大峪口。明洪武初迫于河，又徙于荥阳之北，乾隆三十年并入荥泽县，即今荥阳市广武镇境内。

[2]彭城：地名，即江苏徐州。此处代指楚汉之争时把持徐州的项羽。

[3]故同亭长割鸿沟：项羽曾与刘邦于此地划楚汉疆界。亭长，指刘邦，曾任泗上亭长。鸿沟，古代运河，在今河南省荥阳市境内，项羽与刘邦楚汉相争时是两军对峙的临时分界。

荥　阳[1]

客到荥阳欲断魂，萧萧茅店雨翻盆。
县僻人稀酒家少，西流溹水[2]在东门。

注　释

[1]荥阳：今河南省荥阳市。战国韩国荥阳邑，秦末楚汉两军曾相持于此。汉置县，属河南郡；晋属荥阳郡，北齐属成皋郡；隋废郡，县属郑州，唐以来因之，明清皆属开封府。

[2]溹(suò)水：河流名。即索河，古名旃然水、鸿沟水。在河南荥阳市西南嵩渚山，与东关水同源分流。京索之间为刘邦、项羽战争之地。

游龙门[1]戏简钱石臣[2]二首

朝离客舍暮方还，看遍龙门接寺山。

试问洛阳争道子，好官何似布衣闲？

注　释

［1］龙门：山名。在河南洛阳市南，即伊阙。历代凿石窟于此，遂以石窟闻名。

［2］钱石臣：人名，即清代钱肇，著有《钱石臣诗钞》《檕园诗余》《质直谈耳》。

昔代词人推永叔[1]，雪中盛事说钱郎[2]。
笑余独步潜溪寺[3]，买酒寻僧话夕阳。评曰：正得潇洒。

注　释

［1］永叔：宋代诗人欧阳修，字永叔。

［2］钱郎：此处指钱石臣。

［3］潜溪寺：寺院名，又名斋祓堂，是龙门西山北端的第一个大洞。唐高宗年间凿造，相传曾是宰相李藩的别墅。

过徐州[1]留孔州刺东美[2]署中其堂传是霸王[3]旧殿

何人凿破吕梁洪[4]？独上黄楼拜长公[5]。
步到官衙逢北海[6]，开尊恰在项王宫[7]。

注　释

［1］徐州：地名。《竹书纪年》记梁惠王三十年下邳迁于薛，改曰徐州。汉代以后各代皆置徐州，辖地多有变更，大致在今淮北一带，多以彭城（今江苏徐州）或下邳（即今江苏邳州市）为治所。此处指今江苏徐州市。

［2］孔州刺东美：即孔毓珣，字东美，山东曲阜人，孔子六十六世孙。康熙

二十三年，帝赐恩贡生。二十九年，授湖广武昌通判；后迁江南徐州知州，在官七年拊循人民多惠政。雍正五年去世。

［3］霸王：指项羽。

［4］吕梁洪：徐、吕二洪即是古泗水在徐州的两个险段，徐州洪、吕梁洪。

［5］长公：此处指苏东坡。苏轼为苏洵长子，其诗文浑涵光芒，雄视百代，当时被尊之为“长公”。

［6］北海：孔融（153—208），东汉末年文学家，曾任北海相，时称孔北海。此处以同姓名人指代孔东美。

［7］项王宫：据作者自注，当时徐州官衙大堂传说是当年项羽的霸王旧殿。

自徐州由黄河赴袁浦[1]二首

夜半狂飙万马号，维舟沙岸意焦劳[2]。
北人应合驮驴背，哪解乘风弄小舠[3]。

注　释

［1］袁浦：水名。即江苏淮安清江浦。

［2］焦劳：焦躁烦劳。

［3］小舠（dāo）：刀形的小舟。

阴云四合沫千涡，帆似张弓下大河。
莫怪风云山角乱，昔年汉帝已成歌[1]。

注　释

［1］汉帝已成歌：汉高祖刘邦回故乡沛县，高歌《大风歌》。

送人出塞二首

白酒黄羊散不收，猩红小帐压吴钩[1]。
夜来痛饮婆娑府[2]，白日行歌自在州。

注　释

[1]吴钩：春秋时期流行的一种弯刀，后也泛指利剑。钩，兵器，形似剑而曲。相传吴王阖闾命国中作金钩，于是有人杀掉自己的两个儿子，以血涂钩，铸成双钩，献给吴王。

[2]婆娑府：醉态蹒跚、肢体舒展的地方。婆娑，醉态蹒跚。

鸣鞭插箭射雕行，遥指蓬婆[1]雨外城【1】。
若到阿罗[2]须努力，当令绝塞识君名。

校　记

【1】雨外城：据典应为"雪外城"。唐杜甫《奉和军城早秋》："已收滴博云间戍，更多蓬婆雪外城。"

注　释

[1]蓬婆：山名。即大雪山，也名蓬婆岭。在今四川松潘县境。有蓬婆城（《旧唐书》作蒲婆），唐时为吐蕃所有。

[2]阿罗：所送之人赴任的塞外某地。

至维扬[1]赴杨远卿[2]招观剧二首

客怀牢落[3]不堪论，戒酒除诗似老髡[4]。

今日方知无定力，歌喉一串便销魂。

注 释

［1］维扬：即今江苏省扬州市。《书·禹贡》：“淮海惟扬州。”惟，通“维”。后人遂摘取“维扬”作为扬州的别称。

［2］杨远卿：人名。生卒年月和籍贯不详。

［3］牢落：孤寂，无所寄托。

［4］老髡：老僧人。

管咽弦停漏已沉，风花迷路返长林。
挑灯独坐南窗下，不是常时木石心。

过西安[1]柬陈明府沧洲[2]三首

凌晨冒雨上江滩，万叠云山供客看。
生水熟风三百里，布帆夜半落西安。

注 释

［1］西安：县名，为今浙江衢州市。秦太末县址，东汉分太末置新安县，唐咸通中改西安县。明清均为浙江衢州府治。

［2］陈明府沧洲：作者友人陈沧洲。即陈鹏年，字北溟，号沧洲，湘潭人。康熙辛未进士，官至江南河道总督，谥恪勤，有《沧洲诗集》。时为衢州府长官。

越水吴山[1]客兴长，浑无佳事助清狂。
今朝偶自龙山[2]过，夹路清风桔柚香。

注　释

［1］越水吴山：衢州属于古代吴越之地。所以称之为越水吴山。

［2］龙山：山名。在今浙江衢州市。

岩边入画松无数，江上芙蓉意思新。
如此溪山君作主，部民中有烂柯人[1]。

注　释

［1］烂柯人：久经世事变迁的人。烂柯，谓斧柄日久腐朽。比喻世事变迁。晋人王质上山打柴，见两个人下棋，于是把斧子放在边上，驻足观看。看了多时，下棋人说："你该回家了。"王质拿起斧子，发现斧柄已经腐朽，斧头也生锈了。回到家里，发现家乡大变样，无人认得他。提起当年某事，几位老人说，那是几百年前的事了。原来王质上山打柴误入仙境，遇到了神仙，仙界一日，人间百年。

过渔梁山[1]路逢乡人二首

半万程途百日余，鲤沉北地雁南虚。
逢人恰在荒山里，纸笔难寻未寄书。

注　释

［1］渔梁山：山名，在今福建浦城县境内。

行旅纷纷厌道尘，语音入耳少齐人。
茶亭到处攀僧话，可有佯狂衲子身[1]？

注　释

［1］衲子身：僧人。所穿袈裟称衲子，故称僧人为衲子身。

山中神祠

半尺山祠瓦砾堆，羽毛插遍石炉灰。
客行万里凭神佑，下马何妨拜一回。

舟过严陵濑[1]

羊裘已腐钓台留，七里严滩一镜浮。
此地哪容愤浪到，潮回富渚[2]见清流。

注　释

[1]严陵濑：地名，即严子濑。见卷二《送赵怡斋赴金华太守任二首》其一注释[4]。

[2]富渚：水名，即富春江。浙江在富阳、桐庐县境内的一段叫富春江。

余闻荔子[1]之美久矣及余抵闽时在七月中旬枝头已空怏怏[2]而返非一生憾事耶戏占绝句十首

舟车屡换客途长，霞岭[3]千寻剑水[4]狂。
不为荔支三百颗，哪能扇暍[5]入蛮乡？

注　释

[1]荔子:水果名,即荔枝。

[2]怏怏:不服气,不乐意。

[3]霞岭:钱塘江水系与瓯江水系分水岭。浙江省主要山系之一。又名古泉山、泉岭山。位于省境西南部,江山市西南。仙霞岭山脉由闽、赣交界的武夷山脉向东北延伸而成,再向东北延续则称天台山脉。

[4]剑水:溪水名,在仙霞岭一带。

[5]暍(yē):中暑,伤于暴热。

迎风含露恰方残,一颗千金买亦难。
何事香甜无我分,偏教与世饱咸酸?

担头不遇意难休,还自穿林步屟[1]求。
寻遍蛮村并山寺,已同商贩到齐州[2]。

注　释

[1]步屟(xiè):散步。屟,木板拖鞋。

[2]齐州:此处指代山东。

口牙费尽漱流功,万里寻来到已空。
妒煞眼前来往客,枫亭[1]几树在胸中。

注　释

[1]枫亭:地名,即今福建省仙游县枫亭镇,其位于闽东南沿海中部,莆田市荔城区、仙游县、泉州市泉港区三地交界处,史上盛产荔枝。

江绿方红隔岁期,归装便整复何疑?
未亲风味痴尤甚,还到西禅认树枝。

种种佳名谱上新，时当小暑[1]后三旬。
君谟[2]故说中秋绿，应是荒唐戏后人。

注　释

[1]小暑：节候名。农历六月节，公历七月七日或者八日。

[2]君谟：指宋代蔡襄（1012—1067），字君谟，号莆阳居士，谥号忠惠，北宋兴化仙游（今福建省仙游县）人，北宋时期的政治家、书法家和茶学专家。著有《茶录》《荔枝谱》等书。

日晒盐蒸满竹箩，端详一会手中搓。
虽然入口香犹在，白瘦红消可奈何？

曾见丹青写画图，红红绿绿意模糊。
品题无据思难得，转把风情寄荔奴[1]。自注：龙目名“荔奴”。

注　释

[1]荔奴：水果名，龙眼的雅称。

人无口福荔无灵，欲整归鞭返草亭。
剥[1]枣烧梨啖亦好，不教乡味又凋零。

注　释

[1]剥（pū）：即扑击。《诗・豳风・七月》：“八月剥枣。”

离怀已动客思奢，悔把身轻悦齿牙。
久住榕城[1]无可恋，合当数月便还家。评曰：题新诗亦佳。

注　释

［1］榕城：福建福州市的别称，又名榕海。宋治平中于城内遍植榕树，因名。

齐河[1]道上

回首闽天谢外交，齐河西去近蓬茅。
金钱若应闺中卜，落地须成复二爻[2]。

注　释

［1］齐河：县名，今山东齐河县。清代属德州。

［2］复二爻：意为卦爻显示游人回家之兆。

平原[1]题壁

怒浪巉岩[2]身未宁，半年潦倒返茅亭。
入门细检囊中物，一卷山经与水经。

注　释

［1］平原：县名，今山东平原县，属德州市。清代亦属德州。

［2］巉岩：本来指山高峻貌，此处指作者南行半年来跋山涉水之辛苦。

病起五首

摩挲病骨欲凄怆[1]，即死谁能定短长？

俯枕还知差免俗，迩来瘦不让东阳[2]。

注 释

[1]凄怆(chuàng)：悲感。

[2]东阳：即李东阳(1447—1516)，字宾之，号西涯，湖广长沙府茶陵州(今湖南茶陵)人。明朝中叶重臣，文学家，书法家。李东阳四岁时被举荐为神童，父亲带他觐见景帝，李东阳因人小脚短，跨不过门槛，景帝见此情景，便脱口出了上联："神童脚短。"东阳应声对下联："天子门高。"作者借李喻自己久病后身形瘦小。

小麦盈箱谷满仓，终年计口可充肠。
半冬尽入先生腹，变作辽山鬼盖[1]香。自注：鬼盖，参名。

注 释

[1]鬼盖：人参的一种。

日来视问动亲邻，安慰曾闻字字真。
未审明朝身便死，抚棺痛哭是何人？

世事纷纷似镜明，何须死后识人情？
今朝酒肉重延客，又见墙东好弟兄。

再生岂是神相佑，病去非关药饵功。
食业多缘还有分，黄齑[1]几瓮未曾空。

注 释

[1]黄齑(jī)：黄色的细碎咸菜。齑，用以调味的姜、蒜、韭菜等的碎末儿。

妓　席

枇杷[1]树下暂经过，翦水瞳人[2]唤奈何。
笑我一生空白眼，却输尔辈阅人多。

注　释

[1]枇杷（pí pa）：植物名，常绿树木，果实可食，叶能入药。产于我国南方各省。或谓之叶形似琵琶而得名。

[2]瞳人：即眼中的瞳仁。

题郑千戎[1]小像

张髯脱帽策书勋，执卷儿孙雁字分。
身似腐儒今老矣，谁知元是故将军？

注　释

[1]郑千戎：人名。籍贯生卒年月不详。

送枣与冯舍人大木[1]戏简

装盒恰同卢橘[2]大，数多七七不论斤。
花封验罢须停手，一算无差始啖君。

注　释

［1］冯舍人大木：即作者同乡好友冯庭槐，见卷一《招霖瞻方山大木芳樾游慈氏寺》注释［3］。

［2］卢橘：水果名，即枇杷，别名芦橘、芦枝、金丸、炎果、焦子。

秋山行旅图为宋怀苏[1]题

万树萧萧一叶无，峰腰断处乱云铺。
溪桥野店斜阳路，谱作秋山行旅图。评曰：放翁绝调。

注　释

［1］宋怀苏：生卒年月不详，作者同乡好友。

书宋紫函[1]同年伤春诗后

怪君原是悲秋客，又学伤春却为何？
只恐两番今尽取，一年无日不嗟哦[2]。

注　释

［1］宋紫函：即宋兆李，字紫函，号省庵，又号损斋。康熙丙寅拔贡，官郯城教谕。

［2］嗟哦：悲叹吟唱。嗟，叹词，表示忧叹、感叹。哦，吟唱。

嘲杨家女伶红珠[1]

领巾乍展费猜疑，吊古凭今诧太奇。

何事小名著红字？生生偏遇莽男儿。

注　释

［1］红珠：歌女的名字。

招振玉[1]雨新[2]尝新酒

学得中山[3]新酿法，一杯不惜把相将。
笑君才饮三蕉叶[4]，
便说无多酌酒狂。自注：盖宽饶曰：无多酌我，我则酒狂。评曰：用意雅妙。

注　释

［1］振玉：即颜振玉。见卷二《探梅同振玉宪武清远二首》其一注释［1］。

［2］雨新：即陈英选，初名洽，后改今名。字雨新，别号铁岩，乾隆丙辰举人。有《韫玉集》。系田霡的学生，为《鬲津草堂诗》的校对者之一。

［3］中山：地名。周诸侯国名，春秋白狄别族之鲜虞地，战国时为中山国。汉代郡国名，高帝置郡，景帝三年置诸侯国，地在今河北定州市、唐县一带。晋张华《博物志》卷十称：中山狄希能造“千日酒”，饮后醉千日。刘玄石好饮酒，求饮一杯，醉眠千日。后以“中山酒”或者“千日酒”代称好酒。

［4］蕉叶：浅的酒杯。因形似蕉叶得名。

即事三首

迩来自饮亦能醉，何事比邻又见招。
年少场中非不入，怕多老态被人嘲。

月落灯残尚未归，漫云乐极不知非。
今宵合是销魂处，软软屏风四面围。

当筵狂煞白头人，致语旁观莫认真。
总有名花撩醉眼，哪知老子转伤神。评曰：乐天《琵琶行》、子美《公孙剑器》，总是此意。

听曹殿纶[1]度曲[2]

今朝有客款茅亭，一曲能令醉复醒。
定是调高人最雅，不然我辈哪能听？评曰：自为地步，是作者深一层法。

注　释

[1]曹殿纶：人名。籍贯和生卒年月不详。

[2]度曲：制曲。或按曲谱歌唱。

谢人送腊梅花

真腊[1]梅花乞自君，移来小院一番新。
开时拟买鹅儿酒[2]，折柬还招旧主人。自注：真腊，国名。

注　释

[1]真腊：古国名，原为汉代扶南的属国，唐称真腊。明时其国自称甘孛智，后讹化为甘破蔗，万历后改为柬埔寨。

[2]鹅儿酒：酒名，即鹅黄酒。因其色如小鹅的绒毛一样嫩黄，而得名。

柬萧虞一[1]乞酒

拥炉日日垂头坐，不醉难寻笑口开。
今夜与君思共话，青州从事[2]可能来？

注　释

［1］萧虞一：作者友人，生卒年月籍贯不详。

［2］青州从事：好酒的代称。《世说新语·术解》：“桓公有主簿善别酒，有酒辄令先尝，好者谓‘青州从事’，恶者谓‘平原督邮’。青州有齐郡，平原有鬲县。从事，言到脐；督邮，言在膈上住。”从事，官名，汉制，州刺史之佐吏如别驾、治中、主簿、功曹等，均称为从事。

答李翰林文众[1]二首

两地相思纸上寻，羡君官好是词林。
云泥[2]虽隔人如旧，好把乡书达素心。

注　释

［1］李翰林文众：翰林学士李文众。即李棅，字文众，李源的第三子，德州人，康熙九年进士，翰林院庶吉士，由庶常改内阁中书，四十七年出任贵州省乡试副主考，后授仕郎。和查慎行同榜中科举。查慎行《敬业堂诗集》有《德州同年李文众招集见可园》诗。

［2］云泥：比喻人的地位等相差，像天空的云和地下的泥，形容极大的差别。

百城坐拥布帘斜，晨采香头午试茶。
一种野人闲趣味，无能分寄到京华。

鬲津草堂图画成自题六首

数间茅屋傍城隅，扬子[1]天教寄一区。
遥对水西慈氏寺[2]，时拖藤杖访文殊[3]。

注　释

［1］扬子：古津渡名。在江苏扬州市江都区南，有扬子桥，自古为江滨津要处。此处泛指一般津渡。

［2］慈氏寺：见卷一《招霖瞻方山大木芳樾游慈氏寺》注释［5］。

［3］文殊：菩萨名。梵语“文殊师利”的简称。意译为妙德、妙吉祥。与普贤常侍于佛之左右。后也作对僧人的尊称。

古巷人稀卫水环，无多好友叩柴关。
莫言驱使奚奴[1]少，一鹤应门一鹤闲。

注　释

［1］奚奴：本指女奴，后通称男女奴仆为奚奴。此处泛指仆人。

虚堂高卧意恬恬，常恐尘飞榻上沾。
快雨初收风欲至，始令奴子卷湘帘。

竹木阴森入夏天，偶思据地饮河边。
旋书酒券人持去，欲买鱼汛[1]自到船。

注　释

[1]鱼泔(gān):即泔鱼,指经米汁浸渍的鱼。

风樯来往知多少,欸乃[1]声声亦可听。
闲事千般浑不记,何妨独筑数帆亭[2]。

注　释

[1]欸(ǎi)乃:象声词,指行船摇橹声。

[2]数帆亭:作者草堂附近的亭子名,在运河岸边。

鬲津名在九河[1]中,取以声堂住野翁。
恰遇方方壶[2]道士,
画成六扇纸屏风。自注:方方壶,古之善画者。评曰:大致在白陆之间,笔墨生动,精神焕发。

注　释

[1]九河:古代黄河自孟津而北,分为九道,故名。九河故道,湮废已久,在今山东德州市以北、天津市南一带地方。

[2]方方壶:人名,古代善画的人。生卒年月不详。

题画扇二首

我是前身杜牧之[1],于今老矣少情思。
偶逢醉发狂奴态,脱帽还吟薄幸[2]诗。

注　释

[1]杜牧之:唐朝诗人杜牧,字牧之。

[2]薄幸:薄情,负心。

日来已自识婵娟[1],谁把风情扇上传。
展玩多时思旧梦,伤心忽到十年前。

注　释

[1]婵娟:形态美好。此处指扇面上所画美女。

雪中人至

冒雪来从鬲海涯,拥炉独自坐牛车。
应知油幕风飘起,点遍青丝翦[1]水花。

注　释

[1]翦:剪。

观　剧

火德[1]摧残事可哀,一人方灭一人来。
可怜羌子[2]成何事,怪煞曹家父子才。

注　释

[1]火德:古代方士有“五德”之说,以帝王受命正值五行的火运,称为火德。东汉皇帝尚火德。盖剧情有关东汉王朝之事。

[2]羌子:羌族人。羌族,我国少数民族之一。

十月初旬作

长街车马任惊喧，赢得安闲自闭门。
平日颇嫌身碌碌，而今始觉布衣尊。

雪后远眺

飞雪经宵晓始知，登楼一望目离离[1]。
平铺古道踪难辨，免使行人哭路歧。评曰：寓意甚好。

注　释

[1]离离：历历分明的样子。

雪中友人招饮欲往不果

几回欲去还中止，雪叶戎戎[1]况隔河？
路滑差嫌双屐重，骑驴犹厌识人多。

注　释

[1]戎戎：茂盛貌。

岁底杂咏十二首

腊去春来事亦常，偶因捡历动悲伤。
细将甲子从头数，六十行中胜九行。

田租鱼税全无负，合药修琴债未清。
适遇比邻来馈岁[1]，呼门疑是铺头[2]声。

注　释

[1]馈岁：古代民俗，岁终时亲友间相互送礼应酬称馈岁。

[2]铺头：店铺的主人。

黄柑青韭腊盘无，贫向谁言暗自吁。
独有妻孥[1]偏得意，手抟餰餷[2]笑东厨。自注：餰餷，馒首也。

注　释

[1]妻孥(nú)：妻子和儿女。

[2]餰餷(zī zhà)：稀饭和馒头。

漫云媚灶事荒唐，曾遇钱痴说秘方。
妄念未除无定见，也思夜半荐黄羊。

不事经商家日贫，半毡还割与西宾。
笑余老大成何事？又把诗书误后人。

十载不书春帖字，鬼离[1]腕下体难精。
今朝自袖桃花纸[2]，翻去西街访后生。

注　释

[1]鬼离：盖鬼手脱命之义。言自己枯槁瘦弱无力。

[2]桃花纸：纸名。

三间矮屋多年住，万卷藏书架上分。
破例扫除无大费，净糊窗纸爇香芸[1]。

注　释

[1]爇(ruò)香芸：烧香熏屋。爇，烧，燃。

老甘澹泊送春晖，以往豪华事渐稀。
内子[1]未除儿女气，还愁夫婿少新衣。

注　释

[1]内子：古代对妻子的称呼。本指卿大夫的嫡妻，后沿为对妻子通称。

称神貌不异秦优，庑下因依亦可羞。
脱落皮毛逢岁暮，主人未许尔乃留。

兰陵假面[1]货南门，卖与吾家小跨孙。
可笑汝曹犹破钞，本来曾见几人存？自注：小跨，孙名；假面，见《隋唐嘉话》。

注　释

[1]兰陵假面：兰陵王戴的假面具。唐刘悚《隋唐嘉话》下：“高齐兰陵王

长恭,白类美妇人,乃着假面以对敌。”兰陵,地名,战国楚邑,故地在今山东兰陵县西南。

迓鬼[1]迎神真妄传,凭他儿女闹阶前。
呼奴别屋烧红蜡,独祀襄阳孟浩然[2]。

注　释

[1]迓(yà)鬼:迎鬼。迓,迎接。

[2]襄阳:郡府名,今湖北襄阳市。春秋时楚地,秦汉时为南郡和南阳郡地。三国魏置襄阳郡,东晋、南朝宋又于此侨置雍州。西魏自改名襄州。北周因之。隋唐时或称襄州或称襄阳郡。宋称襄州,宣和初升为襄阳府,元改襄阳路,明复改府,清沿置。

[3]孟浩然(689—740):襄阳人。少隐居鹿门山,四十岁时游京师,应进士举,不第。多以山水景物旅途风光为题材,抒发个人怀抱。传世《孟浩然集》四卷。

酒买屠苏[1]佐岁筵,翻令少者饮当先。
一家十口人三世,谁解增年是减年?

评曰:十二首中,以琐细之事作风雅之语,似庄似谑最有精神。蒙斋曰:唐人此体“黄河远上”一篇观止矣。少陵避青莲之工,别辟一格,学者所难下此。水部香山造极登峰矣!宋人剑南独擅胜场。余子碌碌耳。大抵绝句之妙,与他体不同,二十八字一片,神行未可为伧夫浅言。诸作已参透三昧。虞道园评人诗,谓“唐临晋帖”,又“美女簪花”,“百战健儿”,已乃“汉庭老吏”,殆其兼之,无多让也。

注　释

[1]屠苏:酒名,也作“酴酥”。古代风俗于农历正月初一饮屠苏酒。

春日过云庄[1]访萧侍读韩坡[2]壁留四绝

自驾牛车出郭门,傍河直到子云村[3]。
欲将春事同商略,何处寻花醉几番?

注　释

［1］云庄：作者同乡好友萧韩坡所居别墅名。

［2］萧侍读韩坡：作者同乡好友萧惟豫，见卷一《送萧侍读韩坡游嵩山》注释［1］。

［3］子云村：指云庄。

欲穷双目爱楼高，俯视龙潭涌绿涛。
几处渔庄河两岸，一株柳间一株桃。

今朝疑泛武陵艖[1]，洞口迎人犬吠花。
莫道幽闲无俗事，仙源也自有囊家[2]。自注：见案上有博具。

注　释

［1］武陵艖（chā）：武陵舟。典出陶渊明《桃花源记》，武陵人驾舟沿溪水发现世外桃源。

［2］囊家：设局聚赌抽头取利者。

何年买宅古河头，日日同君结胜游。
车马篮舆[1]都不用，出门自驾小红舟。

注　释

［1］篮舆：竹轿。

清明前二日往拜先司农兄[1]墓

清明节近望河干，十串冥钱挂马鞍。

春雁一声飞暮雨，杏花满路不能看。

注　释

[1]先司农兄：指作者长兄田雯。田雯生前曾任主管钱粮的户部侍郎。此官在汉代称司农。司农，汉代官名。主管钱粮，为九卿之一，又称大司农。东汉末改为大农。魏以后，或称司农，或称大司农。清代因户部主管钱粮田赋，故俗称户部尚书为大司农。

数帆亭落成六首

半亩之园傍宅边，一间亭子架东偏。
覆茅虽自无多日，名在篇章已数年。

地偏左右高邻少，到眼风帆百步间。
时上孤亭南向立，等身墙壁不须删。

北船帆饱如张弓，南船缆紧昼掩篷。
明日看他风角转，南船亦与北船同。

越舲[1]吴艇时时过，数罢何曾记少多。
老子将为消遣事，岂知河上有风波。

注　释

[1]越舲（líng）：来自江浙的小舟，此处泛指南来的船只。舲，有窗的小船。

小园差可寄颓龄，夜坐尤佳月满庭。

便是模糊帆影散，几声欸乃亦堪听。

日数风帆不记回，事同禅寂费人猜。
若能喝破其中意，须待寒山拾得来。评曰：不衫不履，名士风流。

七　夕

盘堆瓜果意殷殷，欲乞天孙[1]巧数分。
深夜还飞洗车雨，挑灯细读柳州文[2]。

注　释

[1]天孙：指织女。星名，即织女星。

[2]柳州文：柳宗元的文章。柳宗元，字子厚。元和十年任柳州刺史，世称柳柳州。

友人为余镌香城小印印旁复镌名在芙蓉一寸山七字此余偶得句也足为绝句二首

忆昔曾游五岳间，绝无题志悔轻还。
从今不怕身淹没，名在芙蓉一寸山。

谁道风流不可攀？漫将踪迹语人寰[1]。
非仙非鬼亦非佛，名在芙蓉一寸山。

注　释

[1]人寰：人世间。

奉酬渔洋先生[1]留宿香城题赠之作

竹篱茅屋枕长渠，闲数帆樯久作居。
佳事从今添也未？满园花放坐尚书[2]。

注　释

[1]渔洋先生：即王士禛。见卷一《西城别墅十三首为王渔洋先生作》注释[2]。

[2]尚书：此处指王士禛，他曾官至刑部尚书。

小山堆成漫题四首

石买三车价十千，用他点缀草亭前。
移来未借五丁力，布置总依僧巨然[1]。

注　释

[1]僧巨然：南唐僧人，名画家。南唐后主降宋，随至汴京居开元寺。工画山水，以师法董源，并称董巨，为五代北宋间南方山水画的主要流派。

怪石嶙峋[1]竹木幽，小亭四面露峰头。
细看颇有山林意，只欠鸣泉一道流。

注　释

[1]嶙峋：山峰连绵高耸的样子。

双峰高峙路层层，礧磈[1]难消敢又增。
三径只缘客过少，欲将若辈作宾朋。

注　释

[1]礧磈(lěi kuǐ)：同“磊块”，石块。

年来多恙鬓毛侵，销尽从前济胜心。
一壑一丘能自赏，劳人五岳不须寻。

赴友人看花约途遇大风戏占二首

故人书报药翻阶，恰值先生有好怀。
冒日冲风骑马去，总然辛苦是情差。

揭地扬尘扑马头，林园红紫料全休。
倩谁好共封姨[1]语，暂为侬家[2]半日留。

注　释

[1]封姨：古代神话传说中的风神。唐谷神子《博异记》记崔玄微春夜遇诸女共饮，席上有封十八姨。诸女为众花之精，封十八姨为风神。后诗文中常以封姨为风的代称。

[2]侬家：自称。

与董季问[1]论诗醉后狂题

北州南县作诗朋，介弟[2]风流有未曾？

相见哪能顷刻别，挑灯夜半话松陵[3]。

注　释

［1］董季问：即董访，字季问，号裕庵，山东平原人，江南总督董讷（1689—1701）之弟。太学生，有《似山亭诗》。

［2］介弟：对他人之弟的敬称。

［3］松陵：《松陵唱和集》，又名《松陵集》，是晚唐诗人皮日休与陆龟蒙互相酬唱的唱和诗集。松陵为苏州一地名，当时皮日休在此地为从事，陆龟蒙往访，相互唱和，因有此诗集。

同萧侍读韩坡游平原董均庵[1]园亭三首

远赴招邀路渐赊，平原岭上日西斜。
遥看杏树千章绿，不让当年董奉[2]家。

注　释

［1］董均庵：人名，与董访、董讷为兄弟。

［2］董奉：人名，三国吴侯官人，字君异。善医道，居庐山，日为人治病，不取钱，重病得愈者，使栽杏树五株，轻者一株。如此数年，杏树万株。后人常以“杏林”为颂赞医者之词。

水涨平桥舟系门，风光淡荡变朝昏。
群鹅掌弄清波里，酷似江南把钓村。

主人风雅能留客，月淡花香玉沥斟。
莫怪淹留不归去，家门无此好园林。

过平原董总宪默庵[1]南园归赋二绝句

久慕南园得杖藜，入门一望草萋萋。
几株柳树黄莺占，时向空庭自在啼。

注　释

[1]董总宪默庵：人名，即董讷，字兹重，号默庵，山东平原人。康熙丁未探花，授编修，官至漕运总督。有《柳村诗集》。

河开数曲绕园流，翠壁重重隐画楼。
倘遇当年遗老[1]在，哪能十日不勾留？自注：赐匾眷念遗老。

注　释

[1]遗老：即董讷。康熙四十一年，康熙帝第三次南巡时，巡幸董讷故宅，非常思念这位赤诚旧臣，挥毫御书“眷念旧劳”，令其子董思凝悬于墓门。

平原回过福上人[1]院有感

才离歌舞名园地，又跨黔驴[2]入佛门。
便是眼前消遣事，今朝昨日不须论。

注　释

[1]福上人：法号叫福的僧人。

[2]黔（qián）驴：黑色的驴子。黔，黑色。

闷

留春春去叹无能，兀坐[1]闲庭似病僧。
酒伴不来诗兴减，自拈响竹[2]打痴蝇。

注　释

[1]兀坐：独自端坐。

[2]响竹：竹子作的打蝇工具。

新栽雏松一本自嘲

熏风时到小亭来，只少浓阴牖未开。
见事不明真可笑，满头白发买松栽。

谢宋怀苏[1]惠履

两只青鞋承客送，一双布袜要妻缝。
寻条拄杖来相伴，欲访荒陵古寺踪。

注　释

[1]宋怀苏：见本卷《秋山行旅图为宋怀苏题》注释[1]。

招王州刺公裔[1]李翰林文众[2]李孝廉圣木[3]看芍药分韵三首

醉粉欹红奈软条，翻阶应不惯无聊。
东翁[4]颇会名花意，酒客诗人次第招。

注 释

[1]王州刺公裔：当时的德州地方官王公裔。籍贯及生卒年月不详。

[2]李翰林文众：李棣，见本卷《答李翰林文众二首》其一注释[1]。

[3]李孝廉圣木：李柽，字圣木，号苕斋，山东德州人。康熙己卯举人，与冯廷櫆为同学，又与冯同学诗于王士禛，有《苕斋诗》。

[4]东翁：指芍药花的主人。

披髿儿郎着绣襦[1]，探喉一串玉盘珠。
衔杯并对余容[2]看，能不魂销客有无？自注：余容，芍药名。

注 释

[1]绣襦(rú)：刺绣的短袄。襦，短衣，短袄。

[2]余容：据作者自注，是芍药花的一种。

一栏香气夜还余，烛可高烧尊未虚。
轩盖不妨停巷外，待花入梦又何如？

小园芍药有名金带围者友人以佳兆为词作此答之

行行宝髻[1]下仙楼，醉依栏干数日留。
即此便难消受得，漫将金带说扬州。

注　释

［1］宝髻：梳成元宝状的发髻。此处以此比喻盛开的芍药花。

醉吟牡丹下

当轩已结麝兰囊，酒具移来翠幔张。
真个书生堪自大，科头[1]无礼对花王[2]。

注　释

［1］科头：结发不戴冠。
［2］花王：旧时品花以牡丹为群花之首，世称花王。

武定[1]道上

侵晓[2]行来百里余，日斜时候到村居。
荒厨暂借奴炊饭，自汲清泉饮瘦驴。

注　释

［1］武定：州名。东汉末置乐陵郡。隋开皇间析置隶州。明洪武六年改为乐安州，宣德元年改为武定州。清升为府，治所惠民。故址在今山东惠民县。

［2］侵晓：拂晓。

去年过刘园紫椹方熟今岁复过又值熟时感而赋此

事经隔岁记还真，折柬何曾到旧宾。
惟有多情桑椹子，年年相待白髭人。

宿鸡山[1]

山名无考路横堤，野老犹传夜夜啼。
准备画弓兼竹箭，三更我欲射天鸡[2]。

注　释

［1］鸡山：章丘与历城交界处的鸡鸣山。

［2］天鸡：鸡鸣山传说中的神鸡。

德平[1]道中

小车自制样偏新，日美风清少点尘。
手把牛鞭行细路，油油麦浪拥双轮。

注　释

［1］德平：县名。汉置平昌县，属平原郡。五代后唐改为德平。明清皆属济南府。20世纪50年代已撤销。

送宋怀苏归金陵二首

得君住此诚佳耳，忽欲言归可奈何？
不独鄙人情恋恋，竹竿[1]满巷唱骊歌[2]。

注　释

［1］竹竿：此处指作者居住的竹竿巷。

［2］骊歌：送别之歌。

罗家美酒压秋槽，亲手携来上小舠。
将此赠君无别意，江干风雨正刁骚[1]。

注　释

［1］刁骚：稀落。

生日后杂咏十六首

此生合自老林丘，百炼方知性渐柔。
五十三年多许事，俱缘卤莽尽轻休。

常人耳目好新奇，懒盗虚声笑我痴。

安坐家园垂白首，问名邻舍未全知。

功名会上原无福，主掌园林幸有权。
时抱枯桐[1]临小榭，雨行花木候鸣弦。

注　释

[1]枯桐：古人用桐木作琴床，此处指代琴。

余粮卖去架花篱，门榜[1]香城曲径披。
口不两匙餐便饱，学人积谷欲何为？

注　释

[1]榜：牌匾，匾额。此处用作动词，指题写匾额。

日求却老叹无方，服气烧丹[1]事渺茫。
新自神楼传秘诀，劳思量处莫思量。

注　释

[1]服气烧丹：用服气法和外服丹药法健身延命。服气，类似服雾法，道家修炼法。于早晨或坐或卧，先闭目内视，如见五脏，口呼出气二十四过，使目见五色之气缭绕面上，然后口纳此五色气五十过，咽唾六十过。烧丹，道家用各种矿物炼丹。

花飞两目苦昏矇，把卷惟宜坐日中。
叆叇[1]一双新上额，挑灯犹作蠹书虫。

注　释

[1]叆叇（ài dài）：眼镜。

第二牙辞吾口去，怕餐硬饼语难清。
谈锋莫恨从今钝，见客还夸笑有声。

酒后狂言饶过端，老来思改正愁难。
谁知已自遭天罚，新酿盈缸味带酸。

虺孱[1]相似病多番，合守红炉卧小园。
身欲自安心未肯，还骑瘦马猎秋原。

注　释

[1]虺孱(huī chán)：身体孱弱，衰弱无力。

颓龄[1]收拾兴犹奢，宴饮时过戚友家。
惟有歌筵招懒去，厌他相见问年华。

注　释

[1]颓龄：衰老之年。晋陶潜《九日闲居》诗："酒能祛百虑，菊为制颓龄。"

扫地焚香设酒卮[1]，不招佳客与红儿[2]。
清欢若问谁堪共？一卷韦郎五字诗[3]。

注　释

[1]酒卮：亦作"酒巵"，盛酒的器皿。

[2]红儿：歌女。

[3]韦郎五字诗：韦应物的五言诗卷。

新词旧句箧中盈，甲乙亲编复自评。
前后看来风旨异，近多感慨曩[1]和平。

注　释

[1]曩：昔日，过去。

介弟[1]尊兼公子贵，峥嵘已过老堪哀。
他年即作传奇料，不是高巾狎客[2]材。

注　释

[1]介弟：对他人之弟的敬称。此处指别人尊称田霡，因其长兄田雯职位高而诗文有名之故。

[2]狎客：指亲昵常共戏游饮宴之人。

应门新自觅长须[1]，未审能如萧氏[2]无？
看遍友朋知己少，掉头思遇爱才奴。

注　释

[1]长须：男仆。

[2]萧氏：萧望之（？—前47），西汉大臣。曾任太子太傅等官。遭宦官诬陷，被迫自杀。

写经茹素事焚修，酒不能【1】除发尚留。
老佞[1]佛门为弟子，竟成名士下场头。

校　记

【1】不能：《国朝山左诗钞》作“不须”。

注　释

[1]佞:献媚讨好。

闲将身事看分明,生不如人死亦轻。
只有一端堪自慰【1】,
他年归处定蓬瀛[1]。评曰:诸作皆唐人三昧,皮相者自不解耳。

校　记

【1】堪自慰:《国朝山左诗钞》作"夸若辈"。

注　释

[1]蓬瀛:蓬莱、瀛洲,皆山名,相传为仙人所居。

访萧虞一[1]不遇二首

北村何事恋朋从?日使人探野外踪。
准拟回家便过访,既回恰又不相逢。

注　释

[1]萧虞一:人名,萧惟豫后人。生卒年月不详,作者同乡友人。

炉烟未绝墨痕存,值尔出门余到门。
偏有庐儿[1]娴礼数,也能代主道寒温。

注　释

[1]庐儿:奴仆,侍从。《汉书·萧望之传》:"翁出入,从仓头庐儿。"注:

"皆官府之给贱役者也。"

雨中招杨承玉[1]过数帆亭

云气垂垂滑砌苔,池莲乍见一枝开。
命将襶襶[2]西斋去,速接盈川坐雨来。

注　释

[1]杨承玉:即杨玠,字承玉,号继斋。康熙庚辰进士,官赣县知县,有《清溪诗集》。

[2]褦襶(nài dài):避暑笠。一说暑月谒人,衣冠束身之状,谓之褦襶子。后因称暑日谒客为褦襶。此处盖谓命奴仆穿戴整齐去请客人来。

送周象益[1]南归二首

松陵[2]佳客动归尘,来别烟村淡荡人。
若比他人情自重,三年特地结诗亲。

注　释

[1]周象益:人名。清代苏州人。作者故友朱文盎的外甥,著名学者朱彝尊的外孙。

[2]松陵:地名,即苏州。见本卷《与董季问论诗醉后狂题》注释[3]。

细看标格[1]愈伤情,故友[2]还宜有此甥。
老泪不干杯在手,惨无书札付君行。自注:象益母舅朱文盎,系余旧友,亡已数年。

注　释

[1]标格:风格,风范。

[2]故友:此处指作者故友朱文盎,系著名学者诗人朱彝尊的儿子,早逝。

和杨承玉题荷柳作

柔条柳树风流甚,似面荷花冒绿开。
小雨丝丝樽酒具,疑招佳客二张[1]来。

注　释

[1]二张:唐代武则天宠臣张易之和张宗昌。二人容貌俊美,深得武后宠爱,张易之行五,人称"五郎";张宗昌行六,人称"六郎"。

与杨承玉对弈[1]戏占

挑灯对弈寄闲情,子落楸枰[2]任意行。
不赌宣城为太守[3],何劳一劫打更深。

注　释

[1]对弈:两人对着下棋。

[2]楸枰(qiū píng):下围棋用的棋盘。古代多用楸木做成,故名。

[3]赌宣城为太守:谢朓(464—499),字玄晖,与谢灵运同族,称小谢。明帝时为宣城太守。善草隶,长五言诗。山水风景诗最著名,"永明体"主要作家。

池莲六首

名因君子满池栽，水面亭亭映日开。
独倚栏干呼茂叔[1]，赏心客更有谁来？

注 释

[1]茂叔：周敦颐（1017—1073），字茂叔，宋道州（今湖南道县）人。居庐山，筑室名“濂溪书堂”，世称“濂溪先生”。著《太极图》及《通书》四十篇，对宋明理学影响甚大。有散文《爱莲说》，称莲为“花之君子者也”。

霞敷云簇致蹁跹[1]，远隔斑帘望若仙。
何处乘风归路错？手擎翠盖到亭前。

注 释

[1]蹁跹（pián xiān）：舞者旋转之姿。形容舞者姿态优美、旋转自如。

腻红虽已匝清池，绿叶田田看更奇。
作用若依公悫[1]法，天然一具酒人卮。

注 释

[1]公悫（què）：人名，三国曹魏时代的郑公悫。唐人段成式的《酉阳杂俎》记载，郑公悫及其幕僚发明一种饮酒方法叫碧筒饮，就是采摘刚刚冒出水面的新鲜荷叶盛酒，再将叶心捅破，使茎叶相通，然后从茎管中吸酒，使酒香中夹裹着莲香。

每叹花前锦瑟无，雨余还笑眼模糊。

从今不怕无聊赖，已采荷盘万斛珠。

布袍经久酒痕密，玉井[1]莲花净业微。
相对自嫌身未洁，斩新[2]制得看花衣。

注　释

[1]玉井：井的美称。

[2]斩新：即崭新，极新。

作意甃池[1]浇灌忙，欲同草木日相将。
水花不是无情物，果送清香慰老狂。

注　释

[1]甃(zhòu)池：水井和池塘。甃，砖砌的井壁。

观萧虞一[1]习射

手弱弓强结束[2]宜，人前命中落风旗[3]。
若令信本[4]今重见，不为萧公又作诗。

注　释

[1]萧虞一：人名，见本卷《访萧虞一不遇二首》其一注释[1]。

[2]结束：装束，打扮。

[3]风旗：风中飘动的旗帜。

[4]信本：欧阳询(557—641)，字信本，楷书四大家之一。欧阳询与同代的虞世南、褚遂良、薛稷三位并称初唐四大家。此处应以同姓名人指代北宋欧阳修，因其文《卖油翁》，写卖油翁观陈尧咨射箭而有所感发。

观叶仲一[1]习射

文坛久羡著高声，武事何时习亦成？
君似魏舒[2]能自善，惭予不足以知卿。

注　释

[1]叶仲一：叶正夏，字仲长，一字仲一，号桐村，山东德州人。康熙丁酉举人，官鱼台教谕，有《桐村诗集》《出关诗》等。是《鬲津草堂诗》的校对者之一。

[2]魏舒（209—290）：字阳元，任城樊（今山东济宁市兖州区）人。魏晋时名臣。性好骑射，著韦衣，入山泽，以渔猎为事。

观射自嘲

细穿杨叶[1]小翎风，技比甘蝇[2]妙处同。
我自从旁虚颔首[3]，不须认作卖油翁[4]。

注　释

[1]杨叶：杨树的叶子。古人形容某人箭术高超，可以百步之外把杨叶穿透。

[2]甘蝇：古代善射之人。

[3]颔（hàn）首：点头。

[4]卖油翁：欧阳修的《卖油翁》里写一卖油老汉，看到陈氏将军射箭，中者十之八九，释担观看，点头肯定其箭术。

石竹花

委地[1]丛花五色分,居然名竹假清芬。
秋霜未至子猷[2]死,且任旁人呼此君。

注　释

[1]委地:堆卧在地上。

[2]猷(yóu):相当于“犹”,已经。

买太湖石[1]

石高尺许色苍黔[2],怪瘦玲珑三者兼。
移向小园亭子后,又添平地一山尖。

注　释

[1]太湖石:太湖地区产的石头,多窟窿,形状奇特,可以用来造假山,点缀庭院。

[2]苍黔:青黑色。黔,黑色。

花开独酌

有怀未许向花诉,把酒对花香满树。
今夜如泥不解愁,始知花放非无故。

题扇上蝴蝶二首

香须粉翅宛如生，一瓣桃花两蝶争。
却怪能诗狂谢逸[1]，当年竟以尔为名。

注　释

[1]谢逸(1068—1113)：字无逸，号溪堂，抚州临川(今江西抚州市临川区)人。屡举进士不第，后绝意仕进，以诗文自娱，终身隐居。曾作蝶诗三百首，多有佳句，盛传一时，时人因称"谢蝴蝶"。

落花数片尚含香，捉对春驹[1]着意忙。
纸扇画成夸妙手，从今应不说滕王[2]。

注　释

[1]春驹：蛱蝶的别名。见于宋佚名作《采兰杂志》。

[2]滕王：即唐高祖李渊的二十二子李元婴，他喜欢画蝶，以真蝶为标本，以金银珠宝为材料，运用独特的艺术手法，画出与众不同的蝴蝶。由于李元婴被册封为"滕王"，故这种画被称为"滕王蝶画"。

老君堂[1]待渡

村南村北路难通，王莽河[2]边野渡空。
独立斜阳秋水阔，举头暗自羡飞鸿。

注 释

[1]老君堂:德州运河岸边的道观,观旁有渡口,今不存。

[2]王莽河:流经德州东南部的黄河故道。春秋战国至西汉末黄河一直保持一定河形,史称为"大河故渎",或"王莽河""王莽故渎"。战国中期黄河下游大规模筑堤固定下来的河道:今河南浚县—濮阳西南—馆陶县东北—临清南—德州东南—东光东—孟村北—黄骅西南入海。第二次重大改道:公元11年黄河在今河北大名东决口,造成第二次重大改道。69年王景治河,固定了河道。第二次重大改道后经王景治河,形成于东汉年间的河道:今濮阳西南—范县北—莘县东—聊城南—禹城西—滨州北—利津东南入海,此后德州至东光及以下黄河故道干涸,后来修运河时又借用其中的一部分。

和萧道一[1]原韵四首

小巷为邻屋隔篱,双槐许借过墙枝。
传来新句挑灯读,正在花黄雁字时[2]。

注 释

[1]萧道一:即萧承沆,字道一,萧韩坡之子。

[2]雁字时:大雁从北向南飞的时候,大雁群体飞翔时,往往排成人字形。

何处移来一角山,秋花数种色般般。
虽然不是野人宅,也见王孙兴自闲。

槐堂迤[1]后复斋东,曲径栏干菡萏[2]丛。
记得雨中曾坐此,香传少女[3]满庭风。

注 释

[1]迤(yǐ):介词,相当于往、向。

[2]菡萏(hàn dàn):荷花的别称,古人称未开的荷花为菡萏,即花苞。

[3]少女:此处比喻荷花。

白袷[1]常留学士香,一杯还借老相将。
与君又复为诗侣,哪比论交富贵场。

注　释

[1]白袷(qiā):白色的对襟长袍。袷,对襟长袍。

送酒与周别驾榕客[1]二首

冻醪[2]初漉嫩香浮,饮具差排列酒筹[3]。
却怪骚人周半刺,高提诗印住蓨州[4]。

注　释

[1]周别驾榕客:见卷二《送周榕客出刺宣州二首》其一注释[1],作者写诗时周为州别驾。

[2]冻醪(láo):冷冻过的浊酒。醪,浊酒。

[3]酒筹:饮酒时用以记数或行令的竹码。

[4]蓨(tiáo)州:此处指景州。蓨,古地名,汉置蓨县,隋初改为蓨县,治所在今河北省景县南。

孤斟辄复忆吾曹,北地风寒雁影高。
欲寄相思谁作使?青州从事[1]莫辞劳。

注　释

[1]青州从事:指代好酒。

答周榕客[1]赠图章湖笔二首【1】

薤叶[2]新传篆法工，朝来远送走蛮僮[3]。
报书便比前番好，小印双钤[4]纸尾红。

校 记

【1】此诗第一首见卢见曾《国朝山左诗钞》四十二卷第9页B面，题作“答周榕客赠图章”。

注 释

[1]周榕客：人名，见卷二《送周榕客出刺宣州二首》其一注释[1]。

[2]薤(xiè)叶：薤的叶子。此处用以比喻篆刻笔画的形状。薤，草本植物，鳞茎名薤白，可食，并入药。

[3]蛮僮：出生于南方的仆人。蛮，古时对南方少数民族的泛称。后来用作对少数民族的泛称，含有轻视之意。

[4]钤(qián)：盖印章曰钤。

曾传梦笔是江郎[1]，一旦才华迥异常。
笑我霜毫[2]真到手，可能写出好篇章？

注 释

[1]江郎：人名，即江淹。传说江淹少时，夜梦人授五色笔；晚年又梦一个自称郭璞的人，索还其笔，自后作诗，再无佳句，人称“江郎才尽”。

[2]霜毫：指毛笔。

和周榕客原韵四首

能诗别驾许谁陪，何意冬残共探梅？
十年读书征得力，果然不及此番来。

抱琴傲吏已忘机，爱友香城老布衣。
同住枣林三日夜，梦魂从此倍依依。

炉爇[1]名香酒半酣，旋烧红蜡试清谈。
旁观若解衡人物[2]，两晋风流也未惭。

注　释

[1]爇(ruò)：烧，燃。

[2]衡人物：有定力不为外界名利所干扰的人物。

岁暮纷纷祀灶忙，偏来别墅小徜徉[1]。
却怜张绪[2]风情在，折柬能容我辈狂。

注　释

[1]徜徉(cháng yáng)：闲游，悠闲自在地步行。

[2]张绪(422—489)：南朝齐吴郡吴人。字思曼。美风姿，清简寡欲，长于《周易》。

题　扇

蔷薇一架傍亭栽，雨过风轻花正开。

珍重玉人[1]偏解事,香车自驾远寻来。

注 释

[1]玉人:比喻人容貌如玉之美。

题画兰赠艾州刺[1]三首

醉墨淋漓怪石斜,幽兰盘薄[2]放秋花。
折枝又见萧萧竹,占尽清芬属画家。

注 释

[1]艾州刺:作者友人艾浩亭。见卷一《题艾州刺洛亭学稼图四首》其一注释[1]。

[2]盘薄:据持牢固貌。

记买秋兰百箭归,多时相伴坐书帏。
今朝画上题诗句,犹觉寒香笔底飞。

看来品格本清幽,合是山林隐士俦。
将此赠君张座右,应知风味亦相投。

题罗念斋[1]群雀图四首

竹枝摇曳雀喧哗,欲抚生绡问画家。
何故令人看莫解?不循常例画梅花。

注　释

[1]罗念斋:人名,籍贯生卒年月不详。

一林修竹浃年[1]绿,闲坐清阴只数回。
翻让无知群瓦雀,呼朋引子不时来。

注　释

[1]浃(jiā)年:全年,四季。浃,周匝。

竹称君子合栖凤,与雀为俦似不伦。
犹记挑灯笺《尔雅》,一名别注唤佳宾。

小园亦种数竿竹,时见啾啾鸟在枝。
展卷即令开匣砚,欣从旧景写新诗。

赠僧二首

水田衣服桦皮冠[1],妙解时时寄笔端。
若问家风何所似,一瓶一钵一蒲团。

注　释

[1]桦皮冠:桦树皮做的帽子。

静掩禅关[1]久未开,忽然车马动经台。
老僧虽在山间住,不少公卿乞芋[2]来。

注　释

[1]禅关:寺院。

[2]公卿乞芋:达官贵人都与他交往。比喻僧人德行高,名人愿意与之交游。

于擎斋[1]将归京江[2]留诗为别赋答

故留佳什慰相思,酬答惭予寡半词。
不是愁须拈欲断,老来怕作送行诗。

注　释

[1]于擎斋:作者友人,江苏镇江人。生卒年月不详。

[2]京江:长江下游称扬子江,亦名京江。因流经镇江市,而镇江古称京口,所以叫京江。

西村看杏花诗六首

城西一路柳如烟,正是清明上巳[1]前。
携酒呼朋来鬲海,满村红雨杏花天。

注　释

[1]上巳:农历每月上旬的巳日。三月上巳,为古代节日。汉以前,上巳必取巳日,但不必三月初三;自魏后,一般惯用三月初三,但不定为巳日。

误雪欺霞千百树,种成今已十年余。
笑予不善青囊术[1],也似庐山隐士居[2]。

注　释

［1］青囊术：借指医术。

［2］庐山隐士居：指董奉在庐山的居所。董奉为三国吴侯官人。字君异。善医道。居庐山，日为人治病，不取钱，重病得愈者，使栽杏树五株，轻者一株，如此数年，杏树万株。

粘枝五出[1]薄罗轻，欲白仍红照眼明。
手挽芳条时一嗅，莫言客恼太无情。

注　释

［1］五出：草木之花花瓣多五片，称五出。此处作者指杏花，因其花瓣为五片。

花如锦帐几重重，下展氍毹[1]坐个侬，
谱作画图看亦好，赵昌[2]可惜不能逢。

注　释

［1］氍毹（qú shū）：毛或者毛麻混织的毛布、地毯之类。

［2］赵昌：宋广汉人，字昌之。以善画花果著名，后画草虫折枝，妙于傅彩。

此间拟是杏园洲[1]，绝少城中客到游。
输于荒村挑菜女，蝶随蜂引采香头。

注　释

［1］杏园洲：园名。故址在今陕西西安市大雁塔南。秦时为宜春下苑地。唐时与慈恩寺南北相峙，在曲江池西南，为新进士游宴之地。

别花欲去要花随，归客香风马上吹。
忙煞迎门小儿女，欣欣各去觅军持[1]。

注　释

[1]军持：水瓶，水罐。

春　日

近缘病脚行无力，暂减游情日在家。
茶苦酒甘春睡美，柴门昼掩半庭花。

春日过云庄访萧侍读韩坡不遇留壁

风日清和花满篱，东翁策杖复何之？
小庭尚有花如此，便是眠餐未肯离。

癸巳[1]作

重遇星蛇[2]越六旬，少年莫厌老年人。
试将风历[3]从头看，才是浮生[4]第一春。

注　释

[1]癸巳：康熙癸巳年，公元 1713 年。时作者 60 周岁，按旧习惯计岁为 61 岁。

[2]重遇星蛇：农历十二生肖中，巳代表蛇。蛇星重遇，说明六十年后又一个新的癸巳年开始。

[3]凤历：《左传·昭公十七年》："我高祖少皞挚之立也，凤鸟适至，故纪于鸟，为鸟师而鸟名。凤鸟氏，历正也。"后世用凤历称岁历。

[4]浮生：人生在世，虚浮不定，因此称人生为"浮生"。

访暮得上人[1]

老逐时流意可憎，闭门却扫骤何能。
年来自到北村住，好友新添半是僧。

注　释

[1]暮得上人：法号叫"暮得"的僧人。

春　日

倚门闲煞青藤杖，静坐思寻物外情。
满地春风红紫艳，任他蜂蝶自相争。

赠何闇[1]公国弈二首

款门客至响楸枰，黑白能分算更精。
怜汝一生何自苦，逢人便与较输赢。

注　释

[1]何闇:人名,作者友人。善围棋。亦能写诗。生卒年月不详。

满囊佳句收驴背,如此才华少定评。
浪走江湖三十载,却缘一弈掩诗名。

闲

薄田百亩足饔飧[1],剥啄无人日闭门。
炉热名香吟抱膝,满园花拥草堂尊。评曰:笔墨中有香气,当是放翁再来。

注　释

[1]饔飧(yōng sūn):早餐和晚餐。

西村杏花每岁开时余必往看曩作小诗六首以记其盛今又作四首用补前意之未尽者

杏林烂漫鬲烟清,好事春风伴我行。
廿载往还成旧例,与花合是好交情。

树外停车花底坐,嘱花幸莫厌衰翁。
若将欲白矜[1]能事,只与侬家两鬓同。

注　释

[1]矜(jīn):自负贤能。

行厨不办坐诗贫，也有逢迎趣味新。
道士送茶僧送酒，相将俱是最闲人。

花留客去两难违，折取繁枝落手飞。
十里芳郊行细马[1]，
载人车子载花归。评曰：末句新极，未经人道。

注　释

[1]细马：良马，小马。

送李绣书[1]副使之陕西三首

相国风流尚未残，翩翩公子复为官。
一麾西指中条[2]路。华岳[3]云开立马看。

注　释

[1]李绣书：据上下文看，和作者为翁婿关系。

[2]中条：山名。见本卷《淇水早发》注释[2]。

[3]华岳：此处指华山。五岳之一，世称西岳。在陕西华阴市南，因其西有少华山，故又名太华山。有莲花、落雁、朝阳、玉女、五云等峰。一说山顶有池，池生千叶莲花而名。

关河[1]第一数秦风，属在车辎指顾中。
板屋歌谣[2]都采遍，还将鸟篆[3]印花骢[4]。

注　释

[1]关河:指函谷关与黄河。

[2]板屋歌谣:秦地的民歌。《诗经·秦风·小戎》:“在其板屋,乱我心曲。”板屋,用木板建造的房屋。

[3]鸟篆:篆体古文字。形如鸟迹,故名。又指鸟迹似篆书。

[4]花骢:五花骢,即五花马。

执手河梁泪染巾,多年翁婿[1]倍情亲。
今朝送汝秦中去,哪比寻常折柳人。

注　释

[1]翁婿:岳父和女婿的关系。

甘怀园[1]买茉莉[2]数盆走诗索分

满院凡花恨不香,看他蛱蝶亦炎凉[3]。
朝来俱过竹篱去,定在街西司马堂。

注　释

[1]甘怀园:人名,作者近邻好友。见卷一《寄甘别驾怀园四首》其一注释[1]。

[2]茉莉:花名。花小而香。

[3]炎凉:比喻对待地位不同的人或亲热攀附,或冷漠疏远,反复无常。

送龚朴萶[1]之陕西幕二首

七年两度唱阳关[2],乍见还惊改旧颜。

记得离亭分手处，大珠山下小珠山[3]。评曰：典切。

注　释

[1]龚朴莽：人名。籍贯生卒年月不详。

[2]唱阳关：唱送别之曲《阳关曲》，本名《渭城曲》，即王维《送元二使安西》："渭城朝雨浥轻尘，客舍青青柳色新。劝君更尽一杯酒，西出阳关无故人。"阳关，关名。在今甘肃敦煌市西南。以居玉门关之南而名。汉置，为古代通西域的要隘。

[3]大珠山、小珠山：山名，均在山东青岛。

华岳[1]峰高客影孤，留君且复住斯须[2]。
此番若再轻为别，后会还知事有无。

注　释

[1]华岳：指西岳华山。

[2]斯须：暂时，片刻。

向友人乞盆菊

黄花应已放篱东，秋色盈盈转眼空。
忽忆幽人三径里[1]，冷香正在雁声中。

注　释

[1]三径里：西汉末，王莽专权，兖州刺史蒋诩告病辞官，隐居乡里，于院中辟三径，唯与求仲、羊仲来往。后常用"三径"指家园。

纪子[1]以黄白菊各一盆相贻

草堂风景亦佳哉，酒具初陈句欲裁。
忽听庐儿[2]传客至，香山山谷[3]杖扶来。

注　释

[1]纪子：人名。作者的纪姓的友人。

[2]庐儿：仆人。见本卷《访萧虞一不遇二首》其二注释[1]。

[3]香山山谷：香山，白居易号香山居士；山谷，黄庭坚号山谷道人。此处以人名代指黄白颜色的菊花。

自题按剑图六首

乐园田子住陵州[1]，说剑谈诗抵胜流。
第四排行年六十，一生潦倒[2]足林丘。

注　释

[1]陵州：即德州。

[2]潦倒：蹉跎失意，形容衰颓。

看君结束[1]费猜疑，兀兀[2]含思意近痴。
独据胡床[3]搔白首，心情只有剑能知。

注　释

[1]结束：装束，打扮。

[2]兀兀:静止貌。

[3]胡床:一种可以折叠的轻便坐具,也叫交椅、交床。由胡地传入,故名。隋代改叫交床,唐穆宗又改为绳床。

幸而天地独容我,剑买千金兴最豪。
欲助悲歌时一击,何尝比作吕虔刀[1]?

注　释

[1]吕虔刀:三国魏国吕虔为刺史,有佩刀,相者谓三公可佩。虔以授王祥,祥临终前授王览,事见《晋书·王览传》,后用为称颂辅相之语。

荆花三树莫同看,伯仲峥嵘廊庙端。
自顾虽然居下位,头衔却署郑虔[1]官。

注　释

[1]郑虔:唐荥阳人,字弱斋。工书画,曾将其诗画呈献,帝署曰:“郑虔三绝。”天宝初为协律郎,以私撰国史,坐谪十年。还京为广文馆博士。安史之乱后,贬台州司户参军。

箭衣裹体染猩红,手按纯钩[1]侠士风。
应是逢场游戏耳,未闻师访白猿翁[2]。

注　释

[1]纯钩:利剑名。

[2]白猿翁:人名,白猿公。传说为古代善剑术的人。事见汉赵晔《吴越春秋·勾践阴谋外传》:“处女将北见于王,道逢一翁自称曰袁公,问于处女:‘吾闻子善剑,愿一见之。’女曰:‘妾不敢有所隐,惟公试之。’于是袁公即杖箖箊竹,竹枝上颉,桥未堕地,女即捷末。……袁公则飞上树变为白猿。”

倩的丹青画贱躯，摩来休要少工夫。
他年若问传家物，遗与儿孙止此图。评曰：有慨乎其言之？

元宵夜

豪门今夜缚山棚[1]，月殿星桥路可登。
便是香城老居士，草堂也上读书灯。

注　释

[1]山棚：结彩的牌楼、戏棚。

题刘生画像四首

白首交情继古欢，曩来只作野遗看。
而今像写丹青手，始诧君为六品官。

此老何来染热尘？端详亦可会前因。
若非种树元都客[1]，便是天台[2]误入人。

注　释

[1]元都客：即玄都客，为避康熙帝名“玄烨”而改。此处指代道士。玄都，道观名。见卷一《余有田百亩去城十余里州乘所载鬲海朝烟也往来于此颇足自娱因成是作》注释[7]。

[2]天台：山名。见卷二《送萧侍读韩坡游天台》注释[2]。

少小同窗岁序增，相看今已似风灯。

君年七十余六十，垂老还欣有旧朋。

鹅溪[1]写罢好装潢[2]，索我题诗欲久藏。
传到云仍瞻拜者，也知好友是田郎。评曰：风趣最佳。

注　释

[1]鹅溪：即鹅溪绢，丝绢名。鹅溪，地名。在今四川盐亭县西北，以产绢著名，唐代以为贡品。

[2]装潢(huáng)：古代对装裱技艺的称谓。潢，指用黄檗汁染治纸料，再用这种纸料装裱书画，故名。

蟋　蟀

性耽健斗善哀吟，断砌篱根迹可寻。
莫道微虫无际遇，偏安宰相[1]是知心。

注　释

[1]偏安宰相：南宋奸相贾似道(1213—1275)，宋台州人，字师宪。理宗时，以其姊为贵妃，累官左丞相，兼枢密使。端平初，蒙古兵攻鄂州，似道纳币请和，而诡称用兵解围。度宗立，更专政，封魏国公。元兵迫建康，宋军屡败，被弹劾谪送途中被杀。

闻制科[1]有用诗新议戏作二首

盛世还叫风雅存，师承有自道原尊。
从今试看凌云客[2]，俱出西川杜老[3]门。

注　释

[1]制科：即制举。唐代科举取士的制度。除地方贡举外，由皇帝亲自在殿廷诏试的称制科举，简称制举、制科。宋沿用，但科名已大减，至南宋绍兴年间，有博学鸿词科。清代如康熙十七年、乾隆元年两次的博学鸿词科、清末的经济特科等，都是制举性质。又平常科举殿试进士，因例由皇帝策问，故一般也称制举。

[2]凌云客：笔力矫健的文人骚客。凌云，高入云霄，用以比喻志气高超或笔力矫健。

[3]西川杜老：四川杜甫。西川，泛指蜀地，又指蜀之西部。唐贞观元年设剑南道，元和后分设西川节度使、东川节度使。其后分合不一。宋乾德三年置西川路，咸平中又分西川为东西二路。元改设四川行中书省。

少陵[1]大有惊人句，太白[2]偏工醉里歌。
千古传来成憾事，不令二子掇巍科[3]。

注　释

[1]少陵：杜甫。因其居杜曲，在少陵原之东，自称杜陵布衣、少陵野老。

[2]太白：李白，字太白。

[3]巍科：古代科举考试，榜上名分等次，排在前列者称巍科。犹言高第。

庭下小桃红[1]今春花稠而色艳以诗赠之

绛云结朵落庭隅，乍见还难认旧株。
疑是郁林净海客[2]，携来一树女珊瑚[3]。

注　释

[1]小桃红：榆叶梅的别称。

[2]郁林净海客:从郁林郡来的卖珊瑚之人。郁林,地名。秦置桂林郡。汉武帝更置郁林郡。梁改置定州,隋平陈,改为郁州。后复置郁林郡。唐至明皆为郁林州,清为直隶州。海客,卖珊瑚的人。

[3]女珊瑚:细枝珊瑚。

夜饮小桃红下戏作

把酒连宵坐锦丛,多情狂煞白头翁。
夜深不肯独眠去,醉倚栏干唤小红。

咏墨葵[1]二首

枝上如分鸦背[2]光,还疑仙子翦玄裳。
一丛合种诗人宅,别有天然翰墨香。

注　释

[1]墨葵:花名。花瓣成黑色。

[2]鸦背:乌鸦的背部,因色黑而用以代称黑色。

刘几庄[1]上栽分种,洗墨池中水借浇。
花放已沽元露酒,只将穿研客来招。

注　释

[1]刘几庄:宋代人刘几的庄园。刘几,宋代人,曾度《梅花曲》。

康熙庚寅余授堂邑[1]司铎[2]辞不就后晤卢明府禹锡[3]书以述怀二首

晴日天高雁叫行，孤城遥指树苍苍。
双轮细碾秋风里，好友偏逢古战场。

注　释

[1]堂邑：县名。汉清县、发干二县地。隋开皇六年置，因县西有堂邑得名。治所在今山东聊城市西北。

[2]司铎：相传古代颁布新令，必奋木铎以警众。故后来称主持教化者为司铎。

[3]卢明府禹锡：人名，籍贯与生卒年月不详。曾官居堂邑、恩县县令。

五年业已负清欢，一见交投语夜阑。
当日若知君下士，哪能孟浪[1]便辞官？

注　释

[1]孟浪：鲁莽，轻率。

余既辞官代之者乃赵在西[1]同年[2]以此相嘲

我是乞休前广文[3]，只缘病足伴闲云。
饱餐苜蓿腰常折，一笑轻轻让与君。评曰：令人解颐。

注　释

[1]赵在西:人名,与田霡同榜中举。

[2]同年:科举制度同榜的人称同年。

[3]广文:指代明清时代的儒学教官。见卷二《过郓城留别李广文航石》注释[2]。

发干[1]道中

扑面寒沙野草黄,风吹破庙响枯杨。
平时最厌孙庞事[2],策马飞离古战场。

注　释

[1]发干:县名。汉代置,县早已撤销。故地在今山东省聊城市境内。

[2]孙庞事:孙膑庞涓之事。孙膑,战国齐人。与庞涓同学兵法。后涓为魏将,嫉膑之才,召膑至魏,施以刖刑。后膑为齐使者载归,威王以为师。膑为齐谋击魏,涓智穷兵败,自杀。膑名遂显。此处指互相征战之事。

甘别驾以画易花与印员外雄飞[1]各以诗嘲之

别驾风流逸兴奢,便宜占尽到官衙。
只将措大[2]人情纸,去换曹南富贵花[3]。

注　释

[1]印员外雄飞:印雄飞员外。员外,对地方上年老而有影响的人士的尊称。

[2]措大:旧指贫寒失意的读书人。

[3]曹南富贵花:曹州牡丹花。富贵花,牡丹花,也指海棠花。据前有曹

南产地，曹州为牡丹之乡。故此处指牡丹花。

廿别驾送花不至作此寄之

众芳曾许远相遗，南望桓台[1]雁影低。
老景无多清兴减，明年又误看花期。

注 释

[1]桓台：邮亭。桓，古代邮亭旁边用于作为标识的柱子，后来也泛指寺、墓、桥梁等用作标识或其他用途的柱子。

题邢泽溥[1]小照二首

济南高士说洪宾[2]，定是嵚崎磊落[3]人。
可惜生前逢未得，只从画上识丰神。

注 释

[1]邢泽溥：济南人，字洪宾。生卒年月不详。

[2]洪宾：邢泽溥的字。

[3]嵚(qīn)崎：高峻貌。这里比喻人之杰出不群。

我为令子忘年友，每到湖山便借居。
精舍三间茶具在，双桐当户绿阴虚。

雪酝[1]初熟色清而味冽每饮三蕉叶便得陶然之趣率成三绝用垂他人之涎非敢言诗也

酿成不借源泉力，满瓮香浮揃[1]水花。
好助清饮谁是伴，小窗梅影正横斜。

校　记

【1】雪酝：《国朝山左诗钞》作“雪酒”。

注　释

[1]揃(jiǎn)：有剪下、分割、剪灭之义。此处用引申义，即除去、分离出去。

戎戎雪叶贮金罂[1]，玉碗盛来稚子擎。
炉热名香书塞屋，匡床[2]斜倚醉先生。

注　释

[1]金罂：铜罂，铜做的盛酒的瓶罐。罂，盛流质的陶制或金属等制作的容器，大肚小口。

[2]匡床：方正安适的床。匡，也作“筐”。

去年藏雪已成酒，今岁犹然缺酒材。
正恐寒浆容易尽，忽然滕六[1]到门来。

注　释

[1]滕六:神话传说中的雪神。

邵烈妇[1]四首

褒旌[2]高挂墓门宜,多少词人费苦思。
不遇狂且[3]身便老,一生碌碌有谁知。

注　释

[1]邵烈妇:丈夫姓邵的节烈妇人。德州人,生卒年月不详。烈妇,即烈女,刚正有节操的女子。封建社会也称不愿改嫁或者被侵辱而殉身的女子为烈女。

[2]褒旌:嘉美表彰的牌匾、旌旗一类物证。

[3]狂且:轻狂之人。《诗·郑风·山有扶苏》:"不见子都,乃见狂且。"毛传:"狂,狂人也。且,辞也。"

陇头遍插青松树,黄土高封劲草生。
莫使析薪[1]樵客入,伤心应是斧斤声。

注　释

[1]析薪:砍柴,劈柴。析,劈开。

美他少妇虽然死,埋骨方山[1]土亦香。
一点魂应天上去,无劳翦纸酹清凉。

注　释

[1]方山:据乾隆间《德州志》,指德州市附近的故长河县城遗址,在今德

州市陵城区以北五十里,故址方形,雪后望之宛然雪山。

阀阅[1]名传圣里新,复闻异事出编民。
陵州风化闺中好,岁月无多已两人。自注:时有李少司寇女,誓节妇孔氏事。

注 释

[1]阀阅:世宦门前旌表功绩的柱子。

赠卞铭銮[1]二首

泉生芝秀孝门中,刲股[2]传来事不同。
曩在槐堂[3]观小记,知君确有古人风。

注 释

[1]卞铭銮:人名。扬州人,生卒年月不详。

[2]刲(kuī)股:割股疗亲之意。刲,割。

[3]槐堂:作者好友萧惟豫的家。

愚孝虽非亦有俦,安丰[1]曾见旧名留。
我今欲赠红桥[2]客,惜少才如柳柳州[3]。

注 释

[1]安丰:郡县名。春秋六国地。汉置安丰县,属六安国。东汉属庐江郡,建武中封窦融为安丰侯。三国魏分庐江郡。隋废郡,安丰县改隶寿州,南宋初升为军,元置安丰路。明初废。地今安徽霍邱县西。

[2]红桥:桥名。在今江苏扬州市。此处代指扬州。

[3]柳柳州:唐代柳宗元。

寄永康[1]姬明府鸣岐[2]时怡斋[3]出守金华托以索其土产二首

昔年相见便相娱，鸡黍堆盘酒屡沽。
今在丽州[4]君自达，相思曾到故人无？

注　释

［1］永康：县名。属浙江省。汉乌伤县，三国吴分置永康县。明清皆属浙江金华府。

［2］姬明府鸣岐：姬鸣岐，作者友人，籍贯和生卒年月不详。时为永康县县令。

［3］怡斋：指赵善庆。见卷二《送赵怡斋赴金华太守任二首》注释［1］。

［4］丽州：即丽水县，属浙江省。后汉松阳县地，隋平陈，置括苍县。唐大历十四年改为丽水。以县有丽阳山而名。历代因之，明清皆为处州府治。

永酒竹鸡供客用，金花名纸[1]任君留。
悬知怪石犹能寄，自注：县出松化石。乞付诗人赵倚楼[2]。

注　释

［1］金花名纸：绘有金花的纸。

［2］赵倚楼：指赵善庆。见卷二《送赵怡斋赴金华太守任二首》注释［1］。

萧道一[1]以湖矢[2]相赠作此答谢二首

梦笔山[3]头忆昔年，酣眠数日竟空还。

谁知也有江郎[4]分，翻在槐堂北舍边。

注　释

［1］萧道一：即萧承沆，字道一，萧韩坡之子。

［2］湖矢：毛笔名。湖州所产的毛笔。湖州，今浙江湖州市。元时州人冯应科、陆文宝善制笔，乡人相习，以湖笔著名于世。

［3］梦笔山：传说中奇人赠笔的地方。南朝梁纪少瑜少时，曾梦见陆机把一束青镂管笔送给他，说："我以此笔犹可用，卿自择其善者。"从此，纪的文章大有进步。江淹少时，也梦人授五色笔；晚年又梦一个自称郭璞的人，索还其笔，自后作诗，再无佳句，人称"江郎才尽"。

［4］江郎：即江淹。故事见上注。

中山[1]妙选出萧郎，湘管[2]斜镌字半行。
即用一枝题报句，
惭非柳絮与池塘。自注：管上刻"柳絮池塘"四字。评曰：末二句，得古乐府意。

注　释

［1］中山：指代毛笔。盖狼毫笔，中山有"中山狼"之典，借指毛笔。

［2］湘管：毛笔名。管，笔杆也称为管。

元宵前一日赴枣林庄松雪园看灯火夜宿吕道士[1]山房三首

花灯彩树列亭旁，明月当空社鼓[2]忙。
如此繁华看烂熟，今宵又见枣林庄。

注　释

［1］吕道士：吕姓的道士。与作者兄弟为好友，传说善幻术，曾做客田雯

家,画符焚烧,取笑在座败兴的三个客人。

[2]社鼓:旧时社日祭神时所敲打的锣鼓。社,土地之神,也指祭祀土地之神处所或者节日。

一架星球缚院中,金蛇疾走满天红。
任他万炮[1]齐声发,哪识先生耳渐聋。

注　释

[1]炮:古代用来发射石弹的战具。此处即指鞭炮焰火。

老怨喧哗睡不安,敲门借宿道房宽。
夜深静对琉璃坐,胜抵名园万盏看。

元宵日魏藿村同年过舍欢留夜半步送入城细谈虎溪事[1]一笑而别三首

双扉今日夜须开,明月新圆第一回。
高挂珠灯陈酒具,草堂居士定还来。

注　释

[1]虎溪事:虎溪三笑之事,系佛门传说。虎溪在庐山东林寺前,相传晋僧慧远居东林寺时,送客不过溪。一日陶潜、道士陆修静来访,与语甚契,相送时不觉过溪,虎辄号鸣,三人大笑而别。后人于此建三笑亭。

客醉灯昏夜欲阑,扶携还去满街看。
城门莫下葳蕤锁[1],百辆香车觅宿难。

注 释

[1]葳蕤(wēi ruí)锁:锁名。锁以金缕相连,可以屈伸。

招的冰丸伴我身,送君桥畔过城闉。
此间不是庐山地,也有同行大笑人[1]。

注 释

[1]"此间"两句:见前诗注释虎溪三笑事。

竹枝词四首

陵州风景亦堪论,河上帆樯[1]路上村。
春水三湾迎两寺,大西门外小西门。

注 释

[1]帆樯:指代帆船。

德水[1]蓨川[2]祀董生[3],文成繁露理原精。
闲从州乘观人物,一个高贤两郡争。

注 释

[1]德水:黄河的别名。《史记·秦始皇纪》二十六年:"更名河曰德水,以为水德之始。"此处指德州,德州地处黄河故道。德州之"德"源于"德水"。汉置安德县,意在"以其德水安澜耳"。前201年置平原郡,治安德县,辖19县,晋为平原国,583年改称德州,以后时废时复。至758年复称德州,自此历代皆称德州。只是唐、宋、金、元各代德州治安德,明、清至今为今德州。

[2]蓨(tiáo)川:河流名。此河流今已不存。

［3］董生：指董仲舒，德州过去有董子台，传说董仲舒在此读书，有《春秋繁露》。

穹碑杰立记前明，海外蛮君[1]葬汉城。
白帽[2]迎风余裔在，松门北是九江营[3]。

注　释

［1］海外蛮君：明代永乐十五年，菲律宾苏禄国东王葛叭答剌率西王、峒王等共340余人来中国访问。当年9月回国途中，东王于德州附近安陵驿馆病逝，永乐帝命以王礼厚葬东王于德州，墓称苏禄王墓。东王王妃和两位王子及侍从多人留守王墓。王妃去世后葬于东王墓旁。明宣德年间在墓旁兴建清真寺。后东王八代孙温崇凯、安汝奇获准加入中国国籍。

［2］白帽：苏禄王后裔信奉伊斯兰教，故常戴白帽。

［3］九江营：明建文元年，为保护粮仓和战略需要，都督韩观在德州城北建造了历史上著名的十二连营，为相连的高大营垒。盖九江营为其中一部分。

南去州城三十里，黄河已古断洪流。
芦花浪涌行人过，鞭作长篙马作舟。

盆中红梅三首

分得红罗最小枝，春融绛雪正开时。
自从位置萧斋[1]里，省却沉檀费酒卮。

注　释

［1］萧斋：书斋的别称。后来沿用萧斋、萧寺为书斋之称，兼取萧瑟义，犹言寒斋。

名纸题辞镇玉蜍[1],梅花春醉卧香舆。
偶然几瓣风吹落,何啻研朱点异书。

注　释

[1]玉蜍:用玉雕的蟾蜍作镇纸,用于书画时压住纸张。

潮红上脸口含香,染出天工伴老狂。
说与阶前桃与李,不须认作斗春芳。

盆中红梅又一首

一树珊瑚案上移,清香满屋已多时。
云窗[1]未破帘常下,狂蝶游蜂总未知。

注　释

[1]云窗:华美的窗户。常以指女子居处。

迎春花自注:一名金腰带

东皇[1]昨日下香城,羡尔殷勤独早迎。
乞得黄金腰带子,压他红紫竞春荣。

注　释

[1]东皇:神名。司春之神。

迎春花清明始放

据人唤汝开宜早，何事清明已见葩[1]。
好把芳名从此易，迎春花是送春花。

注　释

［1］葩（pā）：草木的花。

小桃红二首

晴日蒸红映碧霞，逊他梅朵胜桃花。
独标新样凭人看，费尽春心翦绛纱。

点缀茅亭数十春，妦妦婉婉[1]看来真。
复从小字寻芳派，应是桃花接代人。

注　释

［1］妦（fēng）妦婉婉：美好轻柔之意。妦，美好。

盆中红白梅花

采得寒香入酒卮，醺然斗觉发奇思。
谱成玉笛声中曲，唱罢红儿唱雪儿。

春日过云庄题壁自注：云庄，为韩坡侍读别墅

记得春游马颊[1]边，水云乡里爱留连。
今来景物还如旧，只有居停换少年。

注　释

[1]马颊：河流名，流经山东东北部。源出河南濮阳县，东流经平原、乐陵等地，入渤海。

云庄看海棠二首

小院海棠三五树，合成一树未如斯。
昔人手植真堪爱，且就花前酹一卮。

海棠闻说蜀中异，恨煞中年少此游。
忽见云庄香满树，恍如身已到嘉州[1]。

注　释

[1]嘉州：汉犍为郡南安县地。北周大成元年置嘉州，因州境近汉嘉旧县而得名。至宋庆元二年升为嘉定府。即今四川乐山市。

白丁香二首

百结玲珑壁月斜，羞同红紫斗芳华。

倘令移向长安去，不让唐昌观[1]里花。

注　释

[1]唐昌观：唐寺观名。在长安安业坊南，以玄宗女唐昌公主而名。观中有玉药花，相传为公主手植，常为唐宋诗人吟咏的题材。

素质亭亭水石间，香飘丁字露倾鬟。
黄昏着眼栏干外，疑是飞来饭颗山[1]。评曰：奇想出人意外。

注　释

[1]饭颗山：传为长安山名。李白《戏赠杜甫》："饭颗山头逢杜甫，头戴笠子日卓午。借问别来太瘦生，总为从前作诗苦。"后用"饭颗山"或"饭山"指人作文写诗拘谨吃力。

友人以枸杞树分栽小园二首

仙树分移种已成，应门自此可无伻[1]。
倘来佳客穿花入，借重灵尨[2]吠一声。

注　释

[1]伻(bēng)：使者。
[2]灵尨(máng)：有灵气的长毛狗。尨，长毛狗。

神药扶衰且漫夸，翠条红乳味偏嘉。
从今便学天随子[1]，
不使羞惭到齿牙。自注：陆龟蒙《枸杞赋》内有"苟且粱肉，羞惭齿牙"之语。

注　释

[1]天随子:此处指唐代诗人陆龟蒙,号天随子。天随,听其自然。

春尽前一日

九十[1]风光可奈何,挽留无计别愁多。
一番红紫曾相识,胜有今朝珍重多。

注　释

[1]九十:每个季节为三个月,计九十天,春天到了尽头,所以说是到了春天的第九个十天。

闻麦苗甚茂复得时雨喜成二绝

连朝好雨报农祥,陇上传来麦渐黄。
何俟登场芒种后,才闻饼饵[1]满村香。

注　释

[1]饼饵:饼与饵,泛指饼类食物。

果然有麦抵三秋,官赋轻输俗事周。
十斛[1]倘多何所用? 山妻已老不须愁。

注　释

[1]斛(hú):量器名,也为容器单位。古代以十斗为一斛,南宋末改为五斗为一斛,两斛为一石。

雪酒熟一壶分彦威[1]二首

瓮浮雪叶色清新，送小山姜[2]漉[3]以巾。
门外非无朋旧在，可能同醉是何人。

注　释

[1]彦威：即田雯的孙子田同之。田同之，字在田，一字彦威，号西圃，又号砚思，山东德州人。康熙五十九年(1720)举人，官国子监助教。辑有《安德明诗选笺》，有《砚思集》《二学亭文集》《西圃文说》《诗说》《晚香词》《西圃词说》等。

[2]小山姜：田同之的雅称。因其祖父田雯，号山姜，田雯诗句中曾称之"小山姜"，故人又称田同之为"小山姜"。

[3]漉：渗出，滤过。

汝标寒雨[1]名书屋，我采冰花作酒材。
境地凄凉风味冷，相将合醉一千回。评曰：风雅极矣！

注　释

[1]寒雨：书斋名。田同之的书屋名"寒雨斋"。

莪山先生以酒器分惠戏谢三首

酒碗平分亦快哉，携归业已醉多回。
欲停独饮思轰饮，须待兴公太史来。

价重宣城[1]总莫论，瓮头米汁任清浑。
款门佳客寻常至，自有田家老瓦盆。

注 释

［1］宣城：地名，见卷二《送周榕客出刺宣州二首》其一注释［2］。

久横醒眼觉劳神，从此方期作酒人。
小券频书衣半典，醺醺哪怕老妻嗔。

郎扶生[1]惠以酒器是其伯父中丞所制精工异常不让古瓷赋此答谢二首

一双酒盏抵琼瑶[2]，七宝盘擎[3]裹绛绡[4]。
莫道香城贪得减，又将老眼认郎窑。评曰：末句有味。

注 释

［1］郎扶生：人名。生卒年月不详。

［2］琼瑶：美玉或者美石。引申为对别人酬答的礼品或投赠的诗文、书信的美称。

［3］盘擎：盘的擎手处。此处指酒杯用以把握的细高地方。

［4］绛绡：深红色的丝织薄纱。绛，深红色。

制自中丞进上宫，蟠龙[1]细画绿间红。
问名也足传千古，不在柴哥汝定[2]中。

注 释

［1］蟠龙：盘曲的龙。

[2]柴哥汝定：古代四大官窑之名。柴窑，相传为五代后周世宗柴荣指令建造，故名，故址在河南郑州市一带，以青瓷出名。汝窑，宋代著名瓷窑之一，窑址在今河南汝州市，古属汝州，故名，以产青瓷著名。哥窑，宋瓷窑名，在浙江龙泉市。定窑，宋代定州（今河北定州市）瓷窑烧制的瓷器，称定窑，以装饰花纹精美多彩著称。

汤少宰西厓[1]岭外[2]北归访草堂惠留长句月下并辔[3]旅舍连床忽忽至今又复五载矣率成三绝用志旧好

四十年来老弟兄，云泥自分[4]已无情。
谁知路拥麾旌[5]客，还许潜夫并马行。

注　释

[1]汤少宰西厓：汤西厓，仁和（今浙江杭州市）人。善书法，书法似东坡。曾任河南学政。

[2]岭外：五岭山脉以南的地区，包括广东、广西地区。

[3]并辔（pèi）：并握马缰绳，指并马齐驱。辔，缰绳。

[4]云泥自分：比喻人地位悬隔，道路有异。

[5]拥麾旌：拥举旌旗。指受命持节出使或巡察。

帆落长河兴未孤，少年情事属吾徒。
而今白发重相见，春在罗裙记也无？自注：留诗有"十分春意在罗裙"之句。

京华梦断怅离群，孤坐常劳至夜分[1]。
偶把陶诗灯下读，赏心佳句是停云[2]。

注　释

［1］夜分：夜半。

［2］停云：晋陶渊明有《停云》诗四首，自序称“停云，思亲友也”。

题扇上画石寄张典簿中岳[1]

白纸重矾[2]折迭匀，一拳石画墨痕新。
时当郝谢相逢[3]日，寄与京华扇暍[4]人。

注　释

［1］张典簿中岳：即作者同乡好友张中岳。典簿，官名，掌管文书图籍。

［2］重矾：在纸上画了多种颜色的矾色。矾，矾石，为透明结晶体，可入药，有白、青、黄、黑、绛五种，俗称白者为明矾。

［3］郝谢相逢：应为姓郝的与姓谢的两好友相见。字号和生卒年月不详。

［4］扇暍（yē）：传说有周武王照顾中暑的人（即暍人），替他扇风取凉的故事。后因以扇暍为颂扬德政之词。

生第三重孙

梦他孔释[1]送来真，起看兰房[2]气复新。
听得呱呱声彻户，曾孙又抱第三人。

注　释

［1］孔释：孔丘和释迦。

［2］兰房：兰气氤氲的精舍。此处指女性所居住的房舍。

喜孙开入泮[1]作此示之二首

頖水[2]洋洋任尔游，书香可继已无忧。
若将家乘[3]翻来看，一领青衫[4]着也羞。

注　释

[1]孙开入泮(pàn)：作者孙子田开考进州学为生员。入泮，科举时代，学童考进县学为生员叫入泮。因学宫前有泮水，故名。

[2]頖(pàn)水：又作“泮水”，借指学宫。

[3]家乘：家谱。

[4]青衫：唐制，文官八品、九品服以青。亦指官职卑微的人。

无功于世与家门，老授寒毡亦莫存。
望汝从今须自立，不能肖祖是贤孙。

悼马二首

黔山细马[1]故人留，莝豆[2]亲营已数秋。
筋力正强呼吸尽，持竿何处觅猕猴[3]。自注：用郭璞事。

注　释

[1]细马：良马，小马。

[2]莝(cuò)豆：切碎的草。

[3]猕猴：又称猢猴，也作弥猴。猴类的一种。此处用郭璞以猕猴比马一事。

厩中忽尔断嘶音，扶枥低回痛不禁。
此马较之他马异，几年鞭下听长吟。

送人应试自述二首

一杯酒把送交亲，我亦槐黄逐队人[1]。
虽未成名惭李巽[2]，而今席帽[3]也离身。

注　释

[1]逐队人：谓随众而行。此处指随众进入考场之事。

[2]李巽(747—809)：字令叔，赵州赞皇(今河北赞皇)人。以明经举拔萃。唐顺宗时仕至吏部尚书。长于吏事，书法亦妙。

[3]席帽：以藤席为骨架编成的帽，极其轻便，相当于后来的斗笠，用于行人遮阳避雨之用。此处以应试的生员戴席帽而借指参加考试的生员。

堂堂日月去难留，老叹浮名未易求。
计把佳辰虚断送，棘闱[1]七度过中秋。

注　释

[1]棘闱：科举时代的考场。旧时在考场四周围上荆棘，以防止闲人擅自进入，故名。

苦蚊三首

白鸟[1]欺人可奈何？纱厨[2]零落夜来过。

针芒未下情偏厚，绕枕嘤嘤[3]耳语多。

注　释

[1]白鸟：此处比喻蚊子。

[2]纱厨：纱窗纱门，用于阻隔飞虫和灰尘等。

[3]嘤嘤：本指鸟鸣声。出自《诗·小雅·伐木》："伐木丁丁，鸟鸣嘤嘤。"此处指蚊子的叫声。

欲除羽孽[1]亦难哉，引领凉飔[2]尚未来。
怪煞么麽[3]徒侣盛，聚人门户响雌雷[4]。

注　释

[1]羽孽：即羽虫孽。古代指不祥之鸟与为害之虫。

[2]凉飔(sī)：凉寒而猛烈的风。

[3]么麽：义同"么眇"，细小之义。

[4]雌雷：柔弱的雷声。

剿蚊以火类难全，旦晚何曾再仆缘。自注：《庄子》有"蚊虻仆缘"，仆同扑。
生杀非轻出余手，漫言措大事无权。评曰：嬉笑怒骂兼而有之。

尚　父[1]

棘津[2]久困志难磨，幸有周王[3]梦里过。
高坐磻溪[4]握香饵，一竿手把钓山河。

注　释

［1］尚父：周代齐国始祖。姜姓，吕氏，名望，字尚父，一说字子牙，西周初官太师，又称“师尚父”。有“太公”之称，俗称“姜太公”。

［2］棘津：古代黄河津渡名。地在今河南省延津县东北。相传周文王师姜太公未遇时曾卖食于此。

［3］周王：此处指周文王。

［4］磻溪：溪流名，在陕西宝鸡市东南，源出南山，北流入渭河。传说为姜太公未遇文王时垂钓之处。

蔡中郎[1]

一身一女[2]保难终，枉结分明迹似同。
怪煞皂囊[3]千载士，平生知己是奸雄[4]。

注　释

［1］蔡中郎：此处指蔡邕。蔡邕（132—192），东汉陈留（今河南开封）人，字伯喈。灵帝时拜郎中。董卓征召为祭酒，累迁中郎将。好辞章，精音律，善鼓琴，又工书画。其文后人辑为《蔡中郎集》。

［2］一女：指蔡邕之女蔡琰。字文姬，博学能文，善音律。初嫁卫仲道，夫亡归母家。兴平中，战乱中被掳掠，嫁南匈奴左贤王，居十二年。献帝建安十三年曹操遣使以金璧赎回。有《悲愤诗》及《胡笳十八拍》等。

［3］皂囊：黑色的丝囊。汉制，群臣上章表，如事涉秘密，则封以皂囊。此处盖指历代朝臣为官人。

［4］奸雄：指董卓和曹操。蔡邕曾被董卓征召为祭酒；蔡琰曾被曹操赎回汉朝。董卓与曹操被称为乱世奸雄。

周　郎[1]

奇功千载说黄泥[2]，顾曲微长史并题。

更有风流堪妒处，少年名士小乔[3]妻。

注 释

[1]周郎：即周瑜（175—210），三国庐江舒（今安徽庐江县）人，字公瑾。少时吴中呼为周郎。建安十三年，曹操率军南下，瑜与刘备合兵，大败操兵于赤壁。后进军取蜀，至巴丘病亡。

[2]黄泥：在湖北省赤壁市，为周瑜大败曹军之地。

[3]小乔：庐江皖县（今安徽潜山）人，乔公次女，三国吴周瑜的妻子，大乔之妹。与大乔并称为"江东二乔"。

曹孟德[1]

遗黎吊罢破黄巾[2]，位进征西[2]孰与伦？
若染头风[3]身便死，至今犹是汉能臣。

注 释

[1]曹孟德：即曹操（155—220），汉沛国谯（今安徽亳州）人。字孟德，小字阿瞒。灵帝中平元年，参加镇压黄巾军起义，后起兵讨董卓，建安元年迎献帝都许，逐渐统一黄河流域。位至丞相、大将军，封魏王。子丕代汉称帝，追尊为太祖武帝。

[2]破黄巾：灵帝中平元年，曹操以骑都尉参加镇压黄巾军起义。

[3]位进征西：曹操曾被封为征西大将军。

[4]染头风：曹操曾患头痛病。

包孝肃[1]

端州[2]石美砚材多，无一携归欲为何？

自我看来无别意，清风犹恐逊阎罗[3]。

注 释

[1]包孝肃：即包拯(999—1062)，北宋庐州合肥(今属安徽)人，字希仁，卒谥“孝肃”。

[2]端州：地名。隋以高要郡置，后改为信安郡，唐复为端州，宋废。今为广东肇庆市高要区。境东南有端溪，出砚石，所制砚台称端砚。包拯任职端州的时候，未取一砚。据说他在任满坐船回家的途中，遇到风浪不能前行，经查实，原因是船中有人私藏了一块砚台，他下令抛砚入水，果然风平浪静。

[3]阎罗：此处比喻包拯铁面无私。包拯治开封府时，执法严峻，当时有“关节不到，有阎罗包老”之说。阎罗，地狱王。梵语“阎摩罗”“阎魔”简称阎王，佛书中称管地狱之主。

张 浚[1]

血染符离[2]十万师，齁齁[3]一睡未曾知。
当年何故称新学[4]，亏得南轩是若儿[4]。评曰：咏古诸作别有卓见，故妙。

注 释

[1]张浚(1097—1164)：宋代绵竹人，字德远，号紫岩居士。徽宗时进士。高宗时力主抗金，重用岳飞、韩世忠。秦桧和议，张被贬在外近二十年，谥“忠献”。著《易解》及《杂说》十卷、《文集》十卷、《奏议》二十卷。

[2]符离：古县名。本属楚邑，秦置县，汉属沛郡，唐属宿州。元代至元二年省县并入宿州。故城在今安徽宿州埇桥区符离集。南宋隆兴元年张浚督师北伐，全军溃于此，尽失军资。

[3]齁(hōu)齁：鼾声。

[4]新学：指北宋王安石的经学，即北宋神宗时期王安石创立的学派，学术界一般称之为荆公新学，又简称为新学。

[5]南轩是若儿:张栻(1133—1180),字敬夫,号南轩。青年时从父张浚参赞军务,后官至吏部侍郎、右文殿修撰。曾从胡宏学,与朱熹、吕祖谦等为讲学之友,时称"东南三贤",宣扬理学。著有《论语解》《孟子说》《南轩集》等。

开孙[1]应试济南寄示

百念全灰老益嘉,尝将定力[2]向人夸。
独余一物心犹爱,扑鼻清香兔子花[3]。

注　释

[1]开孙:作者孙子田开。

[2]定力:佛教语。佛教认为佛和菩萨有十种法力,其三为定力,即坚信精进、专忍坚定之心。

[3]兔子花:花名,即仙客来,别名为兔子花、兔耳花、一品冠、萝卜海棠。盖取"一品官"之谐音。

观　剧

尊开莲子月流觞[1],腰鼓檀槽[2]响一堂。
谁解具人皆是戏,翻将醉眼到踶踼[3]。评曰:慨当以慷。

注　释

[1]流觞:即流觞曲水。古代风俗,每逢三月上旬巳日(三国后定为三月初三),于水滨结聚宴饮,以祓除不祥。后来仿行,于环曲的水渠旁宴集,在水上放置酒杯,杯流行停其前,当即取饮,称为流觞曲水。

[2]檀槽:檀木做的琵琶、琴等弦乐器上架弦的格子。此处即指弦乐器。

[3]踶踼(dì táng):此处指踼踏跌倒等一系列表演动作。踶,踼,踏。踼,跌倒。

雨后寄莪山[1]二首聊以为谑

霪雨[2]经旬水满途,柳村消息近来无。
偶然听得旁人说,昨已移家住鉴湖[3]。

注 释

[1]莪山:即作者同乡好友孙勷。

[2]霪雨:持续很久的雨。

[3]鉴湖:湖泊名,即镜湖。故址在浙江绍兴市西南,因此绍兴有鉴湖别称。

拟使烦忧转作欢,长河浪涌势漫漫。
何如侣鹤堂[1]边去,月下同君把钓竿。

注 释

[1]侣鹤堂:孙勷的别墅名称,孙著有《鹤侣斋文稿》。

揃秋萝[1]

轻纨碎揃出天工,遗在名园草木中。
我欲吟秋凭小槛[2],一双蛱蝶绛纱笼。

注 释

[1]揃秋萝:即剪秋罗,花名。多年生草本,花朵成聚伞花序,有红橙色、鲜肉色、桃色等。

[2]小槛(jiàn):小栏杆。槛,栏杆。

茉 莉

蕊珠作佩素衣娘,新逐南舡[1]到北方。
别有风情耽日暮,流苏[2]幛掩送人香。

注 释

[1]舡(chuán):同"船"。

[2]流苏:用五彩羽毛或者丝线制成的穗子。常用作车马、帷帐等的垂饰。

秋葵花

涂额新妆学汉宫,一心向日立秋风。
今朝似醉鹅儿酒[1],笑口轻开露点红。

注 释

[1]鹅儿酒:酒名,即鹅黄酒。见本卷《谢人送腊梅花》注释[2]。

鸡冠花

眼前便是中元节[1],买得儿童洗手花。自注:宋时,汴中谓鸡冠花为洗手花。

细看高冠时欲动，只无一唱报邻家。

注　释

[1]中元节：时节名。道家以农历七月十五日为中元节。旧时道观此日作斋醮，僧寺作盂兰盆斋。

兰　花

幽姿濯濯[1]晚香清，蕙圃[2]江蓠[3]漫并衡。
忆自移来安槛外，如佳子弟在门庭[4]。评曰：翻用极妙。

注　释

[1]濯濯：明净清新貌。

[2]蕙圃：栽满香草的花圃。蕙，香草名，俗名佩兰。古代习俗烧蕙草以熏除灾邪，故亦名熏草。

[3]江蓠：香草名。也作“江离”。又名蘼芜。

[4]如佳子弟在门庭：见晋裴启《语林》：“谢太傅问诸子侄曰：‘子弟何预人事，而政欲使其佳？’诸人莫有言者，车骑答曰：‘譬如芝兰玉树，欲使生于阶庭耳’。”后遂用“谢庭兰玉”比喻能光耀门庭的子侄。

秋海棠[1]

借得清阴护此身，含姿含态妙无伦。
香魂不逐春风散，又占秋风欲媚人。

注　释

[1]秋海棠：花名。

金钱花

阿堵[1]含灵竞物华，为他写照句无差。
梦中可有红裳女，来送诗人润笔花[2]。自注：润笔花，见花史。

注　释

［1］阿堵：即阿堵物。《世说新语·规箴》："王夷甫雅尚玄远，常嫉其妇贪浊，口未尝言"钱"字。妇欲试之，令婢以钱绕床，不得行。夷甫晨起，见钱阂行，呼婢曰：'举却阿堵物！'"阿堵，犹言这个。后人遂亦称钱为阿堵物。

［2］润笔花：金钱花的别名。润笔，付给作诗文书画之人的报酬。

凤仙花[1]

谁自丹山[2]乞种归？烂然文彩映斜晖。
镜台昨日秋风动，忽见钗梁小凤飞。

注　释

［1］凤仙花：花名，又名指甲花、染指甲花、小桃红等。因其花头、翅、尾、足俱翘然如凤状，故又名"金凤花"。属凤仙花科一年生草本花卉，产于中国和印度。

［2］丹山：山名。在今湖北巴东县西。因山间时有赤气笼林，岭如丹色，而得名。

玉簪花

素蕊含香类髻簪，搔头仙女最关心。
寒虫唧唧秋砧[1]响，还向苔阶月下寻。

注　释

[1]秋砧(zhēn)：秋天的捣衣石。

桂

月窟盘根映碧秋，心香粟粟[1]小黄浮。
高攀尽是文章客，不愧花中第一流。自注：李易安有“自是花中第一流”句。

注　释

[1]粟粟：像粟米一样细碎呈金黄色。比喻桂花的颜色和形状。

蓝　菊

比作怀风色不殊，托名菊中使人呼。
欲寻白雁来相问，当日陶家种也无？

老少年[1]

年衰还自有闲情，锦烂西风手种成。
来雁飞红虽亦好，令人羡处是芳名。

注　释

[1]老少年：植物名，又名雁来红。至秋深，叶脚深紫而顶红。纯红者为老少年。

晚赴北村

私路行来月正中，小村尚在水云东。
鬓眉照地如霜白，荞麦[1]花香马首风。

注　释

[1]荞麦：植物名，一年生草本，花白色或者红色，瘦果三角形，有棱，子实磨成粉供食用。

城北问渡

登舟懒听扣弦歌，放眼郊原唤奈何。
底事扬尘车马路，忽令客到阻风波。

打枣二首

千回上树老堪虞，自注：杜工部诗："一日上树能千回。"竹杖轻轻尚可须。
一击高枝朱颗落，好同如意碎珊瑚。

剥得如珠枣数斤，归遗儿女博欢欣。
奴携远道难防少，两袖装来手自分。

送枣与友人

风包红玉美如何，分送亲朋少莫诃[1]。
倘欲快啖诚未足，若论叱叱数还多。

注　释

[1]诃：怒斥，大声呵斥。此处有嗔怪之义。

赴平原途中大水访中和上人[1]茶话

征衫抖擞水泥香，到此方输衲子[2]强。
静坐双林无一事，哪知门外转沧桑。

注　释

[1]中和上人：法号"中和"的僧人。

[2]衲子:僧人。

食蟹二首

郭索[1]论斤买小艭[2],饱啖滋味坐秋窗。
赢他诗句东坡好,止换尖团[3]蟹一双。

注 释

[1]郭索:螃蟹爬行貌。

[2]小艭(shuāng):小船。

[3]尖团:螃蟹的通称。母蟹的腹甲形圆,称团脐;公蟹的脐形尖,称尖脐。

霸螯初到酒须沽,篱放黄花兴未孤。
吸尽深杯空右手,不烦庖宰费工夫。

平原道上

劳着渔阳[1]事可传,复将淮上[2]忆当年。
一时功业何风雅,不在云边在水边。

注 释

[1]渔阳:地名。唐郡。辖境相当于今北京市平谷区、天津市蓟州区等地。治所在今蓟州区。天宝十四年,安禄山在此地起兵谋反。

[2]淮上:淮河之上。

题万松岩[1]诗卷后二首

读君丽句诧奇工，篝火研朱数卷终。
自古诗人人不识，多应逸在布衣中。自注：《汉书》："学《诗》之士，逸在布衣。"

注　释

［1］万松岩：人名。卢见曾在《国朝山左诗钞》该诗下有注说："案：松岩，直隶省吴桥县（今属河北省）诸生，老而耽吟，每多佳句，余与同学赵君根矩、罗君阶兰刻其诗行世，先生为题卷后。"

诗品条分体已该，松岩况复逞雄才。
若论格调居何等？须唤司空表圣[1]来。

注　释

［1］司空表圣：即司空图（837—908），唐虞乡人，字表圣。有《诗品》二十四则。以四言韵语，咏述诗的二十四种境界。

李冠石[1]自阳山[2]以眼镜寄惠赋谢

叆叇将来万里程，昏昏老眼得重明。
故人知我添新恙，不是心盲是目盲。自注：叆叇，眼镜名。

注　释

［1］李冠石：人名。作者友人。生卒年月籍贯不详。

［2］阳山：县名，属广东省。西汉置，属桂阳郡。东汉省入阴山县。三国吴

复置,历代因之。

谢人惠朱履

猩红履子绿云铺,送与香城称得无?
随步行吟穿径去,手拖藤杖白髭须。评曰:称得。

自作寿堂[1]

随地便埋成底事,牛眠佳地喜初逢。
倘天再许三年活,亲手还栽万树松。

注 释

[1]寿堂:停放死者棺木以行祭礼的厅堂。

园 中

眼底又逢重九日,西园秋色正佳时。
命奴斫取门前柳,扶起黄花委地枝。

九日即目

搴衣缓步立崇岗,放眼河干野意强。
雁叫秋风林舞叶,乱帆争挂一斜阳。

九日有感

落帽台[1]前菊放花，事传九日足长嗟。
孟嘉[2]应自人难识，可有人能似孟嘉？评曰：是千古公论。

注　释

［1］落帽台：指孟嘉落帽之处。

［2］孟嘉（296—349）：字万年。幼丧父，奉母偕二弟居。为陶侃第十女婿，陶渊明外祖父。史书载：孟嘉得到桓温重视，重阳日，桓温召集幕僚饮酒作诗，孟嘉的帽子被风吹落，而浑然不觉，经人作诗文嘲弄暗示后才知觉。

庙中古柏二首

双柏分阶佛殿深，风霜饱历耸千寻。
我来欲待鹤笙下，先借蒲团[1]坐绿阴。

注　释

［1］蒲团：用蒲草编织成的圆垫，为僧人坐禅及跪拜时所用。

野鸟群栖柏府开，何由到此抱经台。
之而[1]直是安排得，应是祇园[2]佛带来。

注　释

［1］之而：见卷二《少林寺》注释［3］。

［2］祇园：佛寺名。泛指一般佛寺。

过听水山房[1]看菊

特地相逢笑语温，雅人幽致草堂存。
纸窗几扇迎秋日？五色茱萸廿四盆。

注 释

[1]听水山房：作者友人的宅院名。

秋晚出游

斋居寂寞易生愁，去向西郊送暮秋。
十里平岗过两寺，乌油车子驾黄牛。

独 酌

老来非醉不能眠，无用人陪与去鲜。
借得世情三两味，消他酒瓮夜窗前。

题徐振孙[1]松鹤小照四首

爱听松声老鹤陪，松花落处坐于思[2]。
知君不负胎禽意[3]，一树松声听一回。

注　释

[1]徐振孙:人名。籍贯和生卒年月不详。

[2]于思:鬓须盛貌。

[3]胎禽:鹤的别称。

目有青精[1]七尺身,衣裾哪肯趁时新?
若非素识天池子,合作风流两晋人。

注　释

[1]青精:绀青色瞳子。佛家传说释迦佛瞳子为绀青色。

跌宕松阴日几回,琴书取次到林隈[1]。
传家尚有珊瑚架,何事双童不抱来?

注　释

[1]林隈(wēi):树林的边上或角落。隈,角落。

并松宜结茅亭子,大可容身窗四虚。
倘遇撼林风雨至,于中坐看更何如?

答孙莪山见怀之作二首

草堂改筑傍松根,闲煞楸枰并酒樽。
一自夫君官里去,非无宾客到蓬门。

河桥分手便经年,欲把离愁遣梦传。
风雪无端埋驿路,梦中不识亦徒然。

李凤洲[1]惠花笺赋谢二首

不惜花笺锦样如，送来恰值午窗虚。
抽枝湘管濡江研，小碎诗篇取次书。自注：末用元微之句。

注　释

［1］李凤洲：即李征临，字凤洲，亦曰凤渚，山东德州人，李涛之子。雍正癸卯进士，改庶吉士，有《酌舫诗集》。

神交有日见无由，旧好何妨复再修？
未索便将名纸寄，
比他王谢更风流。自注：王右军为会稽守，谢公就求笺纸，库中有九万笺版，悉与之。

新酒熟一车送都中与莪山馆卿三首

不禁年老动相思，况值槽床正滴时。
欲制相思拼一醉，谁知醉后更相思。

十瓶米汁伴诗筒，送到燕山逼岁终。
试煮红炉倾玉碗，知君乡味满胸中。

北地风寒忆所亲，故将酿雪碾京尘。
麹车[1]到日凭君醉，一斗须分墨妙人。自注：谓汪文升中允。

注　释

[1]麴(qū)车:即装着酒的车。麴,酒母,酿酒或制酱用的发酵物。

和孙莪山移居旧寓二首

僦舍重居隔数春,回廊曲径记犹真。
携家竟入十分便,无异他乡遇故人。

丰貌依然礼数该,见他邻舍费疑猜。
此间不是玄都观[1],何事刘郎[2]却又来?

注　释

[1]玄都观:道观名。见卷一《余有田百亩去城十余里州乘所载鬲海朝烟也往来于此颇足自娱因成是作》注释[7]。

[2]刘郎:指唐朝诗人刘禹锡。

雪酒二器送李凤洲

指染浮膏尝复闻,盈缸雪液果清芬。
未能痛饮惭名士,手注朋樽却送君。

孙香祖[1]以诗索酒戏答

菊残霜重酿初清,近宴亲朋远送京。

所饮无非风雅客，麴生何幸出香城？

注 释

[1]孙香祖：即作者友人孙今兰。

余以新酒六种远送莪山报诗有德酒当年罗最名近来绝佳有香城之句作此谑之

瓶罍忽集满庭醺，应把淄渑[1]已细分。
忆自无功醉乡去，酒家南董[2]定推君。

注 释

[1]淄渑(zī miǎn)：二水名。都在山东省。相传二水味异，合则难辨，惟春秋易牙能辨之。后以“淄渑”比喻合则难辨的事物。

[2]南董：春秋时齐国史官南史和晋国史官董狐的合称。二人都以直笔不讳著称。后用以借称忠于史实的优秀史官。唐王绩著《酒经》《酒谱》，李淳风称他是酒家“南董”。

客有思罗酒之美而不得饮者戏示

色如白水酒名高，锦瑟声中日自豪。
怪煞临安[1]墩上姥，偏将花露饮吾曹。自注：临安裴氏姥，见《方舆胜览》。

注 释

[1]临安：即今浙江杭州。

元　日

花甲既周余七岁，山妻白首子孙多。
团栾[1]且尽屠苏酒，莫把时光叹逝波。

注　释

[1]团栾：团聚之义。

元日后一日二首

胡粉[1]搔头强自欢，尔曹莫作往年看。
夜来荐庙虽能至，不是人扶拜亦难。

注　释

[1]胡粉：铅粉，一名铅华，化妆品，也用于涂墙。

小住人间七十年，漫无长技与人传。
便将吟咏称能事，也只风云月露篇。

踏灯词[1]八首

一城箫鼓[2]催明月，万树银花簇市排。
即老安能家里坐？也扶短杖立天街。

注 释

[1]踏灯词:乐府曲名。

[2]箫鼓:箫和鼓,这里指箫鼓之声。

村婆村女并村妻,花粉盈盈似线提[1]。
莫道双弯[2]尖又小,片时踏尽满街泥。

注 释

[1]线提:指木偶或者皮影。此处比喻农村妇女节日里化了浓妆时的情形。

[2]双弯:指古代女子两只经缠裹的小脚。

灯满千家月满街,夜阑悄步半金钗。
浮桥路远春泥滑,笑倚人肩拔绣鞋。

也知病足远行难,强到南门再一看。
箫管声中闻响道,琉璃千盏满城官。

月底红灯灯底人,分明点染画图春。
饱经老眼虽无益,博得连宵作酒民。

灯月方辉便欲回,命奴为我具樽罍。
香城也费三条烛,惹得诗人个个来。

来家灯样费工夫,挂在茅斋称得无。
儿截竹枝妻剪纸,绣球一碗手亲糊。

灯火行行夜气融，百般傀儡[1]舞春风。
赏心休话当年事，老至逢场已不同。

注 释

[1]傀儡：本指用土木制成的偶像。此处指夜深灯阑，人影重重，观灯人类似木偶戏里的各种角色。

闻绳斋[1]宴客堂中盆梅大放以诗问之二首【1】

君家客散过茅堂，何故衣衫尽带香？
云有盆梅开两树，主人置在酒筵旁。

校 记

【1】《国朝山左诗钞》题为“李绳斋宴客堂中盆梅大放以诗问之二首”。

注 释

[1]绳斋：即李奕烈，字绳斋，德州人，作者友人。系《鬲津草堂诗集》的校对者之一。

遥羡梅开复自叹，一城仅隔未能看。
只拚[1]好借【1】春风力，吹点寒香到竹竿[2]。

校 记

【1】只拚好借：《国朝山左诗钞》作“可教借得”。

注 释

[1]拚：舍弃，不顾一切。

[2]竹竿:地名,作者居住的小巷叫“竹竿巷”。

绳斋未详前诗之意招饮看梅又戏一绝

两树芳香正未残,先期折柬共清欢。
知君还为梅花妒,只许侬家半日看。

赴绳斋看梅之约二首

夭矫[1]花身护翠苔,哥窑[2]盆子亚枝开。
漫将格韵衔杯看,疑是云林[3]画手栽。

注　释

[1]夭矫:屈伸自如。

[2]哥窑:宋瓷窑名,在浙江龙泉市。

[3]云林:杜绾,字季扬,号云林居士,北宋山阴(今浙江绍兴)人,生卒年不详,著有《云林石谱》。

今日情甘入醉乡,谁能禁不为花狂?
当筵坐与寒梅近,不仅衣香语亦香。

次日绳斋即以此梅见贻赋谢

喜将春色竟平分,代柬新诗思不群。
既许同看旋复赠,雅人情事总输君。

闻济南刘正瑞[1]菊多佳种遣人往乞小诗代柬三首

未逢标格限遥途，闻说名园菊满区。
秋到篱根嫌寂寞，故将尺素[2]走长须[3]。

注 释

[1]刘正瑞：作者友人。济南人，生卒年月不详。

[2]尺素：书信。素，生绢。古人写文章或书信所用的长一尺左右的绢帛，称为尺素。

[3]长须：男仆。

小圃非无花数丛，亦非爱菊蹈高风。
只缘老去心情淡，懒看争春紫与红。

肯将秋色助清狂，手自分栽待晚香。
培溉还防风日妒，从今添我老来忙。

平原董维章[1]同年招同叶仲一[2]看杏花三首

由由[3]车马驻林塘，难禁春心老不狂。
酒味醇浓风日美，杏花万树一红妆。

注 释

[1]董维章：人名，山东平原人。作者友人。生卒年月不详。

[2]叶仲一：人名，见本卷《观叶仲一习射》注释[1]。

［3］由由：怡然自得貌。

香雪千林看未周，隔河春色尚堪收。
野桥沉水非无计，我欲囊花断此流。

百里寻花胜所闻，吾乡虽有未堪云。
开时不少游人至，较此还无一二分。

铁线莲[1]五首

天孙偶尔下香城，手撚[2]金针九孔明。
欲逞神工惊俗眼，故教花在铁枝生。

注　释

［1］铁线莲：植物名，一名番莲，以其细似线故名。蔓生，缘物攀缠而上，每枝三叶，夏季开紫花或白花。花有苞叶六片似莲。

［2］撚（niǎn）：执，以手持物。

色含浅碧瓣如莲，压架谁将铁线穿。
绣帖[1]千条无此种，摘来疑是阮家[2]弦。

注　释

［1］绣帖：供人照着刺绣的花样。

［2］阮家：即阮籍家。

长条细细铁为胎，柳下嵇康锻不来。
应是旌阳宫[1]里树，花开折得小枝回。

注　释

[1]旌阳宫:宫殿名。

铁意铮铮品自高,几番折取指徒劳。
一枝便欲簪霜鬓,
须借卢仝[1]快剪刀。自注:卢诗"我家有翦刀,人云鬼国铁"。

注　释

[1]卢仝:唐代诗人。见卷一《玉川》注释[2]。按:《全唐诗》卷二八〇作卢纶诗。

铁线原非不用材,能令陆地起莲台。
若还结网投沧海,网得珊瑚几树来。

菊　花

满堂秋菊逞精神,嫩蕊参差五色匀。
莫讶香城开独好,此花也欲伴闲人。

可知爱菊非容易,运水移盆老力微。
还费荆妻[1]机上布,缝成一领看花衣。

注　释

[1]荆妻:对人称己妻的谦词。

霜风吹响雁宾南[1],篱下黄花放已酣。
冷艳疏枝香淡淡,孰能相对竟无惭?

注 释

[1]宾南:归南,为客于南。

题徐南皋[1]采芳育骏图二首

荣荣香祖[2]影婆娑,满插军持捧翠娥。
应是散花天女地,匡床兀坐病维摩[3]。

注 释

[1]徐南皋:人名。籍贯和生卒年月不详。

[2]香祖:植物名,兰花的别称。

[3]维摩:佛名。即“维摩诘”,释迦同时人,也作“毗摩罗诘”。意译无垢尘,或作净名。曾向舍弗利、弥勒、文殊师利等讲说大乘教义。

伏枥恩深已数春,天生神骏意尤驯。
坐围红袖不时看,畜马今知非道人。

题张孔昭[1]锦江[2]春泛图二首

停舟柳下意蘧蘧[3],饮具堆旁肘枕书。
泛罢桃花春水涨,牵来岸上也堪居。

注　释

［1］张孔昭：人名。字横秋。生卒年代亦不详，清康熙年间人。有《拳经拳法备要》。

［2］锦江：河流名，在四川成都南，俗名府河。传说蜀人织锦濯于其中则锦色鲜艳，濯于他水，则锦色暗淡，故名锦江。

［3］蘧（qú）蘧：悠然自得貌。《庄子·齐物论》："昔者庄周梦为胡蝶，栩栩然胡蝶也。……俄然觉，则蘧蘧然周也。"

忆君年少北来游，一别重逢二十秋。
丰貌看来虽渐改，输他张绪[1]总风流。

注　释

［1］张绪（422—489）：南朝齐吴郡吴人。字思曼。美风姿，清简寡欲，长于《周易》。武帝植蜀柳于灵和殿前，尝赞叹说："此柳风流可爱，似张绪当年时。"

二月廿二日买舟北上以诗达香祖[1]

此行原为慰离愁，何事迟迟反欲留。
只怪春寒衰不胜，清明将近始登舟。

注　释

［1］香祖：人名，即孙今兰。

沧州[1]早泊

木门城下且停舟，欲眺清风百尺楼。

呼起诗人高仲武[2]，一壶春酒话沧州。

注　释

[1]沧州：地名，今河北省沧州市。为沿大运河进京必经之地。

[2]高仲武：唐渤海(今山东滨州市)人，生卒年月不详。有《中兴间气集》2卷，选录肃宗至德初到代宗大历末20多年间作家诗130多首。

青　县[1]

中山瀑布野云迷，系缆闲寻过水西。
只为客怀无寄处，
要听鹤唳与猿啼。自注：县志载：旧有瀑布十数丈，声如鹤唳猿啼。

注　释

[1]青县：县名，即今河北省沧州市青县。明洪武八年始称青县。清属直隶天津府。

途中怀莪山廷尉

无端垂老事长征，别却家园问水程。
此际故人知也未？
青州从事[1]已先行。自注：十日前，曾以墨酒付别船寄往。

注　释

[1]青州从事：指代好酒，见本卷《柬萧虞一乞酒》注释[2]。

杨柳青[1]

春风春雨不堪听，推起篷窗到驿亭。
放眼潞河[2]穷两岸，果然杨柳早青青。

注　释

［1］杨柳青：地名，属今天津市。以生产年画著名，生产的杨柳青年画位于中国四大木版年画之首。

［2］潞河：即潞江，又名潮白河。见卷三《彦来以诗易罗酒诗至而酒尽戏答四首》其四注释［1］。

渤　海

长河初涨日方温，柳色新黄酒买村。
一叶扁舟半篙水，春风直送到津门。

宿店庄怀我山廷尉

潞河风满怕扬舲，野店凄清老未经。
把酒且烦孤影劝，故人尚隔一长亭。

汤山[1]道中二首

自驾牛车出禁城[2]，纤尘不起日初晴。

名泉待浴知何处，路柳山桃管送迎。

注　释

［1］汤山：在北京市昌平区东，有大小二汤山。小汤山南有汤泉，清康熙时就泉凿池，乾隆时曾建行宫。

［2］禁城：指当时都城北京。

一生合是好劳身，闽水黔山梦已陈。
老不能闲心欲壮，军都关[1]外作游人。

注　释

［1］军都关：县名。即今北京市昌平区。汉置昌平、军都二县，北魏并昌平入军都，后又改昌平。县西北有军都山，为太行八陉之一。主峰八达岭，明时在此建居庸关。

汤泉五首

谁然[1]伏地丹黄焰，爨此山根欲沸汤。
何幸先生来不禁，暄波虢虢出红墙。

注　释

［1］然：燃烧。

自审原非不洁身，何须远道碾双轮。
欲将碧甃清清水，洗我京华半月尘。

水满方池气自融，敝袍脱却付山童。

虽然骨瘦真穷相，已濯涵云注玉中。

一泓春水火云蒸，礐石[1]朱砂足并称。
不少客来争解带，谁能洁似佛图澄？

注 释

［1］礐(què)石：大盘石。礐，多大石的山。

携家拟并汤山住，暗引流泉到屋隅。
滛[1]若佟之[2]何不可？省将薪桂费东厨。

注 释

［1］滛(yín)："淫"的讹字。

［2］佟之：何佟之，南朝人。《南史·儒林传·何佟之》："性好洁，一日之中洗涤者十余过，犹恨不足，时人称为水淫。"

由山中赴昌平[1]花村沽酒

杏花山接杏花村，万树千株未可论。
无意寻花花转盛，哪能到此不开樽？

注 释

［1］昌平：县名，今北京市昌平区。汉代置昌平、军都二县。北朝魏并昌平入军都，后改军都为昌平。明升为州，属顺天府，清因之。

天寿山[1]

龙蟠天寿势崚嶒[2],二百余年见废兴。
仔细看来真有数,十三山下十三陵[3]。

注　释

[1]天寿山:在北京市昌平区东北。即军都诸山之一。旧名东山,一名东祚子山。明永乐七年建山陵,遂改名天寿山。明成祖以后明代诸帝皆葬于此,通称十三陵。

[2]崚嶒(léng céng):高峻重迭貌。南朝齐谢朓《谢宣城集·游山》:“坚崿既崚嶒,回流复宛澶。”

[3]十三陵:陵寝名。明代十三个皇帝陵墓的总称。在今北京市昌平区北天寿山。为长陵、献陵、景陵、裕陵、茂陵、泰陵、康陵、永陵、昭陵、定陵、庆陵、德陵、思陵。

客都戏作

燕台[1]暂住费沉吟,习气欲除偏易侵。
不独主人新耳目,还令老仆变声音。

注　释

[1]燕台:地名,即今北京市。北京古代属燕地。

买花自嘲

小园花事正芳菲，何故淹留久未归？
翻学京华轩盖客，一枝相对送春晖。

出都留别莪山廷尉

一月勾留列上宾，离群忽又逐归尘。
临行莫怪偏依恋，俱是年将七十人。

雨中望西山[1]

山云出岫雨漫漫，旋着油衣据马鞍。
不用疾行穿岭去，峰峦新浴待人看。

注　释

[1]西山：山名，此处指北京西郊的西山。为太行山支脉，众山连接，山名甚多，总名为西山，又名小清凉。

雾中早发

迷天冷雾早腾腾，十里荒途日未升。
近水遥山浑不见，一声清磬路旁僧。

过河间[1]吊刘文房[2]先生

随州太守策诗勋，五字长城古所闻。
试看白头学吟者，谁能一句得如君？元好问曰：学诗家，有“白首不能道长卿”一句者。

注　释

[1]河间：县名，今河北河间市。战国时期分属燕、赵二国，汉文帝二年为河间国，因地处黄河与永定河之间而得名。北魏置郡，隋初废，后复置。唐以河间为瀛州，宋改为河间县。元改为路，明初复置河间府，清沿置，府治河间县。

[2]刘文房：刘长卿（？—789），唐代河间人，字文房。晚年官至随州刺史，世称“刘随州”。有《刘随州集》，诗歌长于五言律诗，人称“五言长城”。

关张铺[1]

笑余吊古不知烦，那管途遥日渐昏。
欲荐桃园香一瓣，小车又驻汉时村。

注　释

[1]关张铺：村名。传说汉末关羽、张飞曾交往于此。

雾行花林中

茫茫眼界不能宽，系马花林老可叹。

久苦看花如隔雾，何当真在雾中看。

献　县[1]

高堰中分二水斜，兴怀往事正堪嗟。
日华宫下人经过，止有寻常卖酒家。自注：日华宫，汉河间王所筑，置客馆二十余区，以延文学之士。

注　释

[1]献县：县名，今属河北省，明清皆属河间府。

题画鸡

凤翔鹊峙顶花冠，五德兼全[1]美羽翰。
羡尔佳名呼朔朔[2]，故将神彩写边鸾。

注　释

[1]五德兼全：《韩诗外传》谓鸡有文、武、勇、仁、信五德。
[2]朔(zhōu)朔：呼唤鸡的声音。鸡声朔朔，人效其声呼之。

对菊戏作即寄孙香祖索和

学养黄花已奏功，亲朋走乞未曾空。
还余万蕊饱双眼，顿作陵州花富翁。

黄花合与野人看，栽向篱门是艳观。
若被王孙移得去，贮之金屋却清寒。

柬友人为余画菊隐图二首

老爱芳菲菊最宜，一年止有九秋期。
烦君为扫鹅溪绢，准备花残欲看时。

磨尽东溪墨一丸，画成霜菊几团团。
倘愁冷艳难能画，须向香城仔细看。

对晚菊二首

愿与黄花保岁寒，移来小屋免摧残。
纸窗向日帘常下，一点风霜到汝难。

看他晚菊亦悲秋，时过无能为我留。
别有一般归宿处，若云花落不须愁。

读孟司马[1]荆州诗题后二首

君家自昔多诗老，东野襄阳[2]第一流。
落落高风谁可继？眼中今又识荆州。

注　释

[1]孟司马:作者友人,籍贯和生卒年月不详。

[2]东野襄阳:指唐代的孟郊和孟浩然两位诗人。孟郊,字东野;孟浩然,是襄阳人,人称“孟襄阳”。

林壑风怀句已传,携来手自展灯前。
研朱点墨抄还读,费我寒宵一夜眠。

甘别驾[1]以指画寄余高南村[2]见而爱之旁添芙蓉数朵因题小诗转用相赠

一双鸲鹆[3]怀园画,添朵芙蓉却是君。
我亦有诗题在上,如称三绝竟平分。

注　释

[1]甘别驾:指甘怀园,指画画家。见卷一《寄甘别驾怀园四首》其一注释[1]。

[2]高南村:高其佩(1683—1749),字西园,号南村,山东胶州人。著名指画画家。

[3]鸲鹆(qú yù):鸟名,俗称八哥。

十月三日题画为佟参议希白[1]二首

三尺鹅溪[2]翦练裙,九河[3]秋色正缤纷。
老来胜有吟囊笔,学写烟云寿使君。

注 释

[1]佟参议希白:作者友人,籍贯生卒年月不详。曾在京官居参议。

[2]鹅溪:绢名。见本卷《题刘生画像四首》其四注释[1]。

[3]九河:流经今山东东北部和天津市南的九条河流。见本卷《鬲津草堂图画成自题六首》其六注释[1]。

流泉百道出山腰,老树经秋叶未凋。
此地何由风尚暖,小阳春到第三朝。自注:十月初三是其生日。

艾州刺浩亭[1]盆植榴花大放一蕊绘之成图索题

一点红看万绿中,曾传翰苑趁春风。
而今复见衙斋里,煞粉研脂写画工。

注 释

[1]艾州刺浩亭:艾浩亭,见卷一《题艾州刺浩亭学稼图四首》其一注释[1]。

菊开怀莪山先生

秋风吹雨报新寒,静掩篱门思百端。
满眼黄花开正好,伊人偏自滞江干。

酒熟复怀莪山

色若鹅儿揭瓮香,严封且莫上槽床。

不教涓滴轻抛洒，留待游人返故乡。

莪山赴京以余裘太敝带往修补不日寄还知余寒也赋此以报谢兼慰遥思二首

代整狐裘早寄还，况当冬至最寒天。
离愁怕触全身动，迭在空箱未敢穿。

白连天地气昏昏，自注：时有霜雾半月不止，旋闻国丧。遥忆京华怅梦魂。
未审故人萧寺[1]里，闲愁无数向谁论？

注　释

[1]萧寺：冷清的书斋。

元旦述怀

名场胜地怕周旋，头白昏昏只爱眠。
不合时宜君莫笑，已过七十杖朝年。自注：七十杖于朝，本《祭义》。

日照[1]成明府乾夫[2]从未识面忽以诗寄赠作此答之

千里神交意倍真，来诗读罢转酸辛。

白头家住长河郡，不少寻常见面人。

注　释

[1]日照：地名，今山东省日照市。

[2]成明府乾夫：即成永健，号毅庵，江苏盐城人，康熙三十三年进士，曾任胶州知州、日照知县、宁海州知州等，有文才，与高凤翰交往甚密。康熙五十一年起补日照。康熙五十八年以日照令兼理胶州。《江苏盐城成氏族谱》提及该人，十一世祖永健公，曾任山东宁海州知州。

题马克生[1]种竹图

林边三径为谁开？暂谢纷华策杖来。
富贵仍存人不识，琅玕[2]万个满园栽。

注　释

[1]马克生：人名，籍贯生卒年月不详。

[2]琅玕(láng gān)：翠竹的美称。

送酒与商河吴明府芸斋[1]兼酬佳什二首

停车过访喜交成，手展蛮笺愧复生。
欲报新词良不易，故令从事达遥情。

注　释

[1]吴明府芸斋：指时任商河县县令的吴芸斋。作者友人。

扑地东风转岁寒，何人可共博清欢。
一壶婪尾[1]分春瓮，送与邻封父母官。自注：先生诗有“惭愧人称父母官”之句。

注 释

[1]婪尾：亦作“蓝尾”，即蓝尾酒。唐代宴饮，酒巡至末座，谓之蓝尾酒。

赴夏上舍冰池[1]约打鱼乌龙潭[2]五首

绿波荡漾日初红，网密黄丝棹舞风。
倩得渔人充醉隶，旋投小柬报龙宫。自注：有渔人大醉落水。

注 释

[1]夏上舍冰池：作者友人夏冰池，为上舍太学生。上舍，科举时代太学生的一级，后来成为对一般读书人的尊称。

[2]乌龙潭：水潭名，在德州。今不存。

合成水猎集渔艖[1]，有酒盈樽兴便奢。
尺半银鳞血红尾，一声泼剌[2]上鱼叉。

注 释

[1]艖（chā）：小船。

[2]泼剌：象声词，鱼离水面时拍打起浪花的声音。

坐钓船头过寺隈[1]，虬松正对碧潭栽。
乍看不识松沉影，疑是龙眠棹欲回。

注　释

[1]隈(wēi):山水等弯曲的地方。

非学磻溪[1]把钓丝,偶然游戏乐如斯。
朝朝若得持双鲤,便是侬家得意时。

注　释

[1]磻溪:溪流名,在陕西宝鸡市东南,源出南山,北流入渭河。传说为周太公望未遇文王时垂钓之处。

拟抛家具买渔船,既可烹鲜复易钱。
不事耕耘尘虑少,碧波千顷作良田。

扇上墨竹为吴上舍南英[1]题三首

小阁焚香研洗池,数竿墨竹写幽思。
休言信手真难乱,酷似文同[2]与定之[3]。

注　释

[1]吴上舍南英:作者友人上舍生吴南英。籍贯生卒年月不详。

[2]文同(1018—1079):字与可,宋代梓州永泰(今属福建)人,人称"石室先生"。元丰初任湖州太守,故人又称"文湖州"。善画山水,尤善墨竹。后学者甚多,称为"湖州竹派"。有《丹渊集》。

[3]定之:顾安(1289—1364),字定之,自号"迂讷老人"。祖籍淮东,平江(苏州)人,以善画竹闻名于世,尤其喜画风竹新篁。

此间风景若无边,密竹清阴屋角连。

更有破人岑寂处，春流泱泱[1]响山泉。

注　释

[1]泱(yāng)泱：水深广貌。

时当上巳近清明，团扇由来画已成。
倘欲行春春欲暮，好风却自掌中生。

买　树

地无林木号荒村，把卷何由坐树根？
弃得青铜刚半串，一行垂柳护篱门。

栽　树

野花数种觅初来，去旧添新好自栽。
手把长锹[1]分落地，一奴担水一奴栽。

注　释

[1]长锹(qiāo)：长把手的掘土铁器，类似今天铁锨。

接　树

枝头一脉折犹连，揃去凡材插两边。

待得土松寒食后，油油已夺化工[1]权。

注 释

[1]化工：自然的创造力。

割 蜜

年衰口腹亦荒唐，味涉辛酸久不尝。
时值春分来别墅，壶蜂[1]忽送蜜千房。

注 释

[1]壶蜂：动物名，蜜蜂的一种。

吴江[1]顾节妇诗

垂虹桥外眺飞霞，自古英流出顾家。
近事忽闻传更异，庭前瑞结女贞花[2]。

注 释

[1]吴江：县名，今江苏苏州市吴江区，五代吴越王钱镠置。

[2]女贞花：植物名。叶凌冬不凋，枝上能养蜡虫，以取白蜡，故亦称蜡树。籽可入药。古诗文中以比喻有节操的女性。

北村小园仍为吾有名曰木欣良有感也作四绝志之

满园榆柳旧缤纷，何事萧条被斧斤？
三十余年归故主，无知草木亦欣欣。

一区哪得比沧桑，曳杖初来路已忘。
独有牛栏还认得，昔年是我读书房。

沿坡布置景偏新，老树当门地绝尘。
绿水一湾围两面，隔墙大士是比邻。自注：平声邻。

花柳重栽遍旧堤，草堂移架野桥西。
留他联匾亲挥洒，还索人将小记题。

人日[1]同颜振玉宋凤栖叶仲一宋曦扶陈雨新[2]过鬲津登老子阁远眺四首

约期不爽惬幽情，长句分联叉手成。
除却黄冠无别客，同来大半是门生。

注　释

[1]人日：农历正月初七。

[2]颜振玉宋凤栖叶仲一宋曦扶陈雨新：五个人名。颜振玉，即颜希圣，见

卷二《探梅诗同振玉宪武清远二首》其一注释[1]。宋凤栖，即宋其桐，字凤栖，号西涝，德州卫人，雍正癸卯举人。叶仲一，即叶正夏，陈雨新，即叶英选。前述四人都是《鬲津草堂诗》的校对者。宋曦扶，与作者关系不详。

直登仙阁逢人日，欲眺阳春大地回。
清磬一声帘半卷，闲云争入小窗来。

瓣香[1]雅欲奉高真，比作犹龙妙入神。
若把五千言[2]细读，仙人队里又文人。

注　释

[1]瓣香：古以拈香一瓣，表示对他人的敬仰，称瓣香。

[2]五千言：《老子》字数五千，此处代指《老子》。

玄都风景亦何宽，远隔河桥客到难。
不是余为东道主，哪知此地足清欢？

雪

谁洒飞飞六出花[1]？屋埋瓦陇暗窗纱。
中间坐个庞眉叟，白澹吟成自一家。

注　释

[1]六出花：指雪花。见卷二《题高西园六印山房东坡先生雪浪斋一印》注释[3]。

题陶诗卷后

漫从晋宋推诗老，数到渊明澹莫攀。
欲和不能偏爱读，甘将风雅让闲闲。自注：赵闲闲，宋礼部侍郎，《中州集》内有和陶诗。

题胡雨若[1]小照二首

白鹿风流[2]笔底传，须眉皓皓腹便便。
莫疑画上看犹识，两世交深八十年。自注：雨若父，乃先大夫门生。

注　释

[1]胡雨若：作者友人，胡、田两家是两代旧交。

[2]白鹿风流：白鹿常指白鹿洞，在江西庐山市北庐山五老峰下。唐贞观中李渤与兄曾隐居读书于此，畜一白鹿，因名。五代南唐升元中，在此建学馆。宋咸平五年置书院，后废。南宋朱熹重建修复，为讲学之所。

往来不闻意殷勤，棋力[1]持平酒量分。
每遇探奇村里去，小车并驾定同君。

注　释

[1]棋力：下棋的水平、技术。

题故城柴静源[1]画册

谁将淡墨斗东风？北草南花趣不同。
记得小园飞蝶日，争春尽在此园中。

注　释

[1]柴静源：河北故城县人。生卒年月不详。

四月望日赴俞际如[1]河上约有感

满河箫鼓月轮清，肯负幽人爱客情。
忽忆常年今日里，停车不独一香城。自注：往年皆与韩坡偕来，今作古人矣。

注　释

[1]俞际如：人名，籍贯生卒年月不详。

菊花诗十六首

春苗几种远分来，五载逢秋悉盛开。
菊似有情何可负？一年无恙一年栽。

陵州多菊由吾始，同好新添十数家。
谁谓潜夫无妙用？能移风尚到黄花。

隐逸高名物莫攀，谁能窃比肖秋颜。
冷香味与寒香近，品在梅花伯仲间。

灵均元亮天随子[1]，与九华原是旧交。
千百年来凋谢尽，而今始许过衡茅。自注：菊号“九华先生”。

注　释

［1］灵均元亮天随子：指屈原（灵均）、陶潜（元亮）、陆龟蒙（天随子）。三人诗文皆写过菊花。

非是无因为菊忙，功能却老号奇方。
自从师遇康风子[1]，斗觉黄花遍体香。自注：康风子，见《神仙传》。

注　释

［1］康风子：《神仙传》亦言，“康风子、朱儒子皆以菊成仙”。

秋色无多斗室存，旁留余地好开尊。
夜烧红蜡看花影，粉壁还添数十盆。

百盆嫌少意难甘，又乞霜枝走数函。
爱菊何关天下事，不妨号我是奇贪。

菊中麻叶红虽有，马首囊归阁老家。
休怪满城风雨日，只将黄白斗风华。自注：马首囊归，用元驭事。

忆从菊绽未曾闻，护惜还劳旦晚间。
依壁舒排看几日，忽思灿烂又堆山。自注：人家多以菊花堆成山子者。

东篱九日足清欢，满地黄花白露团。
可惜柴桑[1]无酒费，不曾招得友朋看。

注　释

[1]柴桑：指代陶渊明，其为柴桑人，故称陶柴桑。

盆菊登堂位置匀，中间设榻坐佳宾。
细分颜色簪青鬓，黄与诗人白酒人。

香送茱萸[1]助大才，棘围未撤暂时回。
菊花娘子吾能画，请到香城乞梦来。自注：时值加科会试，菊花娘子乞梦事，见《夷坚志》。

注　释

[1]茱萸：植物名，有山茱萸、吴茱萸、食茱萸三种。生于川谷，其味香烈。古代风俗有农历九月九日重阳节佩戴茱萸，以祛邪避灾。

仙人难遇费长房[1]，阳厄潜消别有方。
日在黄花丛里坐，何须更制绛纱囊。

注　释

[1]费长房：东汉汝南人。从壶公学道不成，持符而归。相传能医疗百病，鞭笞百鬼，又善变幻捉妖，一日之间，人见其在千里之外数处。后失其符，为众鬼所杀。

拟美黄花畏不恭，且从人物想芳踪。
枝同逸士清操体，色比冰姿静女容。

秋风不日别香城，幽事须当趁便行。
千朵黄花一尊酒，烧灯夜半祀渊明。

黄花与我有奇缘，不惜新诗赠数篇。
仍欲相依成小隐，人如菊淡度残年。自注:余晚年以“菊隐”自号。

又戏成四首

篱边斗饮兴虽奇，金折香包恐未知。
若惬花情成独赏，茶烹阳羡[1]更相宜。

注　释

［1］阳羡:地名。汉置县,属会稽郡。晋为义兴郡,隋改郡为县,宋太平兴国初改为宜兴。其地自古以产茶出名。故城在今江苏宜兴南。

黄花有禁到吾徒，试问群公晓也无？
事不烦苛遵亦易，莫教香掩淡巴菰。自注:“淡巴菰”,烟名,见佛经。

白头对菊未知羞，许客同看意便幽。
半载勤劳谁代得，果能吝惜亦风流。

茱萸满放盛非常，不枉人推艺手强。
若遇他家来斗胜，只无红变一枝黄。自注:“一槐居”菊有淡红者,忽变为黄色。

饯菊二首

黄花依我若姻亲[1],我待黄花等上宾。
虽是无知闲草木,交情亦自胜于人。

注　释

[1]姻亲:以婚姻关系为中介而产生的亲属。

欲归甘谷[1]为秋残,无计能留别亦难。
眼底萧条情未尽,一枝还插胆瓶看。

注　释

[1]甘谷:地名。传说人饮谷水可以长寿。据《抱朴子·仙药》:南阳郦县山中有甘谷水。因为谷的左右都生甘菊,菊花落入水中,久之水甜。居民都饮此谷水,无不长寿,无夭年人,都是得益于菊花神力的缘故。

哭吕道士二首

一丸旭日野云蒙,自驾牛车望殡宫[1]。
腹泪暗流知几许,莫将凄惋怨秋风。

注　释

[1]殡宫:古代临时停柩之所。

淡淡交情五十年,不关文字与丹铅。

今来痛哭重楼下，岂是寻常世外缘。

朱草衣[1]过访

正愁小草费推敲，自注：时正谋刻拙作集。谁款柴门语渐高？
有客可称名下士，老年忽又得新交。

注　释

[1]朱草衣（1684—1756）：《随园诗话》："白下布衣朱草衣，少时有'破楼僧打夕阳钟'之句，因之得名。晚年无子，卒后葬清凉山。余为书'清故诗人朱草衣先生之墓'，勒石坟前。"他终生贫寒，有《草衣山人集》。

第四卷

香城居士七十以后诗·菊隐[1]集

张榆村[2]将回般水[3]即席赋送

白雪夜满庭，红炉晓在室。
把酒送君归，兼订重来日。
忆作忘年友[4]，因诗成胶漆[5]。
藤榻[6]下烟雨，菊尊开秋律[7]。
不恨相见晚，翻怪分手疾。
转眼是新春，吾年又增一。

注　释

[1]菊隐：作者晚年自己取的号，因自己酷爱菊花而得名。

[2]张榆村：张元（1672—1756），字长四，号殿传，又号榆村，山东淄川人。有《绿筠轩诗集》等。

[3]般水：河水名，在今山东省淄博市淄川区附近。据县志载，西汉初在此设般阳县，因治位于般水之阳而得名。此处作者以河名代指作者家乡淄川。

[4]忘年友：不拘年岁辈分，而成为莫逆之交。从生卒年月看，作者田雯生于1653年，而张元生于1672年，二人年龄相差近二十岁，所以称忘年友。

[5]胶漆：胶和漆，比喻事物的牢固结合。这里用来比喻二人友谊深厚牢固。

[6]藤榻：用藤条编织的床。

[7]秋律：古代以十二音配十二月，秋律即秋天。

送卢抱孙[1]之官洪雅[2]二首

送子之官去，朋尊[3]手相携。
年虽分长幼，情不间云泥[4]。
蜀道今成别，骊歌[5]老怕题。
从兹凭好梦，时到锦江西。

注　释

[1]卢抱孙：人名，即卢见曾。见卷二《同储屺云卢抱孙萧朗甫赵根矩孙香祖以姓分咏古人田游岩》注释[2]。

[2]洪雅：地名，属四川省。汉南安县地，北周置洪雅镇，隋代开皇十三年改县。中有多次改名，明成化十八年复置为洪雅县，仍辖原有区划，属嘉定州；清代属嘉定府。

[3]朋尊：两尊酒。《诗·豳风·七月》"朋酒斯飨，曰杀羔羊。"毛传："两尊曰朋。"后泛指亲友相聚欢饮。

[4]云泥：云在天，泥在地，比喻人地位悬隔，道路有异。

[5]骊(lí)歌：告别之歌。

莫说山城小，由来风景强。
蛮村荔子[1]美，上国[2]海棠香。
政自安和简，身缘眺览忙。
吾家有直吏，幸为表遗芳[3]。自注：宋直吏，田锡，洪雅人，名臣也。

注　释

[1]荔子：即荔枝。

[2]上国：根据上句"蛮村荔子美"看，此处以指成都为宜。

［3］遗芳:遗留下来的好名声和值得称赞的德行。

王良臣[1]钱塘[2]人名轩以贡为松溪教谕[3]时年五十弃去不赴阳明先生为赋当年一诗家本饶中落晚年艺菊后圃号曰肥香道人年八十三卒事载涌幢小品[5]噫先生与余何情事之相同若斯耶余以拔贡授堂邑[6]教谕不就老爱艺菊号香城居士年七十有四矣异哉何时隔数百年而事若出一人耶赋三绝句

花种肥香菊圃新,一官轻弃老尤贫。
谩将高蹈推前辈,眼底谁知亦有人。

注　释

［1］王良臣:名轩,号“肥香道人”,生卒年月不详,明代钱塘人。50 岁时以贡生被授予松溪县教谕,而不受。晚年好种菊,83 岁卒。

［2］钱塘:古县名,今杭州市钱塘区。秦始设钱塘县,属会稽郡。后汉属吴郡,为吴郡都尉治所。明清为浙江省治,杭州府亦治此。1912 年废府,改钱塘、仁和为杭县。

［3］教谕:元明清县学教官。掌文庙祭祀、训诲所属生员。

［4］阳明先生: 即王守仁(1472—1529),字伯安,明代浙江余姚人,因尝筑室故乡阳明洞中,故世称阳明先生,明代哲学家、教育家,是心学的集大成者,所开创的阳明学派,对后世影响极大。有《王文成公全书》刊行于世。

［5］涌幢小品:明人笔记。作者朱国祯(?—1632),浙江乌程(今湖州市吴兴区)人。该书共三十二卷。初名《希洪小品》,后筑木亭名涌幢,书沿其名。记载明朝掌故,大而朝章典制、政治、经济、徭役、仓储备荒等,小至社会风俗、

人物传记。

[6]堂邑：县名。汉代清县、发干二县地。隋代开皇六年置，因县西有堂邑而得名。治所在今山东聊城市西北。1946 年分别划归聊城市和冠县。

闲从人物较芳菲，始信天工用意微。
付与幽人消受[1]者，梅花香瘦菊香肥。

注　释

[1]消受：享受，受用。

香城居士肥香客，相隔遥遥二百春。
说到行藏[1]全不异，恍疑君是我前身。

注　释

[1]行藏：出处，行止。

张西若[1]柳园亭子告成余为题联云分得香泉泉一脉移来细柳柳千株香泉细柳皆条南古迹旋添数语足成一律

结亭近在宅南隅[2]，布置多才景自殊。
分得香泉泉一脉，移来细柳柳千株。
屋同画舫牵高岸，径剪蓬蒿任小奴。
为爱园林俗情少，不辞觅句断霜须[3]。

注　释

[1]张西若：张墉（1641—1703），字西若，号石宗，山东邹平人。

[2]南隅(yú):南面的一角。隅,角落。

[3]觅句断霜须:诗意化用唐代卢延让句意。唐朝诗人卢延让《苦吟》诗云:"莫话诗中事,诗中难更无。吟安一个字,捻断数茎须。险觅天应闷,狂搜海亦枯。不同文赋易,为著者之乎。"形容作诗炼句之苦。

李寻斋[1]自历下[2]以木瓜[3]寄玩

宣[4]木瓜香色正新,遥从历下寄河漘[5]。
凭何充作琼琚物[6],投报风流坦腹人[7]。

注 释

[1]李寻斋:人名。籍贯生卒年月不详。

[2]历下:古城名,春秋战国齐邑,因城在历山之下,故名。秦灭魏,兵驻历下,即此。汉代置历城县,故址在今山东济南市历城区西。

[3]木瓜:植物名。落叶灌木或乔木。果实秋季成熟,椭圆,有香气,经蒸煮或蜜渍后供食用,可入药。

[4]宣:侈大。

[5]河漘(chún):河边。漘,水边。

[6]琼琚物:《诗·卫风·木瓜》:"投我以木瓜,报之以琼琚。"后人因以比喻互相馈赠厚礼。

[7]坦腹人:坦腹躺着的人,比喻闲雅坦荡不与世俗纷争之人。典出《世说新语·雅量》。

访东村吴秀才[1]看菊不遇冒雨而归二首

邻村走遍路犹赊[2],两阻延陵处士[3]家。
自有杖头沽浊酒,相陪半日赖黄花。

注　释

[1]吴秀才:不知生卒年月和名字,德州人。住在作者居住的鬲津草堂邻村。

[2]赊(shē):长,远。

[3]延陵处士:这里指吴秀才。延陵,古地名,今德州市陵城区。处士,有才学而隐居不做官的人。

久坐原因恋众芳,主人不遇又何妨。
折枝病菊登驴背,冷雨酸风返草堂。

北村[1]二首

北村路远友朋空,何事冲寒[2]走老翁。
只为敝庐[3]今尚在,时常关注梦魂中。

注　释

[1]北村:作者所居草堂之北的村庄,是自己旧居所在,村边有大片杏林。

[2]冲寒:冒着寒风寒气。冲,冒犯。

[3]敝庐:谦称自己的旧居。

独来消遣问如何,丘壑虽无亦足多。
老树如人当户立,出门百步是长河[1]。

注　释

[1]长河:流经德州的运河,古代德州一段时期称长河县,故附近河流又称长河。

栽　花

牡丹芍药[1]真佳品，点缀茅亭似不宜。
何若女郎[2]闲淡好，几丛手种傍疏篱。

注　释

[1]芍(sháo)药：植物名，一种花卉。花大而美，名色繁多，供观赏，根可入药。

[2]女郎：植物名，茑萝的别称。

送颜振玉[1]之武昌候补邑令[2]四首

初领除书[3]望楚疆[4]，莫愁身为此官忙。
可能三载酬知遇，腰折眉摧[5]亦不妨。

注　释

[1]颜振玉：即颜希圣，字振玉。见卷二《探梅同振玉宪武清远二首》其一注释[1]。

[2]邑令：县令。

[3]除书：授官之诏令。

[4]楚疆：楚国的旧地。武昌过去属于楚地。

[5]腰折眉摧：化用李白《梦游天姥吟留别》诗句："安能摧眉折腰事权贵，使我不得开心颜?"取其反义，为国为民可以委屈一下自己去做官。

雄才磊落好题襟，鄂渚[1]清清照素心。

何处儿童骑竹马[2]，来迎国士去鸣琴[3]。

注　释

[1]鄂渚：传古时，在今武汉市黄鹤山上游三百步有沙洲名鄂渚，鄂州因渚而名，遂以为鄂渚。

[2]儿童骑竹马：《后汉书·郭伋传》载：郭伋任并州牧，有一次到西河美稷，有数百儿童骑着竹马来欢迎他，并问他什么时候返回再经过，到时还要来迎送。郭伋告诉他们返回日期，后来提前一天到达，就在郊外住了一夜，待到第二天才入市。后以"郭伋待期"为重约守信之典实。

[3]鸣琴：即鸣琴而治。典出《吕氏春秋·察贤》："宓子贱治单父，弹鸣琴，身不下堂而单父治。巫马期以星出，以星入，日夜不居，以身亲之，而单父亦治。巫马期问其故于宓子，宓子曰：'我之谓任人，子之谓任力。任力者故劳，任人者故逸。'"旧用为称颂地方官政简刑轻之辞。

漫唱骊驹[1]忆旧时，一朝不见便相思。
如何白首翻成别？去向河梁折柳枝[2]。

注　释

[1]骊驹：即《骊驹》之歌，为告别之歌。

[2]折柳枝：古人有折柳送别的习俗。

伯氏官衙[1]未久留，自注：先司农兄督粮湖北，五月内擢。因而误却[2]汉南游。
今将诗句烦君寄，代我亲投黄鹤楼。

注　释

[1]伯氏官衙：田雯生前所居官衙。田霡的长兄田雯生前曾在湖北作过五个月的督粮官，时间短暂，作者想趁兄长在任去武昌一游而未如愿。

[2]误却：耽误。

立春前一日同张幼渠[1]出游冒雪回车路过宋清远[2]留饮

淡淡春云气渐和，今朝结伴过城阿。
小车共坐张平子[3]，大第还经马伏波[4]。
路转旗亭思画壁[5]，雪埋官舫欲平河。
归途恰遇同年友，抖擞寒花倒巨罗[6]。

注　释

[1]张幼渠：即张方载，见卷二《正月初旬张幼渠携新诗过舍索尝雪酒》注释[1]。

[2]宋清远：即宋来会，见卷二《探梅诗同振玉宪武清远二首》其一注释[3]。

[3]张平子：张衡（78—139），字平子，东汉南阳西鄂（今河南南阳）人。少善属文，通五经、天文、历算、机械制作等。

[4]马伏波：马援（前14—49），字文渊，东汉陕西扶风茂陵（今陕西兴平）人，是当时的名将，人称伏波将军。

[5]旗亭思画壁：唐代诗人王昌龄、高适、王之涣，在酒楼以歌妓演唱谁的诗多寡比高低，歌妓每唱自己一诗，作者则在壁上画一记号计数，最后王之涣为最佳。旗亭，酒楼。

[6]叵罗：古代酒器。

甲辰四月登舟北上赴佟希白[1]招

问年望八兴犹强，远赴招邀上小航。
古寺新堤风角转，布帆瞬息挂他乡。

注　释

［1］佟希白：作者友人，见卷三《十月三日题画为佟参议希白二首》其一注释［1］。

次日行三百五十里至海津[1]

半千里外是天津[2]，侵晓开舟到未申[3]。
此去有谁烦作赋？好风空送不时人。

注　释

［1］海津：即正文里所说的天津，天津市在渤海之滨，为神京门户。

［2］天津：地名。金代称直沽，明永乐二年置天津卫，清雍正三年改为州，九年升为府，并置天津县。即今天津市。

［3］未申：古代把一昼夜分为十二个时辰，未时相当于现在下午 1 点至 3 点；申时相当于下午 3 点至 5 点。此处指代时间已是下午过了一半时候。

泊舟会川[1]县宰亓暄岩[2]同乡旧友也遇之渡头并箬入城欢饮竟夕而别

此地不知谁作宰，即知欲访恐生嗔[3]。
多[4]君官久情如旧，陌路[5]犹能识故人。

注　释

［1］会川：即今河北青县。见卷三《青县》注释［1］。

［2］亓（qí）暄岩：清初德州人，作者的同乡好友，曾任会川县县令。

[3]嗔(chēn):怒,生气。

[4]多:赞许,自负。

[5]陌路:田间道路。多与“人”连用,指乍见而素不相识者。

至静海[1]与佟希白话旧

劳君车马远相迎,那惜衰年有此行。
风味虽然今稍异,梨园[2]犹是旧时声。

注 释

[1]静海:县名,金代置靖海县,明清改“靖”为“静”,属天津,即今天津市静海区。

[2]梨园:唐玄宗曾选乐工三百人,宫女数百人,教授乐曲于梨园,亲自订正声误,号“皇帝梨园弟子”。后世因称戏班为梨园,戏曲演员为梨园子弟。

津门[1]去京师[2]仅二百余里拟觅小车往看莪山少参[3]

才免风波舍小舠[4],又思骑马事游遨。
良朋久客金台[5]畔,何惜风餐两日劳?

注 释

[1]津门:设置在渡口上的关门。此处指天津,因天津为北京的门户而得名。

[2]京师:国都。指北京。

[3]莪山少参:即作者同乡好友孙勷,号莪山。见卷一《同方山子未过圣安寺观画壁慧明上人出王文安所遗饮器贳酒相饷晚记事》注释[1]。少参,官职

名，明代于各布政使下置参政、参议，时称参政为大参，参议为少参。孙莪山时任通政司参议，故称少参。

[4]小舠(dāo)：刀形小船。

[5]金台：指都城北京。

食河豚[1]

桃花开日三沽[2]春，河豚初上客眼新。
柳枝穿提来水市，活东[3]之族谁名鳞？
口生颔下声啧啧，膨脝[4]大腹涎流身。
曾闻奇美直一死，立候烹煮开清樽。
土人疾呼慢慢慢，食之有法吾能陈。
漉血抉睛[5]毒尚在，井华水沃休嫌频。
净洗灶觚[6]刀切片，晴窗不许飞纤尘。
荻芽[7]数寸同作脍，比乳更滑西施嗔。
闲把食经细品第，鳖裙鲔尾[8]安足伦？
余生年命不在卯，食指欲动[9]恣舌唇。
异味入肠虽快意，轻生未惯眉私颦。
自朝至暮幸无恙，复置两缚充常珍。
初食怀疑兴莫畅，大啗[10]还欲师先民。
曾梅苏范各有句，自注：曾子固、梅圣俞、苏东坡、范石湖。
文潜杂志非无因。自注：张文潜《明道杂志》，载河豚鱼甚详。
敢食此鱼皆名士，间有殒者[11]定俗人。
我既饱啖竟不死，亟归拟傲亲与邻。

注　释

[1]河豚(tún):鱼名。古谓之鲀,又名鲐、鲑。四五月间产卵,在此期卵巢及肝脏有剧毒,误食可致命。

[2]三沽:天津的雅称。因为天津是海河的入海口所在,地势平坦低洼,河道纵横,有七十二沽之称,大直沽、丁字沽、西沽等较有名气,故有"三沽大地"美称。

[3]活东:即蝌蚪,河豚外形像蝌蚪,古人误认为与蝌蚪同类。

[4]膨脝(hēng):腹膨大貌。

[5]漉血抉睛:指当地人剖割河豚要滴尽鱼血、挖去鱼眼的做法。

[6]觚(gū):指烹煮河豚用的瓦锅一类的炊具。

[7]荻芽:芦苇的嫩芽。荻,草名,与芦同为禾本科而异种,叶较芦稍阔而韧。别名萑、茭等。

[8]鳖裙鲔(wěi)尾:鳖甲四周的软肉和鲟鱼的尾翅,据说是二者身上最肥美鲜嫩的部位。

[9]食指欲动:典故来自《左传·宣公四年》:"楚人献鼋于郑灵公,公子宋与子家将见,子公之食指动,以示子家,曰:'他日我如此,必尝异味。'"作者以此来说明自己馋瘾发作急着吃到河豚。

[10]啮(niè):咬,啃。

[11]殒(yǔn)者:丧命的人。

戏赠扬州七校书[1]二首

琼花[2]尚带舞衣香,丫髻[3]盘头玉女妆。
小字排行兼二妙[4],黄四娘与谢三娘[5]。自注:《四字谱》及《乌北曲》俱读作司,在支韵。

注　释

[1]七校书:排行在七或者名叫七的歌妓。校书,为旧时对妓女的雅称,又称女校书。

[2]琼花：花木名。叶柔而有莹泽，花色微黄而香。旧扬州后土祠有琼花一株，相传为唐人所植，宋淳熙以后，多聚八仙花接木移植，为稀有植物。

[3]丫髻：两髻形状如丫的发髻。

[4]二妙：一般称同时以才艺著名的二人。晋卫瓘和索靖都擅长草书，时人号为一台二妙。此处指下句中的黄四娘与谢三娘两个著名的妓女。

[5]黄四娘与谢三娘：两个妓女的艺名。

不合勾留又系船，莫云我辈少人怜。
停杯起看秦楼[1]月，可惜相逢在暮年。

注　释

[1]秦楼：古时歌舞场地，也指妓院。

过天津游香林苑[1]访道士镜心[2]不遇廊壁题诗可余千首皆一时名士与之赠答者归赋一律四绝

泛舟经水口，策杖入香林。
径曲烦鹤引，诗多就壁吟。
道人何处去？上客且开襟。
果是清幽地，来朝拟复寻。

注　释

[1]香林苑：地名，在今天津市望海楼教堂处，是有名的道教圣地，规模宏大，内有著名园林抱瓮园，为文人聚会之所。乃康熙初年天后宫道士李怡神与其弟子王聪所建。

[2]镜心：清代初期天津香林苑里的道士，生卒年月籍贯不详。

仙宫[1]正对北溟涛，几费前人布置劳。
屋割洞天花映户，小山齿齿闭门高。

注　释

[1]仙宫：道士居住的道观。

当今才子并诗翁，姓字多留粉壁中。
料得黄冠[1]人定雅，不然何以动诸公？

注　释

[1]黄冠：道士之冠。后用以指代道士。唐李淳风父播，初仕隋，官高唐尉，后弃官为道士，自号黄冠子。

谁云篇什妙无灵，斗母宫[1]中看最明。
何事仙家工聚敛？长廊富不让诗城。

注　释

[1]斗母宫：道教里祀众星之母北斗的观宇，故名斗母宫，或者斗姥宫。宫，中国道教供奉神像和进行宗教活动的庙宇，通常称为宫、观、庙。

坐不移时日渐昏，懒教归棹[1]浪中翻。
绳床倘许游人借，要听潮声夜打门。

注　释

[1]归棹(zhào)：指代回家时乘坐的舟。棹，划船拨水的用具。状如桨，短的叫楫、楫，长的叫棹。也借指船。

余与莪山少参别将二载甲辰初夏北上相访留三日而别三首

自唱阳关[1]两载余，欲消积思待何如？
典衣已卖黄饥马[2]，何必频烦六六鱼[3]。

注　释

［1］唱阳关：与友人别离之意。典出《阳关三叠》或称《渭城曲》。唐王维《送元二使安西》诗："渭城朝雨浥轻尘，客舍青青柳色新。劝君更尽一杯酒，西出阳关无故人。"后入乐府，以为送别曲，反复咏唱，谓之《阳关三叠》。

［2］黄饥马：黄且瘦的马。

［3］六六鱼：鱼名，即鲤鱼。《广辞林》说，六六鱼乃因为有 36 个鳞片的排列而得名，是鲤之别称。此处代指书信。

遥望燕台[1]欲倒鞭，黄昏方至故人前。
挑灯互把颓颜看，那得今年似去年？

注　释

［1］燕台：即黄金台。故址在河北易县东南。燕昭王筑台，置黄金于上，招贤纳士，故称贤士台，又叫招贤台。此处指北京城。

京华几日足清欢，旦晚还劳慰老残。
酒美肴丰宾客盛，乍看绝不似贫官。

客燕自嘲

忽入京华暗自嗔,街头闲看满游尘。
不缘两字轻千里,除我应无第二人。

家居述事

秋菊新添百余种,古稀[1]又过两三年。
恰当诗草雕成日,正是忙忙打麦天。

注 释

[1]古稀:七十岁的代称。

题赵根矩[1]种菜图

秃头老圃齐东居,业精灌植吾不如。
倚楼诗人穷搜[2]览,架插种树秦余书。
园辟何地图先写,半村半郭秀而野。
中有荷锄戴笠人,毋乃所称英雄者?
井泉伏流茅屋根,花木轩举[3]围短垣。
等闲惟恐人误入,呼童时闭篱笆门。
所艺之蔬名可料,非姜即桂谁能噍[4]?
若止担头韭与菘[5],图省钱买亦堪笑。

拔苗引水工夫长，自种应比人种强。
不是佳客莫与食，较彼珍错翻寻常。
菜根咬断香侵齿，除却种者孰知此？
吾齿已落奈蔬何？羞把数茎来索子。
畦分舍外鸣清湍[6]，胡由不使身偷安？
我从旁观强作解，因乞菜把供园官[7]。
蔬亦有遇有不遇，遇者登庖万钱计。
否则小摘调散盐，伴他腐儒饱粗粝[8]。
我学种菊娱残年，有图久倩[9]妙手传。
图中菊即图中菜，将来比并无蚩妍[10]。
知君种菜天所许，风味厚薄须自咀。
吩咐羊豕莫作践[11]，无可嚼时定屠汝。

注　释

［1］赵根矩：即赵念曾，见卷二《同储屺云卢抱孙萧朗甫赵根矩孙香祖以姓分咏古人田游岩》注释［4］。

［2］搜：即搜。

［3］轩举：高扬。

［4］噍（jiào）：嚼。

［5］菘（sōng）：蔬菜名。柄厚而色青者为青菜，柄薄而色薄者为白菜，别称黄芽菜。

［6］清湍：清澈而流得很快的水。

［7］园官：园吏，即主管园囿的小官。

［8］粗粝：粗米饭。

［9］倩：借助。

［10］蚩妍（chī yán）：丑陋与美好。

［11］作践：糟蹋。

张简臣[1]索书长卷许以墨鱼[2]相酬题后

信手涂鸦[3]原不虚，行看清玩列庭除[4]。
数竿绿竹朱栏畔，雪白盆盛淡墨鱼。

注　释

[1]张简臣：清代诗人，籍贯和生卒年月不详。

[2]墨鱼：水生动物名，即乌贼。

[3]涂鸦：比喻书法幼稚，多用作谦辞。

[4]庭除：庭前台阶。

挽[1]胶州高云曙学使[2]二首

与君未识面，生事我偏知。
六郡[3]文鸣客，七闽[4]儒者师。
望云耽高卧，抱恙叹光驰。
犹子曾相告，因成薤露辞[5]。

注　释

[1]挽：哀悼死者。

[2]高云曙：清初山东胶州人，曾任学使。

[3]六郡：指高云曙生前文章著名，使所经历的六个郡里人都知其名字。江东六郡指吴郡、会稽、丹阳、豫章、庐陵、庐江。

[4]七闽：福建的雅称或旧称。今称八闽大地。

[5]薤（xiè）露辞：挽歌歌词。《薤露》，古挽歌名，晋崔豹《古今注·音

乐》："《薤露》《蒿里》，并丧歌也。出田横门人。横自杀，门人伤之，为之悲歌，言人命如薤上之露，易晞灭也，亦谓人死魂魄归乎蒿里，故有二章。"

家仲同年友[1]，如山身已崩。
官清人共誉，才大鬼偏憎。
零露沾秋草，郊原哭素朋。
徒怜会葬日，远路老难胜。

注　释

[1]同年友：指科举制度同榜的人。

送莪山馆卿[1]北上即用留别原韵

离情恋恋岂无因，年少相交老更亲。
茅屋连床香气重，名磁[2]过手酒痕新。
黄尘自此随车马，鬲水何时把钓纶？
伏日当空行莫急，爱停轮处且停轮。

注　释

[1]莪山馆卿：孙勷曾任大理寺少卿。盖鉴于此称为馆卿。馆，房舍的通称。官署、学塾、书房、商坊、展览处所都可命名为馆。

[2]名磁：指酒杯，因是瓷器而称之。

七夕[1]戏作

今朝懒上曝衣楼[2]，翻为天孙[3]暗自羞。

乞与人间巧无数，不能私点到痴牛[4]。

注　释

［1］七夕：农历的七月初七夜。民间传说牛郎织女在此夜天河相会，有妇女穿针乞巧、祈祷福寿等活动。

［2］曝衣楼：民间风俗有在七月初七这天在阳光下曝晒衣物的做法。

［3］天孙：星名，即织女星。见卷三《七夕》注释［1］。

［4］痴牛：指牛郎星。

余倩友人画停云图于扇系以三绝句寄莪山少参[1]蒙次韵[2]衍停云之意作三绝句书扇寄余复迭韵[3]以酬之

诗味停云口漱醪[4]，自注：漱醪，见《酒德颂》。快如背痒手爬搔。
买条红蜡烧秋夜，百遍长吟不觉劳。

注　释

［1］莪山少参：即作者同乡好友孙勷，见卷一《同方山子未过圣安寺观画壁慧明上人出王文安公所遗饮器贯酒相饷晚归记事》注释［1］。

［2］次韵：依次用所和诗中的韵作诗。也称步韵。

［3］迭韵：赋诗重用前韵。

［4］漱醪（shù láo）：吸吮浊酒。漱，吸，吮。醪，浊酒。

闲将赤鲤钓长河，秋水泱泱[1]别恨多。
欲和停云团扇句，用心苦不让阴何[2]。

注　释

［1］泱泱：深广貌。

[2]阴何：指南朝梁阴铿和何逊。二人同以诗著称，世号阴何。

燕市云停蔽客窗，知君归思阔如江。
黄花将放千余蕊，雪酒还藏一两缸。

卢喜臣[1]先生以新酝见遗赋谢

乌炭盼谁送[2]？清吟苦晓寒。
年衰直[3]冬月，舍酒何所欢？
罗氏[4]名虽久，味淡乞良难。
家酿犹未熟，政[5]自发长叹。
何意草堂翁，怜我喉舌干。
巾漉复手贮，瓶系青丝团。
色洁味更醇，饮具奴早安。
一酌才未解，再酌面微丹。
三爵矧[6]又多，醉立扶栏干。
每怪醉眼窄，忽觉醉乡宽。
但恐酒易尽，时向壶中看。

注　释

[1]卢喜臣：即卢道悦，见卷二《偃师留别卢明府喜臣内舅三首》其一注释[2]。

[2]乌炭盼谁送：比喻济人之急。

[3]直：赶上。

[4]政：通“正”，恰好。

[5]罗氏：指代作者家乡产的罗氏酒。

[6]矧(shěn)：况且。

村居词十首

秋来最好是村居，寒热无乖[1]四体舒。
早起登原看刈稼[2]，晚销浊酒注农书。

注　释

[1]乖：背离，不一致。

[2]刈(yì)稼：收割庄稼。刈，割取。

蔬送儿童酒过墙，犹存礼数在村庄。
那愁投报无佳物，赤枣黄梨满院香。

两树垂杨大十围，风霜久历抱双扉[1]。
斧斤能免虽堪幸，老亦如人发渐稀。

注　释

[1]双扉：两扇门。扉，门扇。

乡居何异隔尘凡？俭朴成风长幼咸。
见客绝无修饰[1]处，草编帽子糨糊衫[2]。

注　释

[1]修饰：修饰，打扮。

[2]糨糊衫：过去人们穿着粗布衣服，为使衣服干净硬挺，洗涤时加浆粉在里面，粉遇水呈糨糊状，所以称糨糊衫。

田家也有酒筵开，请得同庄戚友来。
围满方台多一位，主人应立座旁陪。

紫茄杵壮[1]豆眉低，日佐盘餐味胜荠。
偶尔客来须破戒，可怜短命是雏鸡。

注　释

[1]杵壮：像舂米、捣衣的棒槌那样粗壮。杵，舂米、捣衣、筑土用的棒槌。

忽然庙貌又重新，怪煞乡愚惯佞[1]神。
细把募疏名姓看，始知余亦醵钱[2]人。

注　释

[1]佞(nìng)：奸巧谀媚，花言巧语。

[2]醵(jù)钱：凑钱。

年丰家用似从容，集赶邻村办岁供。
十斗新粮钱一串，谁知谷贱正伤农。

久卧荒村厌俗情，妄思飞步上蓬瀛[1]。
自从秋稼登场后，日煮黄粱梦不成[2]。

注　释

[1]蓬瀛：即蓬莱和瀛洲二山。相传为仙人所居。

[2]黄粱梦：即典故黄粱一梦。《文苑英华》卷八三三唐沈既济《枕中记》载："卢生于邯郸客店中遇道者吕翁。生自叹穷困，翁乃授之枕，使入梦。生梦中历尽富贵荣华。及醒，主人炊黄粱尚未熟。"后因以喻富贵终归虚幻，或者欲望破灭。

北村地僻人情好，老爱清闲可作家。
今岁已栽陶令菊[1]，明春还种邵侯瓜[2]。

注　释

[1]陶令菊：即菊花的雅称。陶令，晋陶渊明，曾任彭泽令，故称陶令。因其爱菊，所以有人称菊为陶令菊。

[2]邵侯瓜：邵平种的瓜。邵平，秦代被封东陵侯，秦灭后为民，种瓜长安城东以营生，所种瓜甜美，人称邵侯瓜或东陵瓜。

戏题所选汉唐诗卷[1]后

生无一事出人头，死有何名与世留？
诗选汉唐聊自遣，传钞不意遍陵州[2]。

注　释

[1]所选汉唐诗卷：看来作者曾经选编过汉唐人的诗，成集后，在德州流传过。文献里也载他有其它著述。但不见于当代。

[2]陵州：德州地区，在唐武德四年复置德州，属河北道，仍治安德县，辖安德、平原、长河、将陵、平昌五县。安德县在今山东德州市陵城区。

食　鱼

偶把纶竿坐小舠，赤鳞泼刺出春涛。
色鲜味定齐通印[1]，腹大中疑有错刀[2]。
未许子公先染指[3]，肯同东里使生逃。

况当月白清风夜，鲙满金盘快老饕[4]。

注　释

[1]齐通印：印名。

[2]错刀：刀名，又叫金错刀。盖此处用专诸刺王僚的典故，专诸把匕首藏在进献给王僚的鱼肚子里。

[3]子公先染指：本指以手指蘸鼎内鼋羹。后因以比喻攫取非所应得的利益。见本卷《食河豚》注释[9]。

[4]老饕（táo）：贪吃、好吃的人。

八老[1]诗

头

白发常留亦未能，只缘善怒被冠憎。
老头皮上摩挲遍，已作天然不剃僧[2]。

注　释

[1]八老：此处指人老了以后八处器官。

[2]不剃僧：并不用剃发自己就秃了头的僧人。

眉

大宅有形皆可用，绝无长处是眉头。
若从五岳求知己，惟汝时常伴我愁。

目

细思眼孽大于身,时白时青[1]看煞人。
忽尔花飞无定见,
天公从此莫相嗔。自注:唐诗“天公嗔我眼常白,故着昏花阿堵中”。

注　释

[1]时白时青:指眼睛看人时一会白眼珠多一会黑眼珠多。用白眼表示对人的鄙视厌恶,用青眼表示对人的欣赏喜欢等。

耳

何用吴绵[1]塞耳聪,年来幸已闭听宫[2]。
便宜占尽君知否,我逸人劳静者同。

注　释

[1]吴绵:吴地所产丝绵。

[2]听宫:耳朵。

鼻

位列天中[1]白可观,老多齅嚏[2]闷还酸。
掩时自为秋风冷,不是名流效谢安[3]。

注　释

[1]天中:鼻子。《三国志·魏书·管辂传》:“又鼻者艮,此天中之山。”注:“相书谓鼻之所在为天中。”

[2]鼽嚏(qiú tì):鼻塞和打喷嚏。鼽,鼻子堵塞不通。

[3]效谢安:《晋书·谢安传》说,谢安能做洛下书生咏。有鼻疾,故其音浊。名流爱其咏而弗能及,或手掩鼻以学之。

口

时尚谈锋要最工,漫将厨宰[1]斗[2]衰翁。
拙随年至言辞少,便是朱唇亦不红。

注　释

[1]厨宰:掌管膳食之小吏。因嘴巴也管着一个人的饮食进入,此处作者代指嘴巴。

[2]斗:逗弄。

齿

两颊难支瘦渐多,缘他编贝[1]半消磨。
唇亡共虑寒侵齿[2],齿落还思舌奈何。

注　释

[1]编贝:上古以贝为饰物或作为交换媒介,以绳子穿贝成串,称为"编贝"。因其整齐洁白,故以此比喻牙齿之美。

[2]唇亡共虑寒侵齿:即唇亡齿寒。

须

具体居然一腐儒,但嫌貌不美髭须。
数茎虽少还相称,色便如霜亦丈夫。

中　秋

去年抱恙过中秋，月来不肯照床头。
今年中秋身健爽，一圆明镜借天上。
试问佳节乐也无？年逾杖国[1]貌清癯[2]。
高坐中庭香焚斗，老妻剖瓜儿执壶。

注　释

[1]杖国：指70岁以后可拄杖行于国都范围内，为古代一种尊老制度。
[2]清癯(qú)：消瘦而有清逸之态。

送顾汗仙[1]还钱塘

湖山久别是何因？行色匆匆信马尘。
惭愧香城老居士，满庭黄菊送归人。

注　释

[1]顾汗仙：作者友人，清代钱塘人，生卒年月不详。

黄菊初放乞者盈门间有以酒相酬者戏示一绝

秋色平分[1]事亦豪，焉能如愿谢朋曹[2]。
黄花若肯随君去，何必言酬种植劳？

注　释

[1]秋色平分：即"平分秋色"，比喻双方各得一半，不分上下。

[2]朋曹：朋辈，朋友。

菊开杂咏四首

又逢白雁报花期，候菊登堂事要知。
扫地糊窗张翠幕，莫教居处不相宜。

半载劳劳菊始开，开时比种更劳哉。
百盆花有千余朵，朵朵皆看日百回。

陶公爱菊传千古，不过篱根数色新。
看我盈庭罗异种，可能高蹈及先民？

每怪烦嚣触处生，无方可避坐香城。
偶延秋色来相伴，耳目为之顿一清。

生日赴鬲海道观[1]

暂居仙观谢交游，地接朝烟近暮秋。
野鸟争啼声不俗，霜花晚放色还幽。
同登高阁呼王仔[2]，熟煮黄粱待贯休[3]。
赢得安闲消此日，无劳车马动荒丘。

注 释

[1]鬲海道观：当时在运河岸边的道观名称，志书上说为作者田霡出资建造，今不存。

[2]王仔：宋代洪州人王仔昔，初隐于嵩山，自言遇许逊，得大洞隐书豁落七元之法，能道人未来事。京荐之，帝召见，赐号冲隐处士，进封通妙先生。由是道家之事日兴，而仔昔恩宠寖加，朝臣戚里，夤缘关通。此处作者用以代称鬲海道观里的道士。

[3]贯休(832—912)：唐代兰溪人，字德隐，号为禅月大师。俗姓姜，七岁出家为僧，善诗，兼工书画。其书人称姜体，善画佛像，以画罗汉最为著名。有诗集《禅月集》。

芜湖[1]于心山[2]司马[3]又以白黄鹤翎菊[4]栽子[5]两寄香城路失灌护遂致根枯土烈拟复往乞口占二绝用以代柬

芜湖司马太多情，鹤菊重寻寄水程。
可惜爨琴烹[6]驿使，曾无一羽到香城。

注 释

[1]芜湖：县名，属安徽省，春秋吴鸠兹地。汉置县，属丹阳郡，因地势低洼蓄水而生芜藻，故名。东晋于此侨置豫州，为州治，安帝时并入襄垣。隋代省入当涂，唐武德时为芜湖镇，五代吴复置芜湖县。历代相因，明清皆属太平府。

[2]于心山：作者朋友，生卒年月不详，安徽芜湖人。

[3]司马：官名，周礼夏官大司马之属，有军司马、舆司马、行司马。春秋晋作三军，每军别置司马。汉宫门及大将军、将军、校尉之属官，都有司马。边郡亦设置千人司马，专管兵事。隋唐州府佐吏有司马一人，位在别驾、长史之下。

[4]鹤翎菊：菊花的一种。

[5]栽子：即植物的幼苗。蔬菜或者花草树木的幼苗在北方方言里都可以

叫作栽子。

[6]爨(cuàn)琴烹:即爨琴烹鹤,又可作“煮鹤焚琴”,比喻煞风景的事情。

徒将名菊望江乡,手抱空盆暗自商。
再乞难逃良友厌,事非涉俗又何妨?

黄州菊花落瓣其说见王苏二公佳话甲辰年余艺晚菊中有黄白者瓣随风落诗以记之

团团晚菊恋高秋,历试严霜色尚留。
忽似春花残亦落,从今何必说黄州[1]?

注　释

[1]说黄州:指苏东坡和王安石就菊花是否落瓣而引发的争执。故事载于冯梦龙的《警世通言》,苏东坡一次拜见王安石,王不在,见案上有咏菊诗,只写下头两句:“西风昨夜过园林,吹落黄花满地金。”苏东坡看了认为菊花即使干枯,也不会落瓣,于是他步原韵,续写两句:“秋花不比春花落,说与诗人仔细吟。”王安石读过苏东坡续句以后,觉得苏观察不够全面。后来二人政见不和,苏东坡被贬谪黄州。苏到黄州后,一天正值风雨交加,苏与友人在菊园赏菊,亲眼看到了落英缤纷、满地铺金的场面。这才明白当初错批了王安石。

西斋落成摘放翁龟堂诗[1]中小展双扉无大费句对之为联旋复足成长句

草堂西畔对香城,矮屋三间喜落成。

小展双扉无大费，每来宴坐有余情。
窥帘瓦雀[2]移新处，压树桃花践旧盟。
但愿残年消受[3]得，不虚儿辈事经营。

注 释

[1]放翁龟堂诗：即陆游的诗《龟堂》。放翁，陆游（1115—1210），字务观，自号放翁，越州山阴（今浙江绍兴）人。诗的风格豪放，气魄雄浑，近似李白，故有“小太白”之称。

[2]瓦雀：麻雀的别名。因麻雀宿于檐瓦之间，故称瓦雀。

[3]消受：享受，受用。

闲 眺

欲穷双目上崇丘，百里郊原望可收。
何事朔风[1]吹暮雨？浮云过处失高楼。

注 释

[1]朔风：北风。

题高西园[1]画

越缣[2]三尺南村[3]画，鼠尾皴山[4]鸦点树。
恰似颠翁作草书[5]，绝无一笔犹人处。

注 释

[1]高西园：即高凤翰，见卷二《高西园以南村图索题卷首张卯群题我爱南

村好五字即用其句率成三律》其一注释[1]。

[2]越缣(jiān):吴越等地的细绢。

[3]南村:即高西园,号南村。

[4]皴(cūn)山:用皴的画法画出来的山峰。皴,国画的一种画法。先构成山石树木轮廓,用侧笔蘸水墨染擦,以显脉络纹理及凹凸向背。

[5]颠翁作草书:即张旭写狂草书。张旭,字伯高,吴郡人,世称张长史。他的书法得之于"二王"而又能独创新意。张旭性格豪放,嗜好饮酒,常在大醉后手舞足蹈,然后回到桌前,提笔落墨,一挥而就。

集毛诗四章章八句[1]为陈篑山[2]太守[3]

泰山岩岩[4],河水洋洋[5]。
君子至止,为龙[6]为光。
令闻令望[7],维其有章[8]。
我心则喜,久怀不忘。

注 释

[1]集毛诗四章章八句:集句,集古人句以为诗。晋傅咸《毛诗》为集句之始,后来文人有从经史成语中摘为对句者,成为文字游戏之一种。此处作者摘取《诗经》成句,表达自己对友人的赞颂和祝愿。

[2]陈篑山:人名,字留武,康熙辛卯举人,在德州为官五年,有政绩爱人民。后调临清州知州,后升登州府知府,卒于任。有《历下杂诗》。

[3]太守:官名。秦设郡守,管理一郡政事,秩二千石。汉景帝时更名太守。隋初,以州刺史为郡长官。宋以后改为府或州,郡守已非正式官名,但仍习称知府、知州为太守。明清时专指知府。

[4]泰山岩岩:泰山真是高大森严。岩岩,高峻貌。

[5]河水洋洋:黄河之水白茫茫。洋洋,盛大貌。

[6]龙:即龙光,恩宠荣光。

[7]令闻令望:好的名声和威望。令望,有善美的威仪,令人景仰。

[8]章:指文采。

蔽芾甘棠[1],在河之洲。
乐只[2]君子,敷政优优。
靖[3]共尔位,对扬王休[4]。
何以予之?尔公尔侯。

注 释

[1]蔽芾甘棠:《诗 · 召南 · 甘棠》:“蔽芾甘棠,勿剪勿伐,召伯所茏。”指召公忠于职责热爱民人,人们缅怀他的美德,好好保护他访民问政时憩于其下的甘棠树。有甘棠遗爱之典。比喻官员得民心被人民缅怀不忘。

[2]只:助词,无实在意义。

[3]靖:谦恭。

[4]对扬王休:称扬帝王之美德。休,美善,喜庆。

凤凰鸣矣,载好其音。
彼都[1]人士,集于泮林[2]。
古训是式[3],克广德心。
小子有造,鼓瑟[4]鼓琴。

注 释

[1]都:优美貌。

[2]泮(pàn)林:泮宫水边的林木。

[3]古训是式:即“式古训”。“是”为指示代词,表示确指,把宾语提在谓语之前。式,规格、榜样,此处用如动词,拿来作规范和榜样。

[4]瑟(sè):乐器名。今瑟有 25 弦,弦各有柱,可以上下移动,以定声音的清浊高低。

无小无大，跻[1]彼公堂。
为此春酒，承筐是将。
使君寿考，福禄尔康。
永言保之，黻衣绣裳[2]。

注 释

[1]跻：登上。

[2]黻(fú)衣绣裳：古代的礼服。黻，古代礼服上绣的青黑相间的如斧形的花纹。

画眉鸟

新自南船买得归，此禽合用伴书帏[1]。
眉同粉笔伶人[2]画，色是沉香[3]衲子衣[4]。
缘好修翎时浴水，因能巧语故餐肥。
东翁[5]爱惜情何重？底事[6]开笼便欲飞。

注 释

[1]书帏：书帐，书房。

[2]伶人：古代乐人。相传黄帝时伶伦作乐，故称乐官及戏剧演员为伶人。

[3]沉香：香木。木材与树脂可供细工用材及熏香料。其色黑色芳香，脂膏凝结为块，入水能沉，故名沉香；其不沉不浮与水平者名栈香。

[4]衲子衣：即衲衣，僧衣。

[5]东翁：主人，指作者本人。

[6]底事：何事，何以。

龚子念伦[1]别已数载秋杪[2]北上竟不枉过草堂寄余绝句二首以未饮新酿读鬲津诗为恨率笔戏答二首

离思梦断三千里，闻别湖山[3]又北来。
昔过香城还记否？柴门正在路旁开。

注 释

[1]龚子念伦：龚培序（1684—？），字念伦，号虚白，又号竹梧主人。浙江仁和人，有《竹梧书屋诗稿》，系作者友人。

[2]秋杪：暮秋。杪，末尾，末端。

[3]湖山：地名。此处指浙江杭州。

良朋有句代封书，欲索香醪到客居。
便寄尊罍倾亦尽，何如前日暂停车？

柳园图为张西若[1]题

柳宿经天光射地，离奇化为蔭[2]南树。
亚夫曾此驻其军[3]，抵今犹识盘营[4]处。
枣林佳客吾之甥[5]，园辟十亩柳作城。
俱是弓高移来者，一枝不借陶渊明。
弄日藏莺春月里，淡云疏雨妙绝矣！
若把风流忆当年，惟有君家人可比。
地以柳著昔原多，北馆樊圃[6]名未磨。

秦晋更传两太守，柳湖柳巷今如何？
知君意欲追千古，园内悉更五沃土。
风亭水榭幂[7]轻烟，二俊[8]合作已成谱。
染就鹅溪[9]图最工，尚余尺幅乌丝空。
请谁捉管[10]来跋尾？七十二岁香城翁。

注　释

[1]张西若：即张墉，见本卷《张西若柳园亭子告成余为题联云分得香泉泉一脉移来细柳柳千株香泉细柳皆条南古迹旋添数语足成一律》注释[1]。

[2]蓨（tiáo）：古地名，见卷三《送酒与周别驾榕客二首》其一注释[4]。

[3]亚夫曾此驻其军：周亚夫驻军细柳营之典。周亚夫，汉代沛人。周勃之子，封条侯，为将军，屯兵细柳，军令严整，文帝称之为真将军。景帝时任太尉，平定吴楚七国之乱迁丞相。

[4]盘营：即营盘，军队行军到某地安营扎寨之处。

[5]甥：外甥或者女婿。此处盖指作者的女婿张华年。

[6]北馆樊圃：皆为种柳而留名的地方。北馆，《南齐书·王敬则传》载：王敬则出使北魏时，于北馆种植杨柳。樊圃，植有柳树的园子。

[7]幂（mì）：覆盖，遮盖。

[8]二俊：指张墉父子二人皆为当时名流。

[9]鹅溪：鹅溪绢，见卷三《题刘生画像四首》其四注释[1]。

[10]捉管：拿笔书写或者绘画之意。管，笔杆也称为管。

题傅壑君[1]州刺友梅图二首

半刺风流绝世尘，取梅为友画图新。
若教亭外添双鹤，酷似孤山[2]旧主人。

注 释

[1]傅壑君:人名。籍贯生卒年月不详。

[2]孤山:山名,即杭州孤山,位于西湖西北角,山上有放鹤亭,是为纪念宋代隐居诗人林和靖而建,他有梅妻鹤子之传说。亭外广植梅花,为湖上赏梅胜地。

巡檐瘦影助清欢,廨舍[1]幽深客到难。
莫说梅花无意思,冷香只许冷官看。

注 释

[1]廨(xiè)舍:官舍,官署。廨,官吏办公的地方。

和常近辰[1]司马留赠原韵

每次劳相顾,缘冲洛下[2]尘。
平原乃旧路,倒屣[3]正初春。
腊酒尊犹满,黄柑剥未贫。
光生蓬户[4]里,况复被新纶[5]。自注:时迁沂郯海赣司马。

注 释

[1]常近辰:即常建极,见卷二《寄东昌常别驾近臣二首》其一注释[2]。

[2]洛下:即洛阳。

[3]倒屣(xǐ):倒穿了鞋子。比喻慌张或者激动。古人家居,脱鞋席地而坐,客人来,急于出迎,把鞋子倒穿。屣,鞋子。

[4]蓬户:编蓬为户,指穷人的住屋。

[5]被新纶:挂上新的官印绶带。作者自注里交代,此时常近辰迁沂郯海赣司马。纶,青丝绶。

馈　岁[1]

节底重问遗，纷纷走奴婢。
米面托雕盘[2]，榛枣承竹簁[3]。
贫室游为累，高门更奢侈。
羊豕与笼鹅，鸣聒喧城市。
遂令物价腾，因失荐陈祀。
更有最贫人，度岁恼妻子。
破灶冷无烟，五更呼不起。
何如移此风，用以恤邻里。

注　释

[1]馈岁：古代民俗，岁终时亲友间相互送礼应酬称馈岁。

[2]雕盘：精心雕饰刻镂而制成的木盘，用以盛放礼物、食品等。

[3]竹簁（shāi）：即竹筛，用于筛去或者过水漉去粮食等物里的杂质石子等，也可以盛放颗粒较大的果实等。

别　岁[1]

来日转眼是，去日太匆匆。
匆尔今宵别，情与好友同。
草堂烧绛蜡，酌醴煮蹯菘[2]。
且为卒岁乐，勿悲兴会穷。
旧除新虽布，白首无好容。

回忆年少日，咄咄[3]欲书空。
饯岁复迎岁，莫道事无功。
阳春回律谷[4]，天地亦融融。

注　释

[1]别岁：旧时民间风俗，岁晚设酒食互相邀请，辞送旧岁，称为别岁。见晋周处《风土记》。

[2]蹯(fán)菘：兽蹄和蔬菜。蹯，兽足掌。

[3]咄咄：感叹声。

[4]律谷：山名，即黍谷。在今北京密云区西南。相传地寒，不生五谷，战国邹衍吹律而地温，因名其地为律谷。律为阳律，故传说吹律可以使地暖。

元日[1]试笔二首

才过正初一日，问年七十余三。
犹恐自不服老，天教白发鬖鬖[2]。

注　释

[1]元日：此处指农历正月初一。按元日本意为吉日，从《东京赋》以来相沿以正月初一为元日。

[2]鬖鬖(lán sān)：人老毛发稀疏而下垂的样子。

年老无节可拜，客来有人相陪。
赢得安闲静坐，也缘意懒心灰。

人　日[1]

正初七日厥惟人，年老欣逢胜节新。

荆俗晋风[2]诗句好，
朗吟百过度灵辰。自注：李义山诗“镂金作胜传荆俗，剪彩为人起晋风”。

注　释

[1]人日：农历正月初七日。

[2]荆俗晋风：指唐代李商隐（字义山）所写咏人日风俗的诗句“镂金作胜传荆俗，剪彩为人起晋风”。

春日北村道中僧房小憩

双轮细碾路泥温，遥望斜阳挂寺门。
两本虬松[1]盘佛阁，一声清磬出花村。
名留断碣[2]先民在，戒审精蓝[3]老衲尊。
白社[4]堪怜同调少，停车半日未闻樽。

注　释

[1]两本虬（qiú）松：两棵像无角龙那样盘曲耸立的苍松。本，草木的根、干，也用作草木计数的单位，犹株、棵等。虬，传说中无角的龙。

[2]断碣：断碑。碣，石碑，方者为碑，圆者为碣。汉人碑碣并称。

[3]精蓝：佛寺。

[4]白社：即远公社，本指晋代高僧慧远所创白莲社，此处作者用于泛指佛寺。见卷一《招霖瞻方山大木芳樾游慈氏寺》注释[13]。

酬荏平[1]傅心孺典史[2]见赠原韵

连朝两雪气冥冥，欲破春愁酒不灵。

何意茌山[3]来雁使[4]？投诗恰到数帆亭[5]。
遥想风流意眇冥[6]，宜凭目力采诗灵。
清欢共博知何日，望断长亭与短亭[7]。

注　释

[1]茌(chí)平：县名，属山东省。秦东郡旧县，汉属济北国。后魏废入聊城，唐武德间复置，不久又省，金复置，明清皆属于东昌府。茌，山名，以地处山之平地，故称。

[2]傅心孺典史：傅心孺，人名，籍贯生卒年月不详。典史，官名。元代设置，与县尉同是知县的属官，掌管收发公文。明清沿置。明代废除县尉，由主簿掌管缉捕；主簿出缺时，由典史兼管。清制由典史掌管缉捕和狱囚，所以典史又称作县尉。

[3]茌山：山名，在山东省茌平县东北的一个小土丘。相传金元时取土筑城，其山遂平。

[4]雁使：送信的人。雁，鸿雁，人们藉以称呼书札。雁来去有定候，以帛系足得以传书，后因称书札为雁书、鸿雁。

[5]数帆亭：作者鬲津草堂院内的建筑，在运河岸边，可以看到过往船只上的帆，故取雅名“数帆亭”。

[6]眇冥：指记忆或者形象飘渺模糊。

[7]长亭与短亭：古代城外大道旁，十里设长亭，五里设短亭，为行人休憩或送行饯别之处。

长句为赵东篱[1]作

菊能性淡花晚披，香城种之良土宜。
广搜远致数百种，移盆灌溉浑忘疲。
自春徂[2]秋历半载，即今恰值花开时。
千朵万朵有佳色，长吟短吟无浮词。

号曰西篱[3]寄孤赏，黄花与我盟心期。
燕山[4]闻有东篱子，以此为号诚嵚崎[5]。
柴桑[6]高躅虽难继，希彼篱落何谦卑？
我号西篱非傲古，中含妙意人焉知？
可惜未识东篱面，遥从篇什亲光仪[7]。
不审此日雁声里，几丛霜蕊舒轩墀[8]。
东篱可似西篱否？地隔千里烦猜疑。

注　释

[1]赵东篱：人名，清初北京人，生卒年月不详。酷爱菊花。

[2]徂(cú)：往，到。

[3]西篱：作者自称，因老年爱菊，自号"菊隐"，又称自己为"西篱"。

[4]燕山：此处为府名。唐幽州范阳郡卢龙军节度。辽置燕京。宋徽宗宣和四年改为燕山府，含今河北北部及东北部地区。

[5]嵚崎(qīn qí)：险峻貌。

[6]柴桑：此处指晋代陶渊明。因其为浔阳柴桑(今江西九江西南)人，故后人亦称之陶柴桑。

[7]光仪：光采和仪表。

[8]轩墀(chí)：屋子前面的走廊和台阶。轩，堂之前沿，外周以栏。墀，殿上的空地，也指台阶。

送德耻庵[1]还京师兼寄莪山少参[2]

论交才几日，忽尔又言离。
匹马燕山道，遥遥系我思。
故人仍落寞，欲见复何时？
幸有王孙在，相将[3]归莫迟。

注　释

［1］德耻庵：人名，姓德，满族贵族。生卒年月不详。

［2］莪山少参：即作者同乡好友孙勷，见卷一《同方山子未过圣安寺观画壁慧明上人出王文安公所遗饮器贳酒相饷晚归记事》注释［1］。

［3］相将：相互扶持。

答莪山少参以诗寄祝三首

千里京华梦可到，醒时转觉难为情。
音书即便频频寄，那及相逢唤一声。

嘱君漫颂九如歌[1]，数有乘除[2]理不讹。
七十三年无恙在，天教以寿补蹉跎[3]。

注　释

［1］九如歌：祝寿之歌。《诗·小雅·天保》："如山如阜，如冈如陵，如川之方至……如月之恒，如日之升，如南山之寿……如松柏之茂，天不尔或承。"诗中以九个如字，赞颂福寿绵长。

［2］数有乘除：指人的寿命有长有短。乘除，本指算术的乘法和除法，此处借指上天给人的寿命。

［3］蹉跎（cuō tuó）：虚度光阴。

秋菊乘时媚老夫，吟看似觉兴非孤。
有时独依浇花瓮，还忆燕台[4]放也无？

注　释

［1］燕台：指北京，北京又称燕京、燕台。

对菊杂咏十首

曾闻菊圃乱鸣蛙，秋色寻来有几家。
莫把霪霖频怨恨，为余犹剩数枝花。自注：岁以霪雨成灾。

性耽[1]霜菊每年栽，妙意良深那许猜。
若为看花方艺菊，门前不少挑担来。

注　释

[1]耽：沉溺，入迷。

分移亲自到村边，满载秋英鼓柁[1]还。
路过千帆吴越女，推窗齐看菊花船。

注　释

[1]柁(duò)：同“舵”，控制行船方向的器具，装在船尾。

平生爱菊真成癖，每岁花开句自题。
老至忽然才思减，转将诗客日招携。

赠言妙有张平子，何以酬之兴不违？
名酒一经凭月劝，黄花万朵送君归。

远致新栽放一枝，翩翩金羽脱胎时。
问名久已传今古，江上高楼崔颢[1]诗。自注：吟黄鹤翎。

注　释

[1]崔颢:《黄鹤楼》诗的作者。崔颢(？—754),汴州(今河南开封)人。开元进士,曾出使河东节度使军幕,天宝时历任太仆寺丞、司勋员外郎等职。

种菊虽云适情事,必然相称始名家。
试凭公道将侬看,可否宜看冷淡花?

刘范高胡[1]谱久传,自注:刘蒙、范成大、高濂、胡融。看来编辑尚难全。
菊经由我今重注,名列牙签[2]姓记田。

注　释

[1]刘范高胡:指刘蒙(宋徽宗时,撰《刘氏菊谱》)、范成大(1126—1193),撰《范村菊谱》、高濂(明万历前后时人,撰《菊花谱》)、胡融(宋孝宗时人,撰《图形菊谱》)四位写过菊花经谱一类书籍的人。

[2]牙签:用象牙制作的图书卷标。此处指书籍。

赏心佳事自何求?日掩篱门送暮秋。
几朵黄花供老眼,冷烟疏雨不知愁。

黄花大放经多日,须要时常趁便看。
有酒固佳无亦可,莫教容易使花残。

春晚出游

时如佳客去难留,早起差排作胜游。
何处名园何处寺,不须骑马不须舟。
发扬高调倾蓝尾[1],唐突[2]花枝插白头。

手曳短筇林下立，残莺向我话春愁。评曰：韵味深长。

注　释

［1］蓝尾：即蓝尾酒，见卷三《送酒与商河吴明府芸斋兼酬佳什二首》其二注释［1］。

［2］唐突：本意为横冲直撞，引申为冒犯、亵渎。此处再引申为言行不合一般常规。

送张清溪[1]掌教成山[2]四首

送客东归日正寒，轻装合称广文[3]看。
奴肩除却琴书外，一具青毡压马鞍。

注　释

［1］张清溪：人名。籍贯生卒年月不详。曾官居山东成山教谕。

［2］成山：山名，在山东半岛荣城东北，其角伸入黄海，称成山角。

［3］广文：儒学教官，见卷二《过郓城留别李广文航石》注释［2］。

不夜城[1]边胜迹多，曾传汉武昔经过。
记逢大会诸生日，细问高台拜日歌[2]。自注：汉武筑拜日台，歌朱雀之歌。

注　释

［1］不夜城：即山东省荣成市，秦代叫“不夜县”。据古书记载，曾经有一个晚上，太阳突然在这里复见，轰动天下，当时这里还是莱国的地界，于是莱国国君就在此筑了一座城，称为“不夜城”，县名由此而得。

［2］拜日歌：指成山上有的一处古迹，相传汉武帝在此筑拜日台，在台上高唱朱雀之歌。

白首移衔海地宽，诗传颐解[1]足清欢。
青青苜蓿[2]如绵饼，总费经营是美官。

注　释

[1]颐解：即解颐，开颜欢笑。

[2]苜蓿：即苜蓿盘空。五代王定保《唐摭言》卷十五《闽中进士》："薛令之……累迁左庶子。时开元东宫官僚清淡，令之以诗自悼，复纪于公署曰：'朝旭上团团，照见先生盘。盘中何所有？苜蓿长阑干。饭涩匙难绾，羹稀箸易宽……'"后代因以苜蓿盘空形容小官清苦冷落的生活。

数间衙舍据荒城，海上人稀闷易生。
若忆陵州凭梦到，双扉莫打夜潮声。

过魏藿村精舍[1]同胡兆叶上舍[2]梁景沛[3]博士小饮

红炉拨幽室，朋尊贮家酿。
我客不速[4]来，礼法容疏放。
半人刁凿齿[5]，寒暄扶短杖。
忘形语杂乱，曾未涉俗尚。
二俊闻亦至，吞吐更跌宕。
忽及勾股法[6]，妙义如擘纩[7]。
吾徒那须此？止可算诗帐。自注：诗帐，出《闻见录》。
粘壁名纸多，痛饮寄怀壮。
何幸白发翁，得逐年少行？
相看同萱草[8]，烦忧已顿忘。

注　释

[1]魏藿村精舍：作者朋友魏丕承的住宅。魏丕承，见卷二《探梅诗同振玉宪武清远二首》其一注释[2]。

[2]胡兆叶上舍：即作者朋友胡龙卜，清初山东德州人，生年稍晚于田霡，是《鬲津草堂诗集》刻版时的校订者之一。

[3]梁景沛：作者友人，生卒年月不详不详，曾任博士官。

[4]不速：不速客，不招自来的客人。

[5]习凿齿（？—384）：晋襄阳人，字彦威，博学能文。荆州刺史桓温召为从事，后因违温意旨，降为户曹参军。温谋称帝，凿齿著《汉书春秋》，推蜀为正统，而贬曹魏为篡逆，用以讽温。

[6]勾股法：所谓勾股定理，就是指在直角三角形中，两条直角边的平方和等于斜边的平方。

[7]擘纩（bāi kuàng）：分剖、分开丝绵絮，比喻事情或者道理复杂深奥。擘，分剖，分开。纩，丝绵絮。

[8]萱草：多年生宿根草木，又名鹿葱、忘忧、宜男、金针花。

乙巳[1]

今秋害稼是波臣[2]，值此荒年我更贫。
骨肉虽多羞陌路，田园犹在等饥民。
催科[3]已下高低令，无米难留旦夕身。
可笑流离男共女，还来乞食向同人。

注　释

[1]乙巳：雍正三年（1725），山东历城等四十三州县、德州等五卫发生水灾。

[2]波臣：古人设想江海的水族也有君臣，被统治的臣隶称为波臣。《庄子·外物》："周问之曰：'鲋鱼来，子何为者邪？'对曰：'我，东海之波臣也，君

岂有斗升之水而活我哉?'"后称死于水中者曰与波臣为伍。这里指洪水。

[3]催科:催租。租税有法令科条,故称。

除 夕

岁尽除夜半,曾无计可留。
况以荒名岁,不除更足忧。
今夏大无麦,今秋禾不收。
淼淼村落间,平地浮群鸥。
济北数州县,被灾当其尤。
适闻以粥赈,无米巧妇愁。
顾我布衣士,宁为沟壑谋。
惟愿入新岁,风雨四时周。
年丰谷价贱,顿令富者羞。
此论虽迂阔[1],未始非良筹。

注 释

[1]迂阔:不切实情。

元日试笔二首

早起香薰笔一枝,吟成长句写乌丝。
儿孙大小分行立,拍手齐称绝妙辞。

平坐暴殄无他物,败笔如山是过尤。

拟葬文园消夙孽，墓碑题作管城侯。

春日示儿辈

负日庭前晚已回，闲思过去与将来。
眼中曾见无穷事，笔底还留不尽才。
安分辞官怜病足，劳人挂齿是书呆。
新年更觉情怀好，乞得春花亲手栽。

赋粥诗上陈篑山州刺[1]四【1】首

古寺炊烟灶日加，果然惠爱美无涯。
一餐数万人同爨[2]，海内应无第二家。

校　记

【1】诗实有五首。

注　释

[1]陈篑山：时任德州知州。见本卷《集毛诗四章章八句为陈篑山太守》注释[2]。

[2]同爨：多人用同一锅灶做饭生活。

陵州之粟食[1]陵人，尚虑无多似抱薪。
何意邻封[2]肩榆[3]者，争来此地愿为民？

注　释

[1]食（sì）：拿食物给人吃。

[2]邻封：邻县，邻地。

[3]屑榆：指灾荒年月饥民屑榆为粥的做法。碎榆树皮为屑，煮粥充饥。

男女分场路不争，忧劳足见使君情。
惜无陆绩[1]分司在，
日把饥人讯姓名。自注：陆绩为分司，民饥，太守赋粥，绩简阅人众，讯以姓名。

注　释

[1]陆绩(187—219)：三国吴国吴郡人，字公纪。博学多识，官至郁林太守。有《陆氏易解》。

月来人已入生乡，设法还愁日久长。
试问三春风并雨，何时扑地野蔬香？

老遇凶年眼怕开，惭无私粟助鸣雷[1]。
累公活我乡人命，时望河干拜一回。

注　释

[1]鸣雷：指灾民饥饿号哭似打雷。

赠陵县[1]胡涉园邑宰[2]

平原结客地，琴鹤藉君调。
郭外看花寺，门前铁板桥[3]。
制锦裁新样，歌风谱旧谣。
邻封有遗老，幸已识王乔[4]。

注　释

[1]陵县:县名。属山东省。汉代安德县地,属于平原郡。隋代置德州,唐宋因之。明永乐七年改为陵县。明清皆属于山东济南府。今为山东省德州市陵城区。

[2]胡涉园邑宰:时任陵县县令的胡涉园。胡涉园,生卒年月和籍贯不详,有《梦胥轩笔记》。邑宰,县令。

[3]铁板桥:桥名。在陵城区境内,今不存。

[4]王乔:即王子乔。见卷一《送萧侍读韩坡游嵩山》注释[7]。

莪山少参有告归之意以诗寄示依韵和答

抱恙何须问上医,宜从林下践心期。
若将好友充芎芝[1],一见应知笑脱颐[2]。

注　释

[1]芎(xiōng)芝:芎䓖和灵芝。芎䓖,香草名,生于四川的川芎,茎叶细嫩时曰蘼芜,叶大时曰江蓠。根茎可以入药。

[2]脱颐:即解颐。引人欢喜发笑。

春日有感

以往奇怀去不回,东风枉到草堂来。
多时未见新巢燕,凭梦难寻北地梅。
酒把寒宵孤影劝,身眠破榻乱书陪。
萧萧白发闲情减,懒问春花几树开。

过恩县[1]呈卢明府禹锡[2]二首

昔过清河[3]地，多君数日留。自注：时余授堂邑教谕辞不就，乃公为宰日也。
虽然初识面，无异旧同俦。
盌碧浮茶嫩，笺香试墨稠。
题诗犹在壁，忽忽十余秋。

注　释

［1］恩县：地名。汉东阳县地，金代移恩州治此，明初改为县，属山东东昌府，清因之。1946年撤销，划入平原、夏津、武城三县。今平原县仍有恩城镇。

［2］卢明府禹锡：见卷三《康熙庚寅余授堂邑司铎辞不就后晤卢明府禹锡书以述怀二首》其一注释［3］。

［3］清河：地名，汉代郡国名，汉高祖时置，桓帝建和二年改为甘陵。隋代开皇初改为清河县。恩县地古代属于清河郡。

贝丘[1]去德水[2]，相隔路非长。
曾未来官署，翻劳过草堂。自注：公来德水，同陈公篑山过鬲津草堂，观菊留宿。
射帘秋月白，绕榻菊花黄。
欢聚逢佳节，还同觅醉乡。

注　释

［1］贝丘：即今武城，古称古贝州，而旧城镇曾是武城县老县城驻地，旧城镇宋代叫古贝州。

［2］德水：黄河的别名，见卷三《竹枝词四首》其二注释［1］。

自历下至张秋[1]访罗修庵[2]别驾述怀三首

长河东岸昔停骖[3]，巷北君居我巷南。
试问前当休沐日，何人可与共清谈？

注　释

[1]张秋：地名。在山东东阿县西南，运河所经，与寿张、阳谷二县接界。

[2]罗修庵：人名，籍贯生卒年月不详。

[3]停骖（cān）：勒马不前，停车。骖，驾车时位于两旁的马。

焚香扫地酒开尊，支脚绳床屋上存。
闻说故人乘幰[1]至，今朝切莫闭柴门。

注　释

[1]乘幰（xiǎn）：乘车。幰，本来指车上的帷幔，后指代车。

五载交情手遽分，一缣[1]远寄意殷殷[2]。
今过剑草[3]丛生处，数片猪肝又累君[4]。

注　释

[1]一缣（jiān）：一封书信，见卷一《寄临淮戴明府霞城》注释[7]。

[2]殷殷：恳切。

[3]剑草：茎叶如剑的野草。

[4]猪肝又累君：东汉闵贡，客居安邑县，老病家贫，不能买肉，每天买猪肝一片。屠户有时不肯卖给他，县令听说了，让手下人经常送给他猪肝。闵贡觉得好奇怪，知悉后长叹一声，说："哪能因为我的口腹之欲劳驾县令呢？"于是离

开此地。后常以此典故指代生活贫困,或指代地方官吏爱才。

偶 作

槜榼[1]听莺事觉陈,自谋今岁欲更新。
才从鬲海学垂钓,遂有渔郎来问津。
鸥鸟一双随小艇,桃花千点戏游鳞。
淡烟斜日春风里,谁是持竿并坐人?

注 释

[1]槜榼(zuì kē):槜李树和榼藤,都是种于廊前的植物。槜,果名,李子的一种。皮色鲜红,肉多浆质。榼藤,植物名,依树蔓生如通草藤,其子紫黑色,称榼藤子,一名象豆。

题拈花小照三首

桐荫箕坐[1]腹便便,越女相陪伴小鬟。
莫妒此乡君独占,能将脂粉上诗篇。

注 释

[1]箕坐:古时无椅凳,作于席上,坐则跪,行则膝前,足皆向后,以此为敬。如伸两足,则手据膝,像箕形状,为傲慢不敬之容。这里指随意安闲地坐着。

拈花暗自比芳颜,肯使凡香杂鬓鬟[1]。
还欲问人宜也未?才将冰雪点乌蛮[2]。

注　释

[1]鬓鬟:发丝。

[2]乌蛮:本指晋宋至隋唐的中国古代一民族名称。唐时分布于今云南、四川南部、贵州西部。为东爨、六诏和东蛮的主要居民。其大部分是今天彝族的先民,此外如六诏中的越析诏是今纳西族的一部分。元明又称乌蛮为黑爨或罗罗。风俗志书载其民"男则发髻,女则散发"。此处盖指"乌蛮髻"这种发型。

漫劳红豆寄相思,天上人间又一时。
惆怅春风摇落后,还从梦里见花枝。

同张榆村刘宁止[1]西村看梨花过清修观[2]小憩二首

粉淡香清遍水南,野人[3]种植抑何贪。
斜阳影里玄都路,独共闲云伴老聃[4]。

注　释

[1]刘宁止:人名,即刘友田,字宁止,号丹峰,清初德州卫诸生,是宋弼的岳父。

[2]清修观:为当时德州的道观之一,今不存。

[3]野人:乡野之人,农夫。

[4]老聃(dān):即老子。此处代道观内的道士。

千株雪映不知愁,自注:韩退之《梨花诗》:"走马城西惆怅归,不忍千株雪相映。"
选地开樽竟日留。
问尔梨花何所为?今朝梳洗特风流。

次日赴张中岳员外[1]约花树更盛野水遥连借名酒而洗新妆遂不知夕阳之既下矣

为践梨花约，西村拟再过。
路遥宁惜步，客好不妨多。
香软沙流岸，尘清风渡河。
行厨移此地，老兴更婆娑[2]。

注　释

[1]张中岳：人名，德州人，生卒年月不详。

[2]婆娑：醉态蹒跚貌。

小桃红[1]大放同学诸子醵钱[2]治具枉过草堂率成长句用以抛砖[3]

庭树多情弄色新，衰翁岂肯负良辰？
扫除台榭吟诗地，招取风流纵酒人。
花底飘香留翠幕，帘前聚笑发丹唇。
今朝大有清欢在，莫谓东邻老更贫。

注　释

[1]小桃红：此处指榆叶梅，又名榆梅、小桃红、榆叶鸾枝。因其叶似榆，花如梅，故名榆叶梅。又因其变种枝短花密，满枝缀花，故又名鸾枝。

[2]醵(jù)钱：凑钱。

[3]抛砖：即抛砖引玉。相传唐人赵嘏有诗名，至吴，常建欲得其诗，知其

必游灵岩寺,乃先题二句于壁,嘏游寺见诗,为补成一绝,人谓建乃抛砖引玉。比喻用浅拙引出高明之谦辞。

闻日照令成毅庵[1]将至德州以诗迎之二首

新诗忽寄托鸿鱼[2],无觐[3]丰标耳亦虚。
数载梦魂劳想像,今过小巷可停车。

注　释

[1]成毅庵:见卷三《日照成明府乾夫从未识面忽以诗寄赠作此答之》注释[2]。

[2]鸿鱼:鸿雁鲤鱼,此处指代书信。

[3]觐(jìn):本义指古代诸侯秋天朝见天子。此处指一般人之间的相见。

忽闻佳客乘轩至,草草杯盘治已该[1]。
不用屑沉[2]熏破屋,伊人[3]身自带香来。

注　释

[1]该:具备。

[2]屑沉:用燃烧沉香屑末来熏香。古代有香兽,即用香料炭屑制成的兽型燃料。

[3]伊人:这个人。

喜毅庵先生[1]过访草堂即事述怀

吾与成夫子[2],曾未识其面。

风流传第一，遥想人如见。
耳应过脸白，目定夺星灿。
辞吐虽未聆，篇章读已徧。
两次贻佳什[3]，欲和先自讪[4]。
奖誉觉逾涯，红颊流白汗。
数载称神交，情胜同笔砚。
老得一知己，才适平生愿。
久闻海日出，时时照花县。
每怀调鹤[5]人，为此长途扞[6]。
高会杳难期，何意天与便。
停车坐茅庐，相爱还相看。

注　释

[1]毅庵先生：即前诗所提日照令成毅庵。

[2]夫子：古代对男子的尊称。

[3]佳什：指好诗。称誉别人的作品。

[4]自讪(shàn)：自我讥笑。

[5]调鹤：蓄养训练鹤的闲人。旨在说明所治理的地方民风淳朴，诉讼之事不多，官员乐得清闲。调鹤是古人闲适时的一种消遣，犹今之遛狗之类事。地方治理的好，有些空余去做这类事而已，并非真的去做。

[6]长途扞(hàn)：此处指长途跋涉顶风冒雨之意。扞，冒犯。

送张殿传[1]赴省试[2]二首

久作诗人望不低，还投锁院候分题[3]。
斜风吹雨齐河[4]道，满地槐花趁马蹄。

注　释

［1］张殿传：见卷二《高西园以南村图索题卷首张卯君题我爱南村好五字即用其句率成三律》其一注释［2］。

［2］省试：唐宋时由尚书省举行的考试，又称省试。元以后，分省考试也称省试，即乡试。

［3］锁院分题：本来指宋代翰林院处理如起草诏书等重大事机时，锁闭院门，断绝往来，以防泄密。在科举考试时，开考前，每名考生获分配贡院内一间独立考屋，称为“号舍”。开考时，考生提着考篮进入贡院，篮内放各种用品，经检查后对号入座。然后贡院大门关上，三天考期完结前不得离开，吃、喝、睡都得在号舍内。

［4］齐河：县名。属山东省，汉代祝阿县地，唐代为禹城县地，宋置耿济镇，金置县，属济南府，明清因之。

跌宕文场属老苍，声名原自重于乡。
三千席帽[1]秋风里，争识山南张孟将[2]。

注　释

［1］席帽：以藤席为骨架编成的帽，极其轻便，相当于后来的斗笠，用于行人遮阳避雨之用。此处以应试的生员戴席帽而借指参加考试的生员。

［2］张孟将：本为唐代诗人张孟将，有《七哀诗》，叹白发因愁而生。此处作者可能因张元时已近 50 岁，发苍而比之张孟将。

过同年魏藿村精舍[1]与同学诸子论诗

偶入词场暗自怜，谁知老态尚翩翩。
文章未敢轻前辈，酒力犹能敌少年。
不少狂谈人共笑，也作佳话世争传。
今朝既许称同调，且就肴尊祀乐天[2]。

注　释

［1］魏藿村精舍：友人魏丕承的住宅。魏丕承，见卷二《探梅诗同振玉宪武清远二首》其一注释［2］。

［2］乐天：白居易（772—846），字乐天。晚年居洛阳香山，人称香山居士，有《白氏长庆集》。

第五卷

鬲津草堂七十以后诗·南游稿

雍正丙午九月十九日附婿[1]舟南去篱菊半放未能遽别爰携数盆用以相伴

一月长途问水程，束装曾未费经营。
还愁寂寞无消处，特请黄花作伴行。

注　释

[1]婿：作者的女婿张华年，时赴江苏江宁任职。

过故城吊马东田[1]先生

买酒甘陵[2]夜泊船，诗人不见马东田。
举杯欲赋招魂句，洒向秋风卫水边。

注　释

[1]马东田：即马中锡(1446—1512)，字天禄，号东田，祖籍大都(今北京一带)。明初马氏祖先迁至今河北省衡水故城县城，遂为故城人。马中锡一生为官清廉，不为朝廷所容，且极富文学才华。有《东田原集》六卷，《东田漫稿》三卷等。寓言体小说《中山狼传》流传很广。

[2]甘陵:地名。故址在今河北清河县。本秦厝县,属于巨鹿郡。东汉安帝以孝德皇后葬于厝县,陵名甘陵,县名亦改为甘陵。故城历史上曾属于该郡。

生日二首

问余何事忽轻游?况是衰年直[1]暮秋。
遥忆家园今日里,无人心不系行舟。

注　释

[1]直:赶上。

客里称觞[1]事可删,休缘孤寂思般般[2]。
坐观吴越千帆过,亦足怡情慰我颜。

注　释

[1]称觞(shāng):举杯祝酒。

[2]般般:种种。

临清[1]吊四溟山人[2]二首

吾爱清源眇君子[3],七人[4]之内首堪称。
要将格律归风雅,不塑青莲画少陵[5]。

注　释

[1]临清:县名。属于山东省。汉代清渊县,属魏郡,北魏太和间析置临清县。历代时有废置,县治亦屡经迁徙。明景泰初移至今治。属于运河重镇。

[2]四溟山人:即谢榛(1494—1575),明代临清人。字茂秦,自号四溟山人,又号脱屣山人。眇一目,刻意为乐府歌诗,与李攀龙、王世贞、宗臣、梁有誉等倡结诗社,称为“五子”;后徐中行、吴国伦加入,改称“七子”。他们在李梦阳、何景明等前七子之后,继续提倡复古,相互鼓吹,人称“后七子”。有《四溟集》。

[3]眇君子:因谢榛眇一目,人称绰号“眇君子”。

[4]七人:指谢榛、李攀龙、王世贞、宗臣、梁有誉、徐中行、吴国伦等后七子。

[5]青莲、少陵:李白和杜甫。李白人称青莲居士,杜甫人称杜少陵。

心折曾将清庙[1]归,遗书何故复相违?
漫嗟弃置来中道,
牛耳[2]安容执褐衣[3]。自注:沧溟诗:“遂令清庙音,乃在褐衣客。”四溟诗:“奈何君子交,中道两弃置?”

注 释

[1]清庙:宗庙的通称。《诗经·周颂》有《清庙》篇,诗序谓为祭祀文王之歌,郑玄注以清庙为祭祀文王之宫。

[2]牛耳:古代诸侯会盟时,割牛耳取血,分尝为誓,以资信守。

[3]褐衣:本指粗劣的衣服。又引申为卑贱的人。

无为观[1]远眺

兀坐蓬舱纵目难,独来道院思凭栏。
河流淡荡[2]秋同色,一带风帆画里看。

注 释

[1]无为观:运河岸边的道观名,应在临清至张秋县段内。具体地址不详。

[2]淡荡:水迂回缓流貌。

观　弈

风满蓬窗客兴新，楸枰[1]布子似星辰。
饶君用尽当场力，青白终输局外人。

注　释

［1］楸枰：下围棋用的棋盘。

挂剑台[1]

莫说台空剑不鸣，延陵虽死气犹生。
试看覆雨翻云[2]者，可敢身由此路行？

注　释

［1］挂剑台：此处指为纪念季札挂剑而建的祭台。挂剑，《史记·吴太伯世家》："季札之初使，北过徐君。徐君好季札剑，口弗敢言。季札心知之，为使上国，未献。还至徐，徐君已死，于是乃解其宝剑，系之徐君冢树而去。"后用挂剑比喻心许亡友、生死不变的意思。

［2］覆雨翻云：又作"翻云覆雨"，谓反复无常。

剑　草[1]

剑光久散墓门秋，异草形生地尚留。
欲采数枝藏秘笈[2]，
行踪到处赠朋俦。自注：生挂剑台下，其形逼似。

注　释

[1]剑草:一种草,叶子形状像古代宝剑。

[2]秘笈:罕见之书。

戊己山[1]

戊己山成小亦尊,狂澜顿息岸堤存。
何人师彼黄楼[2]意?事与东坡可并论。

注　释

[1]戊己山:山名。

[2]黄楼:即徐州黄楼。宋代神宗时期时任徐州知府的苏轼,率领徐州军民战胜洪水之后,于宋神宗元丰元年八月在徐州城东门之上建造。因为土能克水,所以涂以黄土,取名黄楼。黄楼内有许多碑刻,最著名的要数苏辙撰写、苏轼亲笔所书的《黄楼赋》。

射书台[1]

高士奇功一矢成,身如孤鹤碧天横。
傲齐此日心方折,始信文章胜甲兵。

注　释

[1]射书台:前251年,燕军侵占聊城,齐将田单奉命收复失地,将聊城围住。双方相持一年之久。燕军长期困守,粮尽柴绝;齐军屡攻受挫而杀戮甚众,百姓灾难深重。齐国义士鲁仲连,见田单,书信一封,用箭由东门射入城

中,陈述利害,规劝燕将退军,燕将见书后自杀。田单收复聊城。鲁仲连射书有功,齐王“欲爵之”,他坚辞不受,逃隐于海上。明代万历三十五年在聊城城内修台,清康熙四十九年分别修葺,与城同高。

重游任尚书[1]南花园

为爱园亭系客船,暗将风景忆当年。
生平未识尚书面,何事重来意惨然?

注 释

[1]任尚书:任克溥(?—1703),字海眉,山东聊城人。清顺治四年进士,官至刑部侍郎,后赐刑部尚书衔。还乡后,在今聊城东昌府区北坝村筑绮园。

七级阻风

停桡[1]七级夜烧灯,遥忆云山客念凭。
莫怪迟迟风与水,已经三梦到金陵。

注 释

[1]停桡(ráo):停下船桨,即停船不行。桡,船桨。

过分水[1]戏占

汶水[2]分流出两河,南流竟比北流多。
停舟欲问谁分得,不使均平却为何?

注　释

[1]分水：在运河上，运河济宁以北段，汶河南北分流之处，为调节运河之水不足而修建。

[2]汶水：即汶河。在山东省，运河上游。正流为大汶河。出莱芜市东北原山，西南流经泰安市治东。石汶水自泰山东麓东南流来会。牟汶水自莱芜东山合浯汶、嬴汶诸水西流来会。北汶水自泰山西麓分流来会。小汶河即柴汶水。自新泰县东北龙堂山合诸流来会。汇以西流，至东平县与入黄河之大清河、小清河合流相会，又西至汶上县，西南入运河。

太白楼[1]

无敌仙才传太白，当时贤令说知章[2]。
同是诗人兼酒客，相逢哪得不相将。

注　释

[1]太白楼：在今山东济宁市。原是唐代贺兰氏经营的酒楼，唐开元二十四年，李白与夫人许氏及女儿平阳由湖北安陆迁居任城（济宁），其居在酒楼前，每天至此饮酒，写下许多诗篇。酒楼因此名声大振，生意兴隆。唐咸通二年，吴兴人沈光敬慕李白，登酒楼观光，篆书"太白酒楼"匾额，并作《李翰林酒楼记》，从此楼改为"太白酒楼"，闻名于世。宋、金、元时期对酒楼均依貌整修。明洪武二十四年，济宁指挥使狄崇在重建"太白酒楼"时，以"谪仙"的寓意，依原楼的样式，移迁于南城墙上，并将"酒"字去掉，名为"太白楼"。

[2]知章：即贺知章（659—744），字季真。少以文辞知名。性放旷，善谈笑，醉后属词，动成卷轴。又善草隶书。晚年自号"四明狂客"。天宝初请为道士，敕赐镜湖。因曾任秘书监，亦称为"贺监"。

南　池[1]

策杖南池动客情，盈盈秋水至今生。
惜无主簿[2]其人在，又放扁舟趁月行。

注　释

[1]南池：在济宁州内，运河岸边，在唐代就有古济宁八胜之一的“南池荷净”之说，今建成为南池公园。

[2]主簿：此处指许主簿，源于杜甫的诗《与任城许主簿游南池》。主簿，官名。汉代以后中央各机构及地方郡、县官府都设有主簿，负责文书簿籍，掌管印鉴，为掾吏之首。州县主簿，皆汉时置。州主簿录门下众事，省署文书，至唐代废；县主簿主簿目，历朝皆有，迄清末。亦简称簿。

谒先贤仲子[1]祠

仔肩吾道仰升堂，千载明禋[2]配素王[3]。
瞻拜谊为门第子，若论桑梓[4]是同乡。

注　释

[1]仲子：春秋时鲁人冉雍的字。仲子为孔子的弟子。孔子称赞其德行最好。

[2]禋(yīn)：古代升烟祭天以求福。

[3]素王：本指有帝王之德而未居其位的人。此处特指孔子。

[4]桑梓：指代故乡。桑与梓为古代住宅旁常栽之树木，东汉以来遂用以指代故乡。

霜　夜

纸幛临窗水气凝，秋风莫笑客无能。
御寒已买高枝酒[1]，何用人加半臂绫[2]？

注　释

[1]高枝酒：酒名。产地在鲁南苏北一带。

[2]半臂绫：绫做的短袖衣。半臂，短袖衣。

彭城驿[1] 自注：系江南界

经月犹然在鲁疆，满河秋色挂帆樯。
从今打点方为客，已过彭城为异乡。

注　释

[1]彭城驿：江苏徐州驿站。彭城，郡、国名。汉地节元年改楚国为彭城郡，黄龙元年复称楚国。东汉章和二年改称彭城国。南朝宋永初二年改郡。隋初废，大业及唐天宝又曾改徐州为彭城郡。治所在今江苏徐州市铜山区。

与淳孙[1]对弈口示

方卦[2]中含度数匀，偶然游戏亦劳神。
争先不打团头劫[3]，终是湘东一目人[4]。

注　释

［1］淳孙：作者的孙子田淳。

［2］方卦：棋盘上的方格。

［3］团头却：像龟鳖一样的缩头退却。团头，即团鱼，鳖的别名。龟鳖遇到危险先把头缩到甲壳里面，所以称退缩、退却为团头却。

［4］湘东一目人：独眼的湘东王。

夏镇[1]道中

矮屋无垣草作门，人多十户便成村。
荒原万顷南徐地，堤柳犹存水落痕。

注　释

［1］夏镇：镇名，为今山东省微山县政府所在地。镇内，老运河自西向东南蜿蜒穿过。夏镇一度是江苏省沛县治所所在地，沛县属徐州。所以诗中又称其为南徐地。

示　客

白舫青帘尽可居，家园安饱更难如。
朝朝熟煮红鲜米[1]，网过还烹缩项鱼[2]。

注　释

［1］红鲜米：即红莲米，红色黍米的别称。浙人呼为红莲米。有红者，呼为赤虾米。

［2］缩项鱼：鱼的一种，即缩项鳊。宋王禹偁《回襄阳周奉礼同年因题纸尾》诗：“扶头酒好无辞醉，缩项鱼多且放馋。”

清浦[1]与常定远别驾[2]二首

昔同令弟[3]结诗亲，曾说兄才更绝伦。
未识丰标千里隔，于今幸作浪游人。

注　释

[1]清浦：今江苏省淮安市清江浦区的历史名称。这里在明、清时期是京杭大运河沿线繁荣的交通枢纽和商业城市。清江浦行政上原属淮安府山阳县，1729年由于清河县县城毁于洪水，于是将清江浦一带由山阳县划归清河县，作为清河县的新县治。原有名称清江浦因知名度甚高，仍被习称多年。

[2]常定远别驾：作者好友常近辰的哥哥。襄城人，生卒年月不详，曾官居州别驾。

[3]令弟：指常近辰，曾与作者结诗社。

纸扇题诗寄考城[1]，闻曾有客赐佳评。
款门不用人投刺[2]，年久还应记姓名。

注　释

[1]考城：县名，属河南省。本周之戴国，秦置谷县，汉为菑县，属梁国。东汉章帝恶其名，改为考城，北魏更名考阳，隋复改为考城。清属归德府。1954年与兰封县合并，称兰考县。

[2]投刺：递名帖求见。

留别常近辰[1]司马暨同社诸君子二首

长堤百里水云通，遥望衙斋日尚红。

香气满帘精舍暖，客星[2]今聚大河[3]东。

注　释

[1]常近辰：即常建极，见卷二《寄东昌常别驾近臣二首》其二注释[2]。

[2]客星：忽隐忽现的星。古人迷信以为天庭内有客星来预示着贵客临门等大事将发生。

[3]大河：此处指天河。

何由别泪欲沾巾？盈耳骊歌唱主宾。
莫道相逢皆异土，与君同调与君亲。

清江浦有感

停舟袁浦[1]夜霜明，忽忆当年百感生。
欲诵湖堤三十首，空弹老泪不成声。自注：庚辰先司农兄督河工作湖堤绝句三十首。

注　释

[1]袁浦：清江浦的别称。清江浦，见本卷《清浦与常定远别驾二首》其一注释[1]。

安东[1]道中

舟中踽踏[2]眼难开，偶坐肩舆[3]亦快哉。
几片闲云风吹散，晴光飞过大河来。

注　释

［1］安东：县名。汉襄贲县地，隋唐为涟水县，宋景定初改为安东州，明改为县。1914年，以与旧奉天县名重复，改为涟水县，属江苏省。

［2］跼蹐（jú jí）：形容行动小心畏缩恐惧之貌。跼，屈身，弯腰。蹐，小步行路。

［3］肩舆：用人力抬扛的代步工具。

钓台[1]二首

百尺高台迹尚留，我来凭吊有春秋。
当年把钓为长技，不上金钩是楚侯[2]。

注　释

［1］钓台：淮阴城边。秦末韩信流落此地在此垂钓，饥饿潦倒，洗衣老妇可怜他而给食与他。

［2］楚侯：即汉初名将韩信，因破楚兵建奇功，封为楚王，汉高祖六年，有人告信谋反，高祖伪游云梦，执之，降为淮阴侯，后被吕后所杀。

已料淮阴[1]老钓溪，哪知指日王三齐[2]？
忽来漂母[3]千金报，悔煞南昌亭长妻[4]。

注　释

［1］淮阴：地名。即今江苏淮阴市。

［2］指日王三齐：指韩信在很短时间内就当上了齐王。韩信归刘邦后，伐魏、举赵、降燕，破楚将龙且于潍水，定齐地。要挟刘邦封自己为齐王。刘邦应允。

［3］漂母：在水边漂洗衣物的老妇。韩信少时钓于城下，有水边洗衣的老妇见信饥，与饭食，后信为楚王，召漂母，赐给千金。因与饭食于信，而后得到

韩信回报。后来借指馈食之人。

[4]悔煞南昌亭长妻：指韩信年轻时和南昌亭长交往，曾寄食于他家，而其妻子厌恶韩信，冷淡怠慢，后韩信得势，而亭长妻悔恨当初没施恩德给韩信。

高邮[1]吊秦淮海[2]二首

我来欲问秦淮海，云住盂城[3]对驿楼。
芦荻萧萧飞暮雨，令人空忆古风流。

注 释

[1]高邮：今江苏高邮市。秦置邮亭，因名秦邮。汉置高邮县。三国时废。晋太康元年复置。南朝宋析置临泽县。梁又析置竹塘、三归二县，置广业郡，寻改神农郡。隋开皇初，郡废，属江都郡，省临泽、竹塘、三归三县。唐属扬州。宋开宝四年置高邮军，熙宁五年改为县。元至元十四年置高邮路，二十一年改府，属扬州路。明洪武元年改为州，属扬州府。清因之。

[2]秦淮海：秦观（1049—1100），字少游，又字太虚，号淮海居士。元祐初以苏轼荐，除太学博士，校勘秘书省图籍。诗词皆自名家，词名尤盛。有《淮海集》《长短句》。

[3]盂城：江苏高邮城的别称。本为生长蒲草沼泽之地。其城基独高，状如覆盂，故称。

迹绝人间五百年，尚存佳句世争传。
欲消长夜从头读，老蚌飞光[1]照客船。

注 释

[1]老蚌飞光：据传说高邮湖有八百年老蚌，内含珍珠径一尺，偶尔夜里出来，其光照射湖岸景物如白昼。

露筋祠[1]

灵旗风展映斜晖，祠树参差水四围。
欲荐渚蘋[2]才舣楫[3]，纷纷白鸟[4]向人飞。

注　释

[1]露筋祠：即露筋庙。在江苏高邮市南，俗称仙女庙。宋米芾《露筋庙碑》言有女子露处于野，义不寄宿田家，为蚊所咬，露筋而死，后人于其地立祠以祀；一说庙本祀五代时将路金，以路先有德于兹土，故为立庙，后讹为露筋。

[2]渚蘋：长在水中小岛上的萍菜，此处指简单的祭祀品。

[3]舣(yǐ)楫：停止划桨，船靠岸。舣，停船靠岸。

[4]白鸟：此处比喻蚊子。

送龚念伦[1]还浙三首

新交不比旧交亲，经月依依慰水滨。
廿四桥[2]头从此别，吴歌夜听共何人？

注　释

[1]龚念伦：见卷四《龚子念伦别已数载秋杪北上竟不枉过草堂寄余绝句二首以未饮新酿读鬲津诗为恨率笔戏答二首》其一注释[1]。

[2]廿四桥：古代名胜，在今江苏扬州市江都区西门外。

未有名流不爱狂，与君相对味偏长。
如何容易辞归去？独使良朋在异乡。

恨别休云隔地遥,喜余虽老兴犹饶。
春风不断南江水,拟看梅花问六桥[1]。

注　释

[1]六桥:在浙江杭州市西湖,名映波、锁澜、望山、压堤、东浦、跨虹,宋苏轼始建。又西湖的里湖也有六桥,名环璧、流金、卧龙、隐秀、景行、浚源,明杨孟瑛建。

高邮即目

壁书大字户临河,独立船头看一过。
好把盂城[1]风土记,香飞两岸酒家多。

注　释

[1]盂城:即高邮城。见本卷《高邮吊秦淮海二首》其一注释[3]。

夜泊广陵[1]二首

片帆未落换更筹[2],一醉先从梦里游。
多事髯奴[3]情不禁,摇床说已到扬州。

注　释

[1]广陵:郡名。战国楚广陵邑。秦属九江郡。汉为广陵国,东汉改郡,均治广陵。三国魏移郡治于淮阴。东晋复以广陵县为郡治。隋改称扬州,又以避杨广讳改为江都郡。唐天宝元年复名广陵郡。明清均为扬州府。郡治故城

在今江苏扬州市东北。

[2]换更筹:指时间已经是夜里更深。更筹,古代夜间报更的牌。也泛指时间。

[3]髯奴:成年长了胡须的男性仆人。

广陵古号繁华地,客到焉能不作游?
踏遍蜀冈[1]留意看,人情尚自爱风流。

注　释

[1]蜀冈:山名。在今江苏扬州市江都区北。相传地脉通蜀,故名。南朝时称昆岗,隋代称故宫冈。唐中和三年,庐州刺史杨行密赴扬州援淮南节度使高骈不得入,屯于蜀冈,即此。

维扬[1]出游

篮舆[2]稳坐挂诗瓢,独出城闉[3]兴自饶。
秋水多情山色近,人从画里过红桥[4]。

注　释

[1]维扬:即今江苏扬州,见卷三《至维扬赴杨远卿招观剧二首》其一注释[1]。

[2]篮舆:竹轿。

[3]城闉(yīn):指古代城角的重门。

[4]红桥:桥名。在今江苏扬州市。

僧院试茶

借得军持[1]绠[2]自牵,茶烹活火佛灯前。

自知舌本年来硬，三碗须浇第五泉[3]。

注　释

[1]军持：水瓶，水罐。梵语，《大唐西域记》作“捃稚迦”，意为净瓶或澡罐。僧人游方时随身携带以贮水。

[2]绠（gěng）：汲水器上的绳索。

[3]第五泉：即扬州大明寺泉水，在北郊蜀冈中峰。石隙中又有井。明僧智沧溟于此掘地得泉，即是此井。泉井侧勒“第五泉”石刻三字，为明御史徐九皋所书。根据陆羽所说：镇江金山寺中泠泉为第一，无锡惠山石泉为第二，苏州虎丘石泉为第三，丹阳市观音寺水为第四，扬州大明寺泉水为第五，松江水为第六，淮水为第七。

平山堂[1]二首

古迹陈陈耳未穷，扶筇欲到竹西东。
齐梁事与吾何涉？独向平山吊醉翁[2]。

注　释

[1]平山堂：祠堂名，位于扬州大明寺，在北郊蜀冈中峰。传为宋庆历八年二月，欧阳修构筑，取“江南诸山，拱揖槛前，若可攀跻”之意。平山堂之后为谷林堂，系苏东坡为纪念恩师欧阳修而建。谷林堂后为“欧阳祠”。

[2]醉翁：即宋代欧阳修。欧阳修（1007—1072），北宋文学家、史学家，字永叔，号醉翁、六一居士。

淮东第一奇观处，幸为庐陵[1]迹尚留。
才具瓣香[2]归意懒，二分明月上高楼。自注：“淮东第一观”，少游句。

注　释

[1]庐陵:郡名,东汉兴平元年分豫章郡置。三国时郡治在高昌,晋改治石阳。故城在今江西吉水县境。隋开皇初郡废,改置吉州,大业初复置庐陵郡。唐又改为吉州。宋改为吉州庐陵郡。元改为吉安路,明清改为府。欧阳修为吉州吉水人,故作者此处说庐陵迹尚留。

[2]瓣香:古以拈香一瓣,表示对他人的敬仰,称瓣香。

过柳屯田[1]墓

生有才名死亦香,偶然跌宕又何妨?
晓风残月[2]真州[3]路,仙掌[4]犹埋柳七郎。自注:仙掌,地名。

注　释

[1]柳屯田:即柳永,宋代崇安人。字耆卿,初名三变,排行第七,故也称柳七。景祐元年进士,官至屯田员外郎,世称柳屯田。工于词,多写歌妓生活和城市风光,表达羁旅行役、离情别思等。有《乐章集》。

[2]晓风残月:柳永《雨霖铃》词:"今宵酒醒何处,杨柳岸,晓风残月。"

[3]真州:古地名。唐扬子县白沙地,五代唐为迎銮镇,属永贞县。宋乾德二年升为建安军,大中祥符六年以铸真宗像,更名真州。明洪武二年废。现在为江苏仪征市。

[4]仙掌:江苏仪征市仙掌路是柳永墓所在地。

燕子矶[1]二首

危矶拂水翔如燕,下束金陵截上流。
冒险不辞登绝顶,要看楚尾与吴头[2]。

注　释

［1］燕子矶：见卷一《存田有买宅金陵之意故又作此》注释［2］。

［2］楚尾与吴头：出自宋代朱熹《铅山立春》诗："雪拥山腰洞口，春回楚尾吴头。"楚地属下游，吴地属上游，泛指长江中下游一带地方。

横枕寒流紫翠围，山亭如笠挂斜晖。
而今用作闲游地，铁索[1]空存燕子飞。

注　释

［1］铁索：燕子矶附近有弘济寺、观音阁，现寺废阁存。观音阁旁悬壁上，原有铁索穿石而挂，传为当年明太祖朱元璋的军师刘伯温系舟之处。实际是因观音阁建在悬崖上，陡峭的崖壁难以生根，临江一面便用七根柱子加以铁索穿石而固，将观音阁凌空撑起。

弘济寺[1]

初入长干[2]第一关，果然幽境出尘寰。
西风黄叶南朝寺，前面长江后面山。

注　释

［1］弘济寺：寺院名。位于今江苏南京市中央门外燕子矶头台洞东永安村。寺原名观音阁，建成于洪武初年。宣德十年殿宇倾颓，正统元年就阁建寺，规模胜旧，赐名"弘济"。清为避高宗讳，更名永济寺。现寺已毁，仅存石刻若干。

［2］长干：地名。在今江苏南京市江宁区。

登雨花台[1]

老僧同我坐云亭，话到齐梁事杳冥。
独有台边雨花处，至今芳草尚青青。

注　释

[1]雨花台：雨花台位于南京市中华门城堡南，山岗顶部呈平台状，由三岗组成：东岗又称梅岗；中岗也称凤台岗；西岗延伸至安德门外，无别名。三国时，因岗上遍布五彩斑斓的石子，又称石子岗、玛瑙岗、聚宝山。南朝梁武帝时期，佛教盛行，有位高僧云光法师在此设坛讲经，感动上苍，落花如雨，雨花台由此得名。

方正学祠[1]

遗像犹存日月光，孤魂切莫薄三杨[2]。
当时若草黄麻诏[3]，十族安能骨尽香[4]。

注　释

[1]方正学祠：纪念明代方孝孺的祠堂。方孝孺（1357—1402），字希直，一字希古，号逊志，曾以“逊志”名其书斋，蜀献王替他改为“正学”，因此世称“正学先生”。浙江宁海人，明代大臣、著名学者、文学家，曾任文学博士。

[2]三杨：指明代“台阁体”诗文的代表人物：杨士奇、杨荣、杨溥。三人均历事永乐、洪熙、宣德、正统四朝，先后位至台阁重臣，正统时间时以大学士辅政，人称“三杨”。

[3]黄麻诏：用黄麻纸誊写的诏书。此处指方孝孺拒绝为明成祖写诏书一事。南京被攻破，方孝孺被俘。朱棣欲使其草诏。召至，悲恸声彻殿陛。痛哭

质问建文帝下落，反对成祖继位，激怒朱棣，被处死。

［4］十族骨尽香：朱棣诛灭方孝孺的九族，即诛父族四、母族三、妻族二。十族，方孝孺的所有弟子，也有的说是所有朋友门生。

登木末亭［1］

荒亭斜与墓门连，博士［2］名高忆昔年。
虽说存亡关气数，行人犹自怨金川［3］。

注　释

［1］木末亭：位于雨花台东岗之巅，始建于明代。“木末”二字，出自于屈原的《九歌·湘君》“采薜荔兮水中，搴芙蓉兮木末”句，意为高于树梢之上。以此名亭，谓亭秀出林木也。在木末亭畔，有明代大学士方孝孺墓，有海瑞祠、曹公祠遗址等。

［2］博士：方孝孺曾任文学博士。

［3］金川：南京的金川门。建文四年六月十三日燕军进抵金陵金川门，守卫金川门的李景隆和谷王为朱棣开门迎降。传言建文帝自焚。是日，孝孺被执下狱。燕王进入京城，文武百官纷纷跪迎道旁，在群臣的拥戴下即皇帝位，是为明成祖，年号永乐。

梅　冈［1］

独上梅冈拨乱云，欲搜残碣破疑闻。
谢家子弟缘何事？
不使人题太傅坟［2］。自注：谢公墓碑，但立一白石，上无字。

注　释

[1]梅冈:南京五台山上永庆寺的一处栽满梅树的地方,据说寺前有东晋谢安登临过的高墩。

[2]太傅:此处指东晋谢安。

东　山[1]

一局残棋赌未终,淮淝胜算[2]已成功。
不惟姓字人人记,尚有东山见谢公。

注　释

[1]东山:金陵有东山,为谢安游憩之处。

[2]淮淝胜算:东晋太元八年,苻坚率领着号称百万的大军南下,志在吞灭东晋,建康一片震恐。谢安镇定自若,以征讨大都督的身份负责军事,派谢石等人率兵八万前去抵御。淝水之战中大败前秦的捷报送到时,谢安正在与客人下棋。他看完捷报,不动声色地继续下棋。客人问他,谢安淡淡地说:子侄已经打败敌人。直到下完了棋,客人告辞,谢安难抑喜悦,舞跃入室,把屐齿折断。

昭明读书台[1]

名高处士映星躔[2],树隐崇台峭壁悬。
愁绝惜无猿臂引,试茶且坐一人泉[3]。

注　释

[1]昭明读书台:钟山北高峰上的梁代昭明太子的读书台。昭明,萧统

(501—531),南朝梁文学家。字德施,南兰陵人。武帝长子。武帝天监元年,立为太子,未即帝位而卒,谥昭明,世称昭明太子。曾招聚文学之士,编集《文选》三十卷,对后代文学颇有影响。有《昭明太子集》。

[2]星躔(chán):星宿的位置、序次。

[3]一人泉:泉名,位于江苏省南京市中山门外的紫金山上。

莫愁湖[1]

缘想红思付水流,曾闻双桨狎浮鸥。
无端客人消魂地,谁道湖名是莫愁?

注 释

[1] 莫愁湖:湖名,位于南京秦淮河西,莫愁湖古称横塘,因其依傍石头城,故又称石城湖。相传南齐时,有洛阳少女莫愁,因家贫远嫁江东富户卢家,移居南京石城湖畔。莫愁端庄贤慧,乐于助人,后人为纪念她,便将石城湖改名为莫愁湖。

孙楚酒楼[1]

闲思泥饮[2]效良游,幸有青铜挂杖头。
欲向凤台[3]招太白,同寻孙楚旧时楼。

注 释

[1]孙楚酒楼:古酒楼名。李白在金陵时常饮酒于此,遗址约在今水西门水关一带的秦淮河畔。后亦泛指酒楼。

[2]泥饮:久饮,沉湎于酒。

[3]凤台:即凤凰台,南京市城西南露岗凤凰台遗址,唐代李白曾登临并写

下诗篇。

半山亭[1]

定林[2]风景久凋零，又见临川[3]结此亭。
未许一墩仍姓谢，诗成难免笑山灵。自注：半山亭，即谢公墩旧址，荆公诗有“不应墩姓尚随公”之句。

注　释

[1]半山亭：亭名。在今江苏南京市。宋王安石建，因自号半山。后捐为寺院。

[2]定林：即定林寺。定林寺分为上定林寺、下定林寺两处。宋景平二年慧觉于南京钟山创建下定林寺；刘宋元嘉十六年，外国高僧竺法秀（昙摩蜜多）在南京钟山紫霞湖一带建上定林寺，后废寺。南宋乾道九年，秦高僧善鉴请其额，于方山重建定林寺。

[3]临川：指宋代王安石，王安石（1021—1086），字介甫，晚号半山，封荆国公，世人又称王荆公。

凤凰台

遗台尚在凤游东，仅占寒塘池半弓[1]。
试问谁还期凤至，重将台上种梧桐。

注　释

[1]半弓：见卷二《造屋》注释[2]。

杏花村[1]

村舞青帘映碧漪，轻红千树放春时。
倾城游客纷纷至，谁是风流杜牧之[2]？

注　释

[1]杏花村：今南京城西南花露岗下的古杏花村，相传是唐代诗人杜牧买酒处。

[2]杜牧之：唐代诗人杜牧的字。杜牧(803—852)，晚唐诗人。字牧之，京兆万年(今陕西西安)人。

青　溪[1]

蒋妹祠[2]荒草木凋，空传碧玉[3]冷潇潇。
客心思听繁霜曲[4]，访遍东渠[5]过七桥[6]。

注　释

[1]青溪：青溪是南京地区一条水系。它发源于钟山，汇合于前湖(今称燕雀湖)，南流入城后，北接潮沟，南入秦淮。青溪开凿于三国孙吴赤乌四年，原名“东渠”。

[2]蒋妹祠：即青溪小姑祠，蒋妹即汉末蒋子文第三妹。蒋子文为秣陵尉，因击贼至钟山，负伤而死，其妹亦投水自尽。吴孙权时封子文为中都侯，立庙钟山。至迟到晋代，小姑被祀为青溪神。

[3]碧玉：歌曲名，即《碧玉歌》，《乐府诗集》卷四五引《乐苑》：“《碧玉歌》者，宋汝南王所作也。碧玉，汝南王妾名。”

[4]繁霜曲：见干宝《搜神记》和吴均《续齐谐记》。传说南朝刘宋元嘉五

年，会稽人赵文韵在京都建康任“东宫扶传”。赵文韵住在青溪中桥附近。一天，他秋夜步行月下，因久别故乡，歌唱思乡曲，惊动了水神青溪小姑，遂前来相访，互相对歌传意。小姑婢女弹唱《繁霜》曲。

［5］东渠：青溪别名。

［6］七桥：古青溪阔五丈、深八尺，波流浩渺，连绵十里。溪上有七桥，即东门桥、尹桥、鸡鸣桥、募士桥、把首桥、青溪中桥、青溪大桥。

秦　淮[1]

一江花气媚楼台，两岸衣香水面来。
谢尔秦皇[2]疏凿力，徒为我辈作诗材。

注　释

［1］秦淮：南京第一大河，秦淮河分内河和外河，内河在南京城中，其源头有两处，在江宁区的方山埭交汇，从东水关流入南京城，由东向西横贯市区，南部从西水关流出，注入长江。秦淮河古称淮水，本名“龙藏浦”，相传秦始皇东巡时，望金陵上空紫气升腾，以为王气，于是凿方山，断长垄为渎，入于江，后人误认为此水是秦时所开，所以称为“秦淮”。

［2］秦皇：即秦始皇。

乌衣巷[1]

王谢[2]南来住一区，斜阳高挂路盘迂。
人犹不识乌衣巷，莫怪飞飞燕子愚[3]。

注　释

［1］乌衣巷：在今南京市东南，在文德桥南岸，是三国东吴时的禁军驻地。

由于当时禁军身着黑色军服，故此地俗语称乌衣巷。东晋时以王导、谢安两大家族，都居住在乌衣巷。入唐后，乌衣巷沦为废墟。

[2]王谢：东晋时王导、谢安两大家族，都居住在乌衣巷。后人借指达官贵人之家。

[3]飞飞燕子愚：整诗化用刘禹锡《乌衣巷》："朱雀桥边野草花，乌衣巷口夕阳斜。旧时王谢堂前燕，飞入寻常百姓家。"

邀篴步[1]

慕名能使野王留，玉笛横吹古调幽。
半语不交人竟去，豪情逸致特风流。

注　释

[1]邀篴步：《世说新语・任诞》："王子猷出都，尚在渚下。旧闻桓子野善吹笛，而不相识。遇桓于岸上过，王在船中，客有识之者云：'是桓子野。'王便令人与相闻云：'闻君善吹笛，试为我一奏。'桓时已贵显，素闻王名，即便回下车，踞胡床，为作三调。弄毕，便上车去。客主不交一言。"篴，同"笛"。

桃叶渡[1]

古渡曾传桃叶过，石梁高架旧名讹。
山僧只取行人便，那解风流子敬[2]歌？

注　释

[1]桃叶渡：渡口名。在今南京市秦淮河畔，是秦淮与古青溪水道合流处附近，即淮青桥东。相传因晋代王献之在此写歌送其妾桃叶而得名。

[2]子敬：人名，即王献之（344—386），东晋书法家。琅琊临沂（今属山东

省)人。字子敬,小字官奴,王羲之第七子。

冶　城[1]

路出篱门望旧京,吴宫[2]景物已全更。
不因剑气冲青汉[3],此地谁知是冶城。

注　释

[1]冶城:城名,故址在江苏南京朝天宫附近。吴王夫差在此筑冶城,开办了官营冶铸铜器的手工业作坊。此地遂被称为冶城山或冶山。

[2]吴宫:吴王夫差在此地筑冶城,因此称冶城为吴宫。

[3]剑气冲青汉:传说冶城冶铁铸剑,特别锋利,寒气直冲云霄。

卞壶冢[1]

冶地西偏卧石麟,曾同何点[2]作比邻。
栽花酹酒[3]将军墓,一种消沉哭路人。自注:墓旁有何点宅,点事见《南史》。

注　释

[1]卞壶冢:晋代名臣卞壶的墓。卞壶(281—328),字望之,济阴冤句(今山东菏泽)人。弱冠有名誉。永嘉中,为著作郎。明帝时,至尚书令。勤于吏事,帝深器之。明帝卒,太后临朝,与庾亮同辅政。苏峻反,壶以尚书令、领军将军都督军事,拒之。军败,力尽战死。谥忠贞。著有文集二卷。

[2]何点:南北朝时期梁人,何点与兄何求、弟何胤皆隐遁不仕,世谓"何氏三高"。好友孔稚珪给他盖了房子。园内有卞壶的坟墓,何点在墓旁边种上花卉,每次喝酒都要洒酒,以纪念他。

[3]酹(lèi)酒:以酒洒地而祭。

赏心亭[1]

赏心亭子景偏都[2],合称周郎好画图。
但恐当时人鹤相[3],可堪对此坐须臾。自注:"人鹤相",谓丁谓也。

注　释

[1]赏心亭:亭子名。赏心亭是南宋建康城上的一座亭子。

[2]都(dū):优美貌。

[3]人鹤相:指丁谓(966—1037)。字谓之,后改字公言。宋真宗时,寇准为相,谓参政,排挤准而代之,极力迎合真宗,大兴土木,建造玉清昭应宫,以迎神祭仙之用,怂恿真宗泰山封禅,耗费巨大人力物力。乱言吉兆,凡皇帝行动,皆言仙鹤云集之类吉兆。仁宗时被贬。

燕支井[1]

陈宫遗甃[2]辱名闻,香泽犹存石上纹。
细想当时联臂日,谁扶翠袖见隋军?

注　释

[1]燕支井:水井名。

[2]陈宫遗甃(zhòu):南朝陈遗留下来的水井。甃,井壁。

芳乐苑[1]

闲把六朝遗事论，中尤可笑是东昏[2]。
只因图悦佳人意，忘却身为帝子尊。

注　释

[1]芳乐苑：园林名。故址在今南京市南。南齐东昏侯永乐三年，于阅武堂起芳乐苑，山石皆涂以五彩，跨池水立紫阁诸楼观，又于苑中立市，太官每旦进酒肉杂肴，使宫人屠酤，以为嬉乐。

[2]东昏：齐明帝萧鸾病死后，他的儿子宝卷即位，即东昏侯。

临春阁[1]

能文天子爱奢华，阁号临春复道斜。
可痛词人江总[2]去，一时冷落后庭花[3]。

注　释

[1]临春阁：《南史·张贵妃传》载，至德二年，于光昭阁前，起结绮、临春、望仙三阁，上举数十丈，窗牖栏槛之类，皆以沉檀香木为之，饰以金玉，间以珠翠，后主自居临春，张贵妃居结绮，袭、孔二贵嫔居望仙，并有复道上互相往来。

[2]江总（519—594）：南朝陈济阳考城人，字总持。历仕南朝梁、陈和隋三朝。陈时，为陈后主所宠信，在官不理政事，日与后主及陈暄、孔范等人游宴后庭，写作多为艳诗，号为狎客。其作后人辑为《江令君集》。

[3]后庭花：陈后主与江总、陈暄、孔范等人游宴寻欢的庭院里种植的花草。陈后主亦为张丽华等写过艳诗《后庭花》，后人以指代亡国之音。

幕府山[1]

半壁东南幕府开，江声飞度五王[2]来。
若将相业闲评论，似逊东山赌墅[3]才。

注　释

[1]幕府山：幕府山位于南京市西北方的长江之滨，西起上元门，东至燕子矶，长约十二里。幕府山的名字据传是因为东晋大将军王导设幕府于山上而得名，据考证大约在东汉末，现幕府山附近已有莫府山之名，晋元帝司马睿南渡建都于南京后，曾命王导设幕府于山以防北方南侵，盖几经口传，变莫府山为幕府山了。

[2]五王：幕府山北麓临江的“五马渡”，相传西晋末年时琅琊王司马睿与彭城王等皇族分乘五马来此地，琅琊王所乘之马忽然化龙飞去，传为司马睿称帝前的吉兆。

[3]赌墅：谢安围棋赌墅故事，见《晋书·谢安传》：苻坚大军压境，谢安派子侄辈应敌，“亲朋毕集，(谢安)方与玄围棋赌别墅。安常棋劣于玄，是日玄惧，便为敌手而又不胜。安顾谓其甥羊昙曰：‘以墅乞汝。’安遂游涉。至夜乃还，指授将帅，各当其任。”取得淝水大捷。

新　亭[1]

举目江山语最辛，顿叫丞相[2]听还嗔。
何堪宴集寻欢地，座上偏逢败兴人[3]。

注　释

[1]新亭：新亭紧靠长江边，是南朝时代建康的西南要塞。宋孝武帝讨伐

刘劭时，曾在此修建营垒。后来即帝位于建康。王僧达因此改新亭为“中兴亭”。新亭是六朝建康西南的近郊军垒，新亭、白下，一南一北，为建康宫城的南北门户。

[2]丞相：王导（276—339），东晋开国大臣，著名政治家。字茂弘，琅琊临沂人。司马睿在建康称帝，王导任丞相。

[3]“何堪”两句：南朝宋刘义庆《世说新语·言语》：“过江诸人，每至美日，辄相邀新亭，藉卉饮宴。周侯中坐而叹曰：‘风景不殊，正自有山河之异。’皆相视流泪。唯王丞相愀然亮色日：‘当共勠力王室，克复神州，何至作楚囚相对！’”

长干塔[1]

五色高标[2]九级存，中函舍利[3]镇山门。
多年余炽今犹在，全仗虚无佛氏恩。

注　释

[1]长干塔：塔名。即金陵“建初寺”中的阿育王塔，是专门供奉佛祖释迦牟尼舍利的19座佛舍利塔之一；而“建初寺”是金陵“大报恩寺”的前身。东晋太康年间，“建初寺”改名“长干寺”，造三级佛塔曰“长干塔”。

[2]高标：高枝，高树。泛指高耸特立之物，故凡高耸的物体如山峰、塔等。

[3]舍利：佛骨。梵语设利罗，亦称舍利、舍利子。

越王城[1]

古堞[2]依稀迹未残，大长干接小长干。
此间合作牙门[3]宅，聊助文思涌笔端。

注　释

[1]越王城：见卷二《送赵怡斋赴金华太守任二首》其一注释[5]。

[2]古堞(dié)：古城墙。堞，城上如齿状的矮墙。

[3]牙门：官署。

朱雀航[1]

闲将遗事细评量，牢记来寻朱雀航。
战死江边哭刘劻[2]，搥残油壁笑王郎[3]。

注　释

[1]朱雀航：晋南北朝时建康正南朱雀门外的古浮桥。横跨秦淮河上，故址在今南京市镇江桥东。三国吴时改称南津桥，晋时改名朱雀桁。自晋大宁二年以后，航以船舶连接而成，战时有警，则撤船为备。

[2]刘劻：字伯猷，彭城(今江苏徐州)人。《读史方舆纪要》载：(南朝宋)元徽中，江州刺史桂阳王休范逼建康，军至新林，遣其将丁文豪别趋台城。自皂桥直至朱雀桁南，时别将杜黑骡方力攻新亭，不克，亦舍新亭北趋朱雀桁，刘劻议撤桁以折南军之势，王道隆不许，南军遂渡淮，中外大震。

[3]王郎：指南朝宋大臣王道隆。

周处台[1]

神勇能将三害除[2]，高台筑就乐幽居。
功成莫道文焉用[3]，未有英雄不读书。

注　释

[1]周处台：又称孝侯台，地处南京城东南隅老虎头旁。相传是周处任东

吴东观左丞时的堂宅,有说是周处出仕前读书之处。周处,字子隐,阳羡(今江苏宜兴)人,为东吴贵族周鲂之子,晋时为新平太守、御史中丞。

[2]神勇能将三害除:《资治通鉴》记载:“初,周鲂之子处,膂力绝人,不修细行,乡里患之。处尝问父老曰:‘今时和岁丰而人不乐,何邪?’父老叹曰:‘三害不除,何乐之有!’处曰:‘何谓也?’父老曰:‘南山白额虎、长桥蛟并子为三矣。’处曰:‘若所患止此,吾能除之。’乃入山求虎射杀之,因投水搏杀蛟。遂从机、云受学,笃志读书,砥节砺行。比及期年,州府交辟。”

[3]文焉用:指周处开始认为建功立业只要武功兵略,不须习文,后在陆机、陆云开导下,从二陆学文,卷不释手,终于文武兼备,为国家栋梁。

玄武湖[1]

三神山[2]立练湖[3]滨,时见飞龙浴甲鳞[4]。
月挂一丸波万顷,未知管领属何人。

注 释

[1]玄武湖:古名“桑泊”,原来只是一块因断层作用而形成的沼泽湿地,湖水来自钟山北麓。秦始皇灭楚后改金陵为秣陵县,玄武湖更名为秣陵湖,因汉时秣陵都尉蒋子文葬地湖畔,孙吴时孙权为避祖父孙钟名讳,遂名“蒋陵湖”。

[2]三神山:刘宋元嘉初年,宋文帝对玄武湖进行了一次大规模的疏浚,挖出来的湖泥堆积在一起,成了露出水面的小岛。其中最大的为蓬莱、方丈、瀛洲三岛,合称“三神山”。传说刘宋元嘉二十五年湖中两次出现“黑龙”,因而又改称玄武湖。

[3]练湖:历史上的玄武湖还是训练和检阅水军的中心基地。宋孝武帝时曾两次在湖上大阅水军,故又有昆明湖、练湖之称,民间称之为饮马塘。

[4]飞龙浴甲鳞:传说刘宋元嘉二十五年湖中两次出现“黑龙”。

瓦官寺[1]

升平已火无人记，闻说瓦官遗殿存。
犹是南朝数中寺，几年不挂旧宫幡。

注　释

[1]瓦官寺：位于江苏南京凤凰台。东晋兴宁二年，因慧力之奏请，乃诏令施舍陶官之旧地以建寺，掘地得古瓦棺，因称瓦官寺。未久，慧力又建造一塔。至竺法汰住寺时，更拓建堂宇，兴建重门，并宣讲《放光般若经》，僧众云集，遂成名寺。

含章殿[1]

梅花点额[2]作新妆，事出天然见寿阳[3]。
引得人间花面女，争涂粉白与鸦黄[4]。

注　释

[1]含章殿：南朝宫殿名，遗址在今南京市钟山，山侧有台城旧基、建章宫、含章殿遗址。山后即玄武湖，山之巅，右有梁武帝所创之鸡鸣寺。

[2]梅花点额：《金陵志》载宋武帝女寿阳公主日卧于含章殿檐下，梅花落于额上，成五出花，拂之不去，号梅花妆，宫人皆效之。

[3]寿阳：宋武帝刘裕的女儿寿阳公主。

[4]鸦黄：旧时妇女涂额的黄粉。

华林园[1]

到公[2]怪石赌君臣[3]，濠濮[4]还留余想真。
今日园林虽板荡，
风流终美六朝人。自注：梁到溉有石，武帝戏与赌，溉输，置华林园，名“到公石”。

注　释

[1]华林园：园林名，旧址位于南京市北京东路，市府大院南，东临珍珠河、西抵鸡笼山。园始建于三国东吴，毁于隋朝灭陈，为贯穿六朝的一座皇家园林，是帝王消遣行乐处。

[2]到公：人名，即到溉，南朝梁武帝时的大臣，家中三代都曾经替人挑粪来养家糊口，后来到溉考取了功名，官至吏部尚书。

[3]怪石赌君臣：见作者自注，梁武帝见到溉家有怪石，与到溉游戏作赌，结果到溉输了，就把怪石移到华林园中去了。

[4]濠濮：相传庄子与惠施游于濠梁之上，又庄子钓于濮水，却楚王之聘。后以濠濮指高人寄身闲居之所。此处指园林里的池塘河梁之类。

台　城[1]

柳种台城佛教开，英雄何事亦愚哉。
舍身无济枯肠日，唯有跛奴[2]流汗来。

注　释

[1]台城：位于南京玄武湖南岸，鸡鸣寺之后，东端与明都城相接，西端为一断壁。台城为六朝时封建王朝的统治中心后宫禁城，位于都城中部略偏东

北，是东晋和南朝诸代政治、军事和思想文化的统治中心，代表了“六朝金粉”的兴衰。

［2］跛奴：作者自称，田霡老年腿脚有病，走路跛脚。

鸡鸣寺[1]

鸡鸣堤下古禅林，云有昭明馆[2]可寻。
剩水遥山玄圃地，哪容丝竹乱清音。

注　释

［1］鸡鸣寺：寺院名，又称古鸡鸣寺，位于鸡笼山东麓山阜上，是南京最古老的梵刹之一。

［2］昭明馆：纪念梁朝昭明太子萧统的祠堂。

清凉台[1]

游客还寻避暑宫[2]，凭人指点语难同。
青山久落高僧手，哪得金泥壁尚笼。自注：寺有后主八分书。

注　释

［1］清凉台：即清凉山，古名石头山、石首山，踞于南京城西隅，以建有清凉寺得名，是南唐帝王的避暑行宫。清凉山上，名胜古迹有德庆堂，其匾额为后主李煜亲笔所提。每到夏天李后主常留宿于此。寺内旧藏董羽画龙、李后主八分书和李霄远的草书，合称该寺“三绝”。

［2］避暑宫：清凉寺曾是南唐帝王的避暑行宫。

石头城[1]

虎牙杰立月常明，潮打千年气未平。
若把六朝遗事问，降旗插遍石头城。

注　释

[1]石头城：吴帝孙权在石头山建立石头城，作为江防要塞。

劳劳亭[1]

泪洒离人日日过，山形无恙柳婆娑。
孤亭犹是南朝立，去马回车见已多。

注　释

[1]劳劳亭：亭名，又名临沧观。三国吴时建，在劳劳山上，古代送别之所。旧址在今南京市西南。又名劳劳楼。

黄天荡[1]

茫茫何处分南北，一叶扁舟震荡中。
怪煞狂澜犹未息，徒令徙客仰英风。

注　释

[1]黄天荡：地名。故址在南京市东北。宋高宗建炎四年，韩世忠败金兀

术于此。

灵谷寺[1]

五里虬松接寺栽，花扶屐齿上岩隈[2]。
志公[3]衣履今何在？尚有泉随塔下来。

注 释

[1]灵谷寺：寺院名，位于今江苏南京市中山陵东面。该寺原在山南玩珠峰前，梁天监十三年梁武帝萧衍葬宝志法师于此，建有善精舍和志公塔。唐乾符中称为宝公院。南唐时为开善道场。北宋大中祥符年间，改寺名为“太平兴国禅寺”。元朝及明初称为“蒋山寺”。明洪武十四年，将蒋山寺、宋林寺、竹园寺、志公塔、宋熙寺、悟真殿等全部迁于今址，明太祖并赐额“第一禅林”，称为“灵谷寺”。

[2]岩隈（wēi）：山石弯曲处。隈，山水弯曲处。

[3]志公：南朝梁武帝时的宝志法师。据《高僧传》卷十记载，宝志（418—514），又作保志，俗姓朱，金城（甘肃兰州）人。出家后师事僧俭，修习禅学，有很深的佛学造诣。

栖霞寺[1]

偶到栖霞拟不还，连冈秀举隐禅关。
他年若作金陵志，此地应书第一山。

注 释

[1]栖霞寺：南朝齐武帝永明二年，有高士名僧绍者，初隐居江宁摄山，延沙门法度，讲《无量寿经》，因舍宅初称栖霞精舍，而有栖霞寺。

摄　山[1]

远隔龙江插翠标，犹传仙草产山椒[2]。
命奴即备肩兜子[3]，要去天岩[4]采药苗。

注　释

[1]摄山：即栖霞山，位于南京城东北22千米处，别名摄山，南朝时山中建有“栖霞精舍”，因此得名。栖霞山有三峰，主峰三茅峰，又名凤翔峰；东北一山，形若卧龙，名为龙山；西北一山，状如伏虎，名称虎山。

[2]山椒：山巅。

[3]肩兜子：挎在肩上的布袋子。

[4]天岩：栖霞山上有天开岩，高耸挺拔。

钟　山[1]

北山形势果如龙，白首宫官阙外迎。
年老怕听亡国事，掉头且自访周颙[2]。

注　释

[1]钟山：即今紫金山，又名钟山，位于江苏省南京市中山门外。

[2]周颙(yóng)：南朝齐国太子仆周颙，与张融二人并善《老子》《周易》，相遇辄言玄理，弥日不倦。

天　阙[1]

牛首[2]吞江水作城，半空高插两峰平。
不无神鬼朝天阙，风过时闻石鼓鸣。

注　释

[1]天阙：即牛首山，东晋丞相王导称此山为“天阙”，所以牛首山又叫天阙山。

[2]牛首：即今牛首山森林公园，位于南京市南郊风景区江宁区境内，离城11千米，由牛首山、祖堂山、东西天幕岭、隐龙山等诸多大小山组成，因其突出的双峰相对峙恰似牛头上的一对角而得名。

金　城[1]

北征来往已多秋，睹物难堪语自柔。
达者休将元子[2]笑，宜怜杨柳不知愁。

注　释

[1]金城：金陵。

[2]元子：疑为玄子，即晋代谢玄。

景阳楼[1]

高楼风景四时春，尤美多情作意新。

不用金钟[2]代私语，倩谁呼起晓妆人。

注　释

［1］景阳楼：楼台名，在今南京鸡鸣寺内。

［2］金钟：铜钟，敲打发出声音以告知人们时辰。

百尺楼[1]

莲中花好月常新，舞罢双钩[2]战鼓频。
便是国亡犹可恕，终怜天子是词人[3]。

注　释

［1］百尺楼：南唐时在都城金陵建成百尺楼，元宗李璟曾邀朝中大臣同登百尺楼。

［2］双钩：指女子小脚，形如钩。这里指李煜前半生国未亡时沉迷于声色犬马，命美女歌舞。

［3］天子是词人：南唐后主李煜(937—978)，是南唐的第三个，也是最后一个皇帝。

白鹭洲[1]

跌宕雄才酒作兵，地经凭吊便非轻。
孤洲自入诗人句，留得千秋白鹭名。

注　释

［1］白鹭洲：花园名。原为在中华门内东侧，秦淮河、利涉桥之南的小洲，

因白鹭栖息云集这里而得名。

落星冈[1]

斗遇仙朋兴不孤，鹴裘[2]解付酒家胡[3]。
若思同返蓬池去，身醉还劳隐者扶。

注　释

［1］落星冈：地名，一名落星墩，又名落星石。在南京府西北九里，下临大江，李白尝以紫绮裘换酒于此。

［2］鹴(shuāng)裘：鹔鹴裘的省称，古人用美丽的鸟毛作原料织成御寒的大氅一类的衣物。鹴，即鹔鹴，古书上说的一种水鸟。

［3］酒家胡：卖酒的西域女子。此处泛指卖酒的女子。

三　山[1]

风景犹然是帝京，三山迢递半江横。
便将金粉充颜色，小李将军[2]画不成。

注　释

［1］三山：山名，在今南京市江宁区西南，长江边上，三峰并列，南北相连。于凤凰山凤凰台遗址上远眺江边的三山为金陵十八美景之一。

［2］小李将军：即李昭道。唐高宗时，宗室画家李思训，受封为右武卫将军，时人称大李将军。高宗时他任江都令，他们一家人俱善丹青。弟思诲，曾任扬州大都督府参军。儿子李昭道，称小李将军。三人均善山水。

西　浦[1]

漫将仙配羡张郎[2]，轻别居然返上方。
谁道须眉人薄幸[3]？女中亦有杜兰香。

注　释

[1]西浦：《太平御览》卷七十五《地部四十》："《郡国志》曰：金陵西浦，亦云项口，即张硕捕鱼遇杜兰香处也。"《艺文类聚》卷八十一《药香草部上》："曹毗《杜兰香传》曰：神女兰香降张硕。硕问祷祀何如，香曰：消摩自可愈疾，淫祀无益，香以药为消摩。"

[2]张郎：即在金陵项口捕鱼遇到杜兰香的渔夫张硕。

[3]薄幸：薄情，负心。

虎踞关[1]

驻马坡[2]前又看山，竹楸夹道水潺湲[3]。
一声清磬来何处？应在楼台掩映间。

注　释

[1]虎踞关：位于今南京鼓楼区清凉山东侧。相传诸葛亮称金陵形势为"钟阜龙蟠，石头虎踞"。

[2]驻马坡：清凉山上的主要古迹有清凉寺、崇正书院、扫叶楼、驻马坡、翠薇园等。

[3]潺湲：水流貌。

过采石[1]登太白楼[2]三首

留得诗篇万古新，今从像设识风神。
一杯酒酹高楼下，不作江边卖水人[3]。自注：满壁题诗，末句故及之。

注　释

[1]采石：山名，即采石矶。采石矶位于马鞍山市区西南约5千米的采石公园里的翠螺山麓，古称牛渚矶。它和岳阳城陵矶、南京燕子矶，合称“长江三矶”。

[2]太白楼：楼名，在翠螺山南麓，太白楼是为纪念我国唐代诗人李白而建造的。它初建于唐元和年间，原名谪仙楼，清雍正八年重建，改名为“太白楼”，亦称作“唐李公青莲祠”。

[3]江边卖水人：略同于班门弄斧，意思是不在高人面前显示自己的本领。在太白楼壁上题诗，犹如在江边卖水，不知深浅。

青峰一注插层云，俯瞰江流二水分。
合是奇人耽胜处，此山不与众山群。

夜发轻狂泛采矶，醉中捉月画船飞。
着来宫锦非无意，犹恐江山笑布衣。

太白墓

为深私淑[1]拜荒坟，间有疑情欲问君。
自向青山[2]埋秀骨，可曾时见谢将军[3]？

注　释

［1］私淑：未得身受其教而宗仰其人的，称之为私淑。

［2］青山：亦名青林山，位于今安徽当涂县。为李白终老之地。史载南齐诗人、宣城太守谢朓酷爱其胜，谓之“山水都”，曾筑室山南。唐李白“一生低首谢宣城”，生前既爱青山风景，又慕谢公品格，曾有“宅近青山同谢朓”的夙愿，一心想与谢朓结为异代芳邻。

［3］谢将军：谢尚，东晋人，镇守牛渚时，秋夜泛舟赏月，听到袁宏在船上吟咏自己的作品，大力赞赏。袁从此名声大振，后官至东阳太守。

青　山

千仞[1]岩崖万转溪，谢公留此乐幽栖。
可知赢得惊人句，多是青山屋里题。

注　释

［1］千仞：极言其高。仞，长度单位。其长度说法不一，有七尺、八尺、四尺、五尺六寸几种说法，概各代的尺寸规定不一所致。

梁　山[1]

双峰莫讶布衣尊，夜鼓扁舟水气昏。
不问何人司启闭，直携明月下天门。

注　释

［1］梁山：山名，即天门山。为当涂县城西南长江两岸东、西梁山的合称。

东梁山又名博望山 ,在当涂县城西南 15 千米的江东岸,今属芜湖市。西梁山又名梁山,在和县城东南 30 千米的江西岸,今属和县。两山夹江对峙如门,故合称天门山。

牛　渚[1]

帆挂寒潮晓岫青,竟过牛渚棹休停。
平生怕见精灵[2]状,懒上燃犀旧日亭[3]。

注　释

[1]牛渚:见卷一《存田有买宅金陵之意故又作此》注释[4]。

[2]精灵:指传说中曾在牛渚出现的神牛。

[3]燃犀旧日亭:唐《元和郡县图志》:牛渚山,在当涂县北三十五里。山突出江中,谓之牛渚圻,津渡处也。始皇三十七年东巡会稽,道由丹阳至钱塘,即从此渡也。晋左卫将军谢尚镇于此。温峤至牛渚,燃犀照诸灵怪,亦在于此。

蟂　矶[1]

危矶风过展灵旗,云是东吴帝妹祠[2]。
到此胡由身便殒?当年惟有老蟂知。

注　释

[1]蟂(xiāo)矶:山名,蟂矶山在芜湖西南七里大江中,山上有灵泽夫人祠,相传蜀先主刘备的妃孙权妹死葬于此,故庙祀焉。

[2]吴帝妹:东吴孙权的妹妹。

客芜湖冒雪同于心山[1]司马潘孝瞻[2]朱草衣[3]登识舟亭[4]

遥望归舟莫浪猜，山亭有伴且徘徊。
几枝柔橹云中出，送得冰花蜀水来。

注　释

［1］于心山：作者友人，生卒年月不详，安徽芜湖人。

［2］潘孝瞻：作者友人，生卒年月不详，安徽芜湖人。

［3］朱草衣：见卷三《朱草衣过访》注释［1］。

［4］识舟亭：亭名，旧名“八角亭”，旧址在芜湖市西北江边的鹤儿山上，明代建造。崇祯四年，榷使王思任取南齐诗人谢朓“天际识归舟，云中辨江树”诗意，命名识舟亭。

重访韵贤[1]上人听童僧序能[2]弹琴

多年别思恨遥途，意外重逢喜也无？
为抱枯桐志流水，赏心忽又见僧雏[3]。

注　释

［1］韵贤：俗家姓名籍贯生卒年月不详，出家在安徽芜湖某寺。

［2］序能：僧人韵贤的徒弟，作者见到时年尚幼，能弹琴。

［3］僧雏：年幼的僧人。

答周确斋[1]见访之作二首

衡门[2]曾扣广陵隈，四十年中见一回。
君恋故人情愈重，乘春特过大江来。

注　释

[1]周确斋：即周仪，江苏吴县（今江苏苏州）人，工蝇头小楷，精铁笔，兼善刻器。

[2]衡门：衡木为门，喻简陋的房屋。后借指隐者所居。出自《诗·陈风·衡门》。

居然二老地相当，杯酒淹留去莫忙。
尚有古愁诗百首，欲将误处问周郎[1]。

注　释

[1]周郎：此处指周确斋。

题朱草衣[1]织屩[2]图

织屩曾留隐士名，羡君能继昔人情。
一双倘赠香城叟，穿向荒陵古寺行。

注　释

[1]朱草衣：人名。见卷三《朱草衣过访》注释[1]。

[2]织屩（juē）：织草鞋。屩，草鞋。

句容[1]道中二首

整装又下秣陵关[2]，风景犹然在目间。
五十年来寻旧梦，故人惟有大茅山[3]。

注　释

[1]句容：县名，即今江苏省句容市。汉时属于丹阳郡。

[2]秣陵关：地名。在江苏南京市江宁区南25千米处，道通溧水区，为交通要隘，元置巡司及税务，明置关。

[3]大茅山：山名，即句容茅山。位于江苏省金坛市以东40千米处，南北走向，著名的道教胜地。相传汉元帝初元五年，陕西咸阳茅氏三兄弟来茅山采药炼丹，济世救民，被称为茅山道教之祖师。山因此而得名。

雨气昏昏晚渡河，尚云住处在前坡。
只因欲把仙芝觅，误却山程十里多。

丹　阳[1]

舍陆登舟客意强，怪他黄帽[2]太匆忙。
丰碑十字知何处，晓月残星过练塘[3]。

注　释

[1]丹阳：县名，即今江苏丹阳市。秦代设县，当时称曲阿，后改名云阳，唐天宝元年，因当时境内生长着众多的“赤杨树”，“赤”与“丹”同义，“杨”与“阳”谐音，故名“丹阳”，后取“丹凤朝阳”之意，定名丹阳。

[2]黄帽:船夫所戴帽子为黄色,此处指船夫。

[3]练塘:今江苏常熟市练塘镇。

惠　泉[1]

锡山[2]之水味何如?不数中泠语恐虚。
欲试名泉非草草,携来桑苎[3]箧中书。

注　释

[1]惠泉:惠山泉又称陆子泉,是天下第二泉,相传经唐代陆羽品题而得名,位于江苏省无锡市西郊惠山山麓。为唐代无锡令敬澄开凿。据唐代张又新的《煎茶水记》载,最早评点惠山泉水品的是唐代刑部侍郎刘伯刍和"茶神"陆羽,都将惠山泉列为"天下第二泉"。

[2]锡山:山名。在今江苏省无锡市西,周秦间,产铅锡,故名。汉初锡绝,因以无锡名县。

[3]桑苎(zhù):即桑苎翁陆羽,陆羽(733—804),字鸿渐,一名疾,字季疵,号竟陵子、桑苎翁、东冈子。唐复州竟陵(今湖北天门)人,一生嗜茶,精于茶道,以著世界第一部茶叶专著《茶经》闻名于世,对中国茶业和世界茶业发展作出了卓越贡献,被誉为"茶仙",尊为"茶圣",祀为"茶神"。

虎　丘[1]

振衣直上可中亭[2],面面青山列翠屏。
俯视台旁最顽石,可如当日尚精灵。

注　释

[1]虎丘:一名海涌山。位于苏州城西北郊,距市中心 5 千米。相传春秋

时吴王阖闾就葬于此，葬后三日，便有白虎踞于其上，故名虎丘山，简称虎丘。

［2］可中亭：亭名，在虎丘上。传说宋文帝在这里聚僧施食，但是已过了中午，当时佛法戒律规定过了中午就不能吃饭了，所以僧人左右为难，这时文帝说，现在正好是中午，没有过时辰，大家请吃，于是众僧吃了起来。“可中”也就是正好日中的意思。

玄墓[1]看梅四首

舟从木渎[2]放清晨，不见梅林弄色新。
七十二峰[3]高阁近，香风先到隔山人。

注　释

［1］玄墓：山名，玄墓山，坐落在苏州光福镇南，与邓尉山相连本属一山。相传郁泰玄性仁恕，墓葬之日，有数千只燕子衔土来堆其墓。因此，玄墓既是指郁泰玄的墓，又是指燕子（玄鸟）衔土而葬的墓，山由此而得名。

［2］木渎：镇名，位于苏州城西，太湖之滨，是江南著名古镇，为沟通苏州城和太湖的交通枢纽，是太湖门户。在明清时期，木渎是苏州城西最繁华的商埠。

［3］七十二峰：太湖中有大小岛屿四十八个，加上沿湖的山峰和半岛，号称七十二峰。

笋舆[1]稳坐看花颜，白雪全埋邓尉山[2]。
再过石潭铜井[3]去，此身疑不在尘寰。

注　释

［1］笋舆：即竹子做的轿子一类的供人乘坐的代步工具。

［2］邓尉山：位于苏州市城西南约 30 千米处，相传东汉太尉邓禹隐居于此，故名。这是斜向太湖伸出的一个半岛。山前山后，遍植梅树，为赏梅佳地。

[3]铜井：又称铜坑山，亦在今苏州市西南，以产铜而得名。

梅花无数界相连，种植殷勤地久传。
非欲自看供客看，也输正赋到花田。

试问游情壮也无，褐袍朱履紫藤扶。
系舟花底留三日，满载寒香过太湖。

苏州访周榕客[1]不遇

故人云在姑苏[2]住，访遍枫桥[3]曳杖回。
况是残年兼久别，那能便去又重来。

注　释

[1]周榕客：人名，见卷二《送周榕客出刺宣州二首》其一注释[1]。

[2]姑苏：山名，在江苏苏州西南。或作"姑胥""姑余"。山上有姑苏台，相传为吴王阖闾或夫差所筑。又称胥台。后来也称吴县治所曰姑苏，即今苏州城。此处指苏州。

[3]枫桥：桥名。苏州城内寒山寺北，距山门仅百步之遥，是一座横跨于古运河上的单孔石拱桥。

常彦侯[1]太守以黄山松见赠赋谢二首

曾闻太守说黄山，最是岩松动客颜。
分寄遥从官阁里，不教老力事跻攀。

注　释

［1］常彦侯：人名。作者朋友。

火鬣[1]朱鳞尺半松，不沾寸土白云封。
相将如对支离叟[2]，来自天都[3]第几峰。

注　释

［1］火鬣（liè）：像火一样的鬃毛。鬣，兽类颈上之毛。

［2］支离叟：即支离疏，《庄子》寓言里所说的形体不全的怪人。

［3］天都：山名。安徽黄山高峰名。

湖　上

游情幸未减穷途，况复置身山水都。
乡路三千年七五，不图意外到西湖。

钱塘江

买得艄舲[1]载此身，直冲银浪渡江津[2]。
断云高树萧山[3]道，何处精庐住许询[4]？

注　释

［1］艄舲（qiàn líng）：轻快的小舟。艄，轻快的小舟。舲，有窗的小船。

［2］江津：江边渡口。

［3］萧山：山名。在浙江杭州市萧山区西。晋代许询曾筑室居此。

［4］许询：约 345 年前后在世，字玄度，东晋高阳（今属河北）人。人称神

童。长而风情简素,有才藻,善属文,与孙绰并称为一时文宗。好游山水,体便登涉,故时人云:"询非徒有胜情,实有济胜之具。"有文集三卷。

兰　渚[1]

独上孤亭吊右军[2],曾摹禊帖[3]读奇文。
莫同生客来相看,忆自童年便识君。

注　释

[1]兰渚:渚名。在浙江省绍兴市西南。

[2]右军:王羲之(303—361),字逸少,官至右军将军、会稽内史,习称王右军。书法名家。

[3]禊(xì)帖:晋王羲之所书《兰亭序》,因记兰亭修禊事,故称禊帖。禊,古代民俗,于三月上旬巳日于水滨洗濯,祓除不祥,清去宿垢,称为禊。携饮食在野宴饮,称为禊饮。自三国魏后,但用三月三日,不用上巳。

禹　穴[1]

八载[2]能成万古功,还留神穴碧山中。
整冠再拜梅梁[3]下,不与闲游意兴同。

注　释

[1]禹穴:相传为夏禹的葬地。位于今浙江省绍兴市东南6千米的会稽山麓,为古代治水英雄大禹的墓穴所在。

[2]八载:相传4000多年前,神州大地水洋洋而不息。大禹受命治水,八年于外,三过家门而不入,与百姓历尽艰辛,终于治平了洪水之患。后来,禹东

巡狩至于会稽而崩。

[3]梅梁：建大禹庙时用的一架雕龙的梅树梁。

雷　门[1]

雷门高峙越城阿，亘古行人日日过。
自遇劫灰双鹤[2]去，持来布鼓[3]世间多。

注　释

[1]雷门：为会稽古城门名，即绍兴府城之五云门。

[2]双鹤：《会稽志》：雷门上有大鼓，声闻洛阳。后鼓破，有二鹳从鼓中飞出，声遂不远。

[3]布鼓：以布为鼓。

缑　山[1]

岂是寻常山与水，几间楼阁亦幽奇。
此中若作诗人宅，除却青莲[2]住不宜。

注　释

[1]缑(gōu)山：山名。此处指浙江宁海县的缑山。

[2]青莲：人名，即青莲居士李白。

曹娥江[1]

孝女碑[2]存绝妙辞，劳人马上费沉思。

须知不及卿才语，便是曹瞒[3]抱妒时。

注　释

[1]曹娥江：绍兴市最大河流之一，发源于金华市磐安县尖公岭，流经新昌、嵊州、上虞，在绍兴新三江闸以下注入杭州湾。东汉汉安二年五月初五日，曹娥之父因龙舟竞渡溺于江中，尸不得见，娥投江自溺求父尸，以孝女闻名，始以曹娥庙前一段江称曹娥江。

[2]孝女碑：指纪念曹娥的石碑。

[3]曹瞒：曹操，小字阿瞒。

梁湖[1]道中

西兴东去千余里，看遍沿江无数山。
可笑连宵卧军署，梦魂犹在翠微[2]间。

注　释

[1]梁湖：镇名，浙江宁波市上虞区梁湖镇。

[2]翠微：指苍翠的山峦。

清明客宁波署中见桃花有感

年衰何事远离家？且逐春风玩物华。
犹是常时禁烟日[1]，三千里外看桃花。

注　释

[1]禁烟日：寒食节和清明相连，古代有禁烟火的风俗。据说是纪念春秋

时晋国介子推。

食江瑶柱[1]

久饱盐齑味已长，岂缘餔啜入蛮乡。
桃花开遍将军幕，一箸江瑶换客肠。自注：江瑶柱，桃花开始方有。

注　释

[1]江瑶柱：亦名江珧柱，指栉江珧的后闭壳肌。栉江珧，属瓣腮纲，江珧科，生活于浅海泥沙底，我国沿海均有分布。栉江珧又名江珧贝、玉珧。“珧”亦写作“瑶”“鰩”等。用栉江珧的闭壳肌加工成干制品，即为江珧柱，古称马甲柱，或称干贝。

寄台州[1]汪一庵[2]别驾三首

齐山越水路何长，岁外重劳过草堂。
今去赤城[3]三百里，翻难一面老堪伤。

注　释

[1]台州：地名，即今浙江台州市，北邻宁波、杭州，南连温州，位于浙江沿海中部。唐武德四年置海州，五年改为台州，因天台山得名。明清为台州府。

[2]汪一庵：即汪德馨，江苏砀山（今属安徽）人，字一庵，监生，曾官居台州府别驾。

[3]赤城：山名，在浙江天台县北3千米处，为往天台必经之路。

莫嫌官冷滞瓯东[1]，天意待君原不同。

万迭华峰供墨妙，还将绣阁[2]住诗翁。自注：绣阁，在台署，宋洪适建。

注　释

[1]瓯东：浙江温州之东。温州，别名瓯。汉初温州一带为东瓯王国，故称。

[2]绣阁：楼阁名，宋代洪适在台州任职期间，改建公廨于厅左，建分绣阁。

有约偏难践胜游，群山险阻若为仇。
遣奴驰报官衙客，兼把音书寄阮刘。

题衍灯上人[1]梅花诗后

诗里梅花三十树，多年开遍岭头春。
江东不少寻芳客，谁是含香细嚼人？

注　释

[1]衍灯上人：当时在宁波出家的僧人。

天童山[1]杂咏四首

舟载肴尊游伴多，野桥压帽曲身过。
路由白岭河[2]头断，又换肩舆历几坡。

注　释

[1]天童山：在浙江宁波市鄞州区东32千米处，甚高秀，有玲珑岩、龙隐潭诸胜。一作天潼。本名太白山，以太白星化为天童降下，故名天童山。

[2]白岭河：河名，宁波附近的河流。

入山到处问山名，幸遇樵人作伴行。
乡语虽然多不解，也凭指点助游情。

鸟道高悬雾渐开，风吹石磴响如雷。
山僧知我行无力，送得扶衰竹杖来。

钵盂山[1]下佛灯前，作意勾留未肯还。
便作随堂僧亦好，晓炊香饭饱松烟。

注　释

[1]钵盂山：山名，亦称金钵盂山，即普陀洛迦山，位于普陀山东南，传为观世音菩萨发迹、修行之圣地，山在浙江定海莲花洋中。明洪武二十年，信国公汤和，徙岛民于内地，普陀僧与焉。舟至沈家门，海上忽现一金钵盂。故山亦称金钵盂山。

鲥鱼[1]二首

鲥鲜久羡南州美，味配朱樱[2]色夺银。
可惜江湖行不遍，只教归客一沾唇。

注　释

[1]鲥鱼：见卷二《送友人南游三首》其二注释[1]。
[2]朱樱：比喻鲥鱼的颜色粉红，如红色的樱花。

独趁芳辰紫楝[1]来，姜芽作脍佐盐梅[2]。

盘堆玉屑人分座，争逞风云斗箸[3]才。

注　释

[1]紫楝:指鲥鱼的肉色如紫色的楝花。

[2]盐梅:咸盐和酸梅,为调味之品。

[3]箸:筷子。

留别清凉山中洲上人[1]二首

暂托三摩寄世尘，黄山有赋体偏新。
虽从弥勒同龛住，应是文人慧业[2]身。

注　释

[1]中洲上人:当时在清凉山上寺内出家的僧人。

[2]文人慧业:即慧业文人,指有文学天才并与文字结为业缘的人。慧业,佛教指生来富有智慧的业缘。

归期已卜意难留，来别清凉老贯休[1]。
便自今朝验定力，看谁能不动离愁。

注　释

[1]贯休:僧人名,此处借指中洲上人。

题　画

笔墨风流自一时，大痴[1]真本事君师。

为谁画此谁人画？题遍江东绝妙辞。

注　释

[1]大痴：即黄公望（1269—1354），元代画家，书法家，元四家之一。原名陆坚，因过继浙江永嘉黄氏，遂改姓名，字子久，号一峰、大痴道人、井西老人等。擅长画山水，画史将他与吴镇、倪瓒、王蒙合称元四家。著《山水诀》，阐述画理、画法及布局、意境等，有《富春山居图》《九峰雪霁图》《富春大岭图》等传世。

过吴简庵[1]将军园林

千花万卉满园栽，高挂青帘傍水隈。
计自春归经夏半，客身不止百回来。

注　释

[1]吴简庵：作者友人。

将还德水[1]留别白门[2]诸同学

欲别金陵去，言行未遽行。
山川虽在眼，节序老堪惊。
一见春方尽，还愁暑渐生。
迟回不无意，多半为交情。

注　释

[1]德水：原来指黄河，此处指代作者故乡德州。

[2]白门：地名，旧时南京的别称，因六朝建康南门宣阳门又名白门，故称。

第六卷

鬲津草堂乃了集

菊花诗和许渭符[1]司马楼宁世[2]博士四首

满堂霜菊集群贤，况是佳宾正少年。
半刺风流尤跌宕，冷香丛里耸诗肩。

注　释

[1]许渭符：即许佩璜，字渭符，号双渠，江都人。乾隆丙辰举博学鸿词，官卫辉同知，有《抱山吟》。

[2]楼宁世：太学博士。籍贯和生卒年月不详。

谁云艺菊斗秋光，老至消闲作秘方。
纵有黄花看已熟，
曾经七十六重阳。评曰：说得愈平淡，愈有奇趣，可抵一则陶诗。

酒不须沽兴倍扬，恰逢楼子擅真狂。
诗成菊影横窗夜，还向黄花问醉乡。

菊多百种色分妍，时送清香到座边。
更有奇缘堪羡处，十年秋夜伴花眠。

友人纳妾戏柬

春在罗裙问有无，换来几颗夜光珠。
他年携去夸乡里，赢得新街唤老奴。

黄山松四首

黟山[1]松小石盆栽，寄到陵州亦异哉。
乍见疑为古秦女，炼形天际忽飞来。

注　释

[1]黟(yī)山：即安徽黄山。

细本量来仅以钱，高无尺许色葱芊[1]。
北人休作雏松看，已饱风霜数百年。

注　释

[1]葱芊：青翠茂盛貌。

尘流北地恐难禁，幸遇香城结素心。
一斗名泉藏未煮，自注：时有贻余惠泉水者。闲盛玉碗洗松针。

特营精舍住黄松，相对呼为小扰龙。自注：黄山有扰龙松，其名特著。
可识东翁差不俗，莫思云海与天峰。

黄山松再迭前韵四首

松傍黄山洞口栽，凭人移取亦难哉。
偶从始信峰[1]边过，亲向浮丘[2]乞得来。

注　释

[1]始信峰：黄山的一个山峰。

[2]浮丘：黄山古代秦时称黟山，相传轩辕黄帝率手下大臣容成子、浮丘公来此炼丹，并最终得道升天，唐天宝六载，依此传说，唐玄宗敕改黟山为黄山。

壮游仅办买松钱，自别黟山倍郁芊。
远道携归良不易，计程万里岁经年。

年老闲劳力不禁，黄松一本尚关心。
每当风雪吹寒夜，早起还看落几针。

新都[1]自古产仙松，满树之而[2]似卧龙。
取种香城易也未？
此间何异老人峰。自注：山有老人峰，松最多。陈评：前后四首，格高意远，风味最近香山。

注　释

[1]新都：即新安，郡名。汉丹阳郡地，三国吴分置新都郡，晋太康元年改名新安郡。南朝宋齐沿用，隋移治安徽休宁县、歙县。宋宣和三年改称徽州。

[2]之而：见卷二《少林寺》注释[3]。

鸡冠花七首

形如便面拂秋风，半叠层云帻[1]最雄。
爱尔久长颜色好，故随霜菊种篱东。

注　释

[1]帻(zé)：包头巾。初为民间服饰，至西汉末上下通行。

首戴霞冠长已成，绕栏不止百余茎。
秋来爱惜情偏甚，名记牙签[1]句写生。

注　释

[1]牙签：见卷四《对菊杂咏十首》其八注释[2]

群立窗前午不啼，雌雄未判羽毛齐。
将冠比似形虽肖，何若更名号木鸡？

昂首风中欲刷翰，秋来仗汝伴衰残。
峨冠博带良堪敬，
休作寻常草木看。自注：东坡诗："醉翁行乐处，草木皆可敬。"

后庭花[1]咏黄门句，子夜歌[2]成叔宝[3]荒。
今作园花落吾手，
问渠果否系兴亡？自注：苏黄门诗："后庭花草盛，怜汝系兴亡。"

注　释

［1］后庭花：见卷五《临春阁》注释［3］。

［2］子夜歌：晋曲名。相传是晋女子子夜所作，故名。孝武帝太元中即已流行。

［3］叔宝：指南朝陈后主陈叔宝。

朗叶疏根吐异葩，中元时节灿如霞。
汴风近欲移斯地，
满郡争栽洗手花。自注：汴俗谓之"洗手花"。中元节儿童唱卖，以供祖先，山东今属河督辖，故云。

种分吴越远携回，秋种香城幻结胎。
人好奇闻传异事，天鸡无数说飞来。

春暮赴西村四首

柴车自驾过河桥，皱白妖红路已消。
放眼莫愁无意思，几株风柳尚夸腰。

课耕[1]偶尔住荒庄，一箸肥腥久未尝。
佐饭新蔬摘春嘴，天然风味齿牙香。

注　释

［1］课耕：督促农耕。

如笠茅亭花四围，时来坐赏便忘归。
休将色样般般记，不复描花画舞衣。

敝庐恰在寺西偏，扰扰晨钟树上悬。
一百八声僧扣尽，声声听罢不能眠。

菊花五首

爱菊何为老倍奢，半年工力按时加。
极知幻弄自注：幻弄，见《老学庵笔记》种菊法也。非容易，
不种轻盈儿女花[1]。

注　释

[1]儿女花：即女华，菊花的别名。

花间欲泛紫霞杯，烂熳何须句子催？
菊不同人情自古，定随节序为余开。

迎霜杰立冷香多，品似端人重若何。
评骘[1]久传双菊帖[2]，右军[3]之后有东坡。自注：王苏二公，皆有菊帖。

注　释

[1]评骘（zhì）：即评定。

[2]双菊帖：两种字帖合称。王羲之有草书《采菊帖》，苏轼有《记菊帖》。

[3]右军：指晋书法家王羲之。

避喧自到山中住，看我何如宰相尊？
休笑生平无事业，十年种菊数千盆。

奇品菊从千里致，霜根犹是隔年存。
历穷浩劫谁知己，
岂但萧萧五柳门？评曰：数十年来，吾师菊花诗指不胜屈。晚年之作，笔愈遒，格愈上。所谓姜桂之性，老而弥辣也！

和王文洲[1]广文元韵

谁云吾道合偏难，遥望莱山[2]忆子安[3]。
出处虽然身互异，由来同是广文官。
诗别源流接待传，老成凋谢已多年。自注：谓新城公也。
而今风雅归何地？仍在琅琊大道边。
老病侵凌卧鬲津，漫将篇什寄天真。
蟹螯滋味能多少？何意偏逢细嚼人。

注　释

[1]王文洲：人名，山东新城人，与王士禛同族。官居教谕。

[2]莱山：地名。在今山东烟台市。

[3]子安：人名，曾官居广文馆博士。

赠邢念庵[1]新宠

主孟优容[2]大度无，同行还用手亲扶。
若非才色人兼备，那得相怜甚老奴。

注　释

[1]邢念庵：人名，籍贯生卒年月不详。

[2]优容:优厚宽容。

小星二字分原高,肯待诗人定女豪。
莫谓倾城年正少,却能也代孟光[1]劳。

注　释

[1]孟光:人名,典取“举案齐眉”事。《后汉书·梁鸿传》:“遂至吴,依大家皋伯通,居庑下,为人赁舂。每归,妻(孟光)为具食,不敢于鸿前仰视,举案齐眉。”

过张西铭[1]竹林草堂留饮

要于紫蟹红菱日,特把神交友去看。
屋宇清幽家酝美,齐檐新竹一竿竿。

注　释

[1]张西铭:人名。籍贯生卒年月不详。

重过济南题壁

屈指初来日,今年是昔年。自注:余己酉年始至历下,今来又值己酉。
固知人已老,重过事堪怜。
小肆三杯酒,秋风八月天。
满城寻旧友,止见鹊华[1]巅。评曰:浑成流转,的是襄阳。

注　释

[1]鹊华:即鹊山,在今济南市北部。

张念蓼[1]招看菊花即事

篱下千团菊,搴芳醉欲醺。
翻风香淡淡,映日影纷纷。
改席花偏近,征歌夜已分。
私心还自幸,犹逐少年群。

注　释

[1]张念蓼:人名。籍贯生卒年月不详。

赠弓校书[1]四首

老不教人厌亦难,况逢狡狯[2]女端端。自注:妓名。
回思绿酒红灯夜,反把霜髭作美观。

注　释

[1]校书:见卷四《戏赠扬州七校书二首》其一注释[1]。
[2]狡狯(jiǎo kuài):游戏,开玩笑。此处指人善于诡变、喜欢开玩笑。

阅人多矣几经秋,底事相逢忆独留。
知尔眼中曾未见,新诗一首作缠头[1]。

注 释

[1]缠头:古代歌舞艺人表演时把锦帛缠在头上做装饰,演毕,客以罗锦为赠,称缠头。后来又作为赠送女妓财物的通称。

雁白花黄可奈何?常怜黑发竟无多。
把杯复有狂奴句,试遣红儿为我歌。

偶逢恰值菊开时,亲手曾为折一枝。
花满香城谁共看?徒拈红豆写相思。

金铃菊

菊小如铃故得名,黄宫百炼色方成。
荻帘[1]高卷花边坐,风过摇摇似有声。

注 释

[1]荻帘:荻草做的帘子。荻,与芦同为禾本科而异种,叶较芦稍宽。

生日三首

七七之年天所赐,复怜愚拙守清闲。
年年惟有逢今日,菊满东篱不闭关。

幸而天地容吾老,又直[1]华筵次第开。
三岛仙人将欲至,应无魑魅[2]敢同来。

注 释

[1]直:赶上。

[2]魑魅(chī mèi):迷信传说称山神、鬼怪。

莫谓年高造物嗔,即令死胜等闲身。
举杯试看添筹客,谁是分庭一辈人?

题徐主簿[1]科头箕踞[2]长松下小照

独坐曾无俗客至,孤松滴翠夕阳中。
知君藉此盘桓意,欲仿南村高士风。

注 释

[1]徐主簿:作者友人,籍贯和生卒年月不详。

[2]科头箕踞:脱掉帽子只着头巾,张开两腿而坐。

题徐主簿荷塘泛舟图

到耳清名已有年,相逢刚在去冬前。
披图更识衔杯趣,满满荷风载一船。

己酉菊花诗三首

冷香丛里作幽居,以此知名信不虚。
每遇亲朋定相问,今年种得菊何如。

爱菊人多种者无，半年培溉费工夫。
若云乐此翻为累，自注：菊为高士累，见方正学《菊趣轩记》。似我奇耽可是愚？

菊中乐事报秋残，仅伴书帏一月宽。
佳趣无边领略尽，不惟能养兼能看。

张念蓼招同徐敏如守戎[1]颜振玉县令吴仪良[2]博士观猎

文流出猎事非无，那有骑驴一老癯[3]。
赤手也随公子后，问他狐兔敢轻吾？

注　释

[1]徐敏如守戎：人名，籍贯生卒年月不详。
[2]吴仪良：作者友人，为太学博士。生卒年月不详。
[3]老癯：老而清瘦的人。

风寒客倦日斜曛，驴背还裁卜猎文。
不剪平原自注：王昌龄诗："猎得平原兔。"三窟兔，复将何事策奇勋？

会猎西村已选徒，将军之外用三儒。
论功惟有长髭客，自注：谓仪良。驴背吟诗吓野狐。

车马无多早合围，全凭鹰犬逞雄威。
燎毛燔肉残阳外，

稳跨黔驴侧帽归。自注:独孤信,因猎日暮入城,其帽微侧。东坡《会猎诗》:"猎猎霜风吹帽斜。"

题指画十首

竹

吾爱名流甘别驾[1],能屈一指扫青筠。
平生善冒湖州守[2],毋乃而今已乱真。

注　释

[1]甘别驾:此处指作者友人甘怀园。见卷一《寄甘别驾怀园四首》其一注释[1]。

[2]湖州守:指文同,曾任湖州太守。见卷三《扇上墨竹为吴上舍南英题三首》其一注释[2]。

鸭

湖塘花鸭徐熙[1]画,曾在宣和谱[2]上观。
题此无须新句子,小诗一首借都官。

注　释

[1]徐熙:人名,见卷三《水仙花三首》其三注释[2]。

[2]宣和谱:即《宣和画谱》。作者不详。二十卷。分道释、人物、宫室、番族、龙鱼、山水、兽畜、花鸟、墨竹、蔬果等十门,记录宋徽宗宫廷所藏历代画家230余人的作品共6300余件。每门先作叙论,次为画家评传,传后则列作品名目及件数。

芙 蓉

江上芙蓉花，绮幛名可拟。
无怪白头翁，栖息亦爱此。

荷 蟹

残荷碧藕蟹肩匡，淅淅秋风产水乡。
清品宜人思命酒，挹[1]来乱落墨花香。

注 释

[1]挹(yì)：舀，把液体盛出来。

牡 丹

鹿韭[1]一株图淡墨，生绡三尺出鹅溪。
新翻画法由心创，皴染[2]却摩崔子西[3]。

注 释

[1]鹿韭：即牡丹，又名“鹿韭”“百两金”“木芍”“花王”“鼠姑”等。

[2]皴(cūn)染：中国画的一种画法。皴，国画中用以表现山石、峰峦和树身表皮的脉络纹理。染，用墨水或淡彩润刷画面，不露笔痕(或少露笔痕)，以分阴阳向背，加强物象的立体感。

[3]崔子西：北宋著名画家崔白。据《宣和画谱》载，崔白，字子西，濠梁(今安徽凤阳)人。善画花竹羽毛、芰荷凫雁、道释鬼神、山林飞走之类。尤长写生，极工于画鹅。

秋　林

悬崖千尺水粼粼，曲径风清望眼新。
爱煞秋林红与紫，惜无扫叶试茶人。

松　石

松大四十围，盘拏[1]穿石腹。
独坐茅亭者，贯耳风谡谡[2]。

注　释

[1]盘拏(ná)：盘旋牵引。拏，牵引。

[2]谡(sù)谡：风声。

猫

直射晴光坐翠微，狸奴[1]岂解爱芳菲。
试将画意端详看，尚欠枝头一蝶飞。

注　释

[1]狸奴：猫的别称。

白　鹇[1]

长尾雪翎神貌闲，从来栖宿必云间。
何由到此眠鸡树？应自笼中放得还。

注　释

[1]白鹇(xián):鸟名。又名银雉,似山鸡而白色,产于我国南部。

松　鹰

松老风莫摇,日凭凡鸟集。
自有苍隼[1]来,不见凡鸟迹。评曰:题画诗十首,神似王摩诘、沈石田风格。

注　释

[1]隼(sǔn):鸟名,猛禽类,飞得很快,善于袭击其他鸟类。

题鲁参议[1]阅骏图

披图休认是支公,爱马何曾与此同。
蹔易轩裳凭怪石,
寄情不止为双骢[2]。评曰:此即"断肠原不为佳人"意,却写得异常大雅。

注　释

[1]鲁参议:人名,籍贯和生卒年月不详。
[2]骢(cōng):青白色的马。

古昔曾留相马经,才分驽骏不同形。
多[1]君爱马方知马,合比天闲第五星[2]。

注　释

[1]多:赞许,自负。
[2]天闲第五星:天闲星座的第五颗星。比喻天马。天闲,天帝的马厩。

题卢抱孙[1]县令凌云载酒图

苏王诗句最清新，载酒凌云迹已陈。
衲子犹能谈近事，续游曾见第三人。

注　释

［1］卢抱孙：即作者友人兼学生卢见曾，字抱孙。见卷二《同储屺云卢抱孙萧朗甫赵根矩孙香祖以姓分咏古人田游岩》注释［2］。

同友人至赵桥[1]小饮潘道士[2]山房

节届炎秋打麦忙，招寻闲趁午风凉。
蓝舆到处便停息，风过时闻饼饵香。

注　释

［1］赵桥：村名，在今德州市，有赵桥乡即是。
［2］潘道士：籍贯和生卒年月不详。

同入仙源事事幽，满林红杏绿阴稠。
谁知咫尺长河畔，也有桥名小赵州。自注：村名赵桥。

新茗旋买不嫌浑，道友诗翁笑语温。
醉倚朱栏豁双眼，黄云绿树一村村。

送书与诸友人[1]

道义之交古所尊，行将[2]大别复何存？
留来书史[3]凭君看，尚有香城指爪痕。

校 记

【1】该诗名称《国朝山左诗钞》作“赠卢抱孙内表弟”。

【2】行将：《国朝山左诗钞》作“今当”。

【3】留来书史：《国朝山左诗钞》作“遗来书秩”。

绝 笔

虚度浮生愧此身，也多佳事胜凡民。
花栽五柳篱边菊，齿序香山社[1]里人。

注 释

[1]香山社：唐白居易会昌五年二月于洛阳与胡杲、吉皎、刘真、郑据、卢真、张浑举行尚齿会，各赋诗记事。同年夏，又有李元爽及僧如满告老回洛，举行九老尚齿之会，因绘图书姓名、年龄，题为《九老图》。香山，在河南洛阳龙门山之东。白居易于东都所居履道里疏沼种树，构石楼香山，自号香山居士。

二顷薄田承旧业，千章绝句动阳春。
挥毫漫述平生事，留与儿孙并友亲。

茫茫天道问谁知？遥望云山路未歧。

七十八年为寄客,黄花开后是归期。

忆从襁褓[1]便离分,笑貌声音总未闻。
七十八年余数月,始由冥路识严君[2]。

注　释

[1]襁褓(qiáng bǎo):包裹婴儿的衣被。

[2]严君:指其父亲田绪宗,因为父亲在田霡出生十个月左右就去世,当时作者还在襁褓之中,不记得父亲音容笑貌。

指弹竹露水,影摇花底风。
自天来一人,似与我不同。
寺花开墙树,时来坐亦清。
即便夜留宿,亦自绝尘惊。

附　录

一、原书序、题后等

鬲津草堂诗序

三十年前予初出，交当世名辈，见夫称诗者，无一人不为“乐府”，“乐府”必汉《铙歌》，非是者弗屑也。无一人不为“古选”，“古选”必《十九首》《公燕》，非是者弗屑也。予窃惑之，是何能为汉魏者之多也？历六朝而唐宋，千有余岁，以诗名其家者甚众，岂其才尽不今若耶？是必不然。故当著论，以为唐有诗，不必建安、黄初也；元和以后有诗，不必神龙、开元也；北宋有诗，不必李、杜、高、岑也。二十年来，海内贤知之流矫枉过正，或乃欲祖宋而祧唐，至于汉魏“乐府”“古选”之遗音荡然无复存者，江河日下滔滔不返，有识者惧焉。

田子子益，邹鲁之文学，而漪亭司寇之介弟也。一旦怀其近诗一编质予，予亟赏之。昔司空表圣作《诗品》二十四，有谓冲淡者，曰“遇之匪深，即之愈稀”；有谓自然者，曰“俯拾即是，不取诸邻”；有谓清奇者，曰“神出古异，澹不可收”。是三者，品之最上，而子益之诗有之，视世之滔滔不返者不可同日而语矣。使子益称诗于三十年之前，其不为雷同挦扯，又可知也。故喜而书之。

同郡渔洋山人序

序

古今来言诗者，首推靖节，谓其清澹夷旷，得性天之真，而非人工所致然。必人如靖节，而后能为靖节之诗，非可就诗学诗也。唐宋以来，惟王得其清，韦得其澹，白得其夷，苏得其旷。神味与之相近，而格调无论已。今读香城先生诗集，知其恬养有素，而超然声利之外，实有靖节之品而又癖于爱菊，其性情嗜好，遥遥千载上偶柴桑，故其诗有曰："历穷浩劫谁知己？岂但萧萧五柳门。"则先生之自比于陶也如此。至读《乃了集》诗数首，了然于死生去来之间，又与靖节自祭文若合一契，益信其学有真得，非形摹诗格者所能仿佛也。呜呼，读其诗可以知其人矣！

乾隆戊午清和既望锡山后学吴培源拜叙

读鬲津草堂诗题后

金气骄不伏，盛夏如深秋。凉雨日潺潺，居人生旅愁。怪君坐拥膝，苦吟少不休。既鲜适俗韵，于时欲何求？而不自啬力，谁能诘其由。长安足名士，持刺纷道周。大人崇厚德，茹采兼兰莸。齿牙藉余论，门墙盛从游。遂空处士群，不足供拔尤。君家阀阅高，文采复罕俦。难兄得坡老，自列轻子由。天性已卓荦，肆志仍宜搜。振笔一何健，回斡掣万牛。胡为独久闷？名未喧方州。微尚追大雅，虚声良所羞。偶感风雨诗，聊为京洛游。闲门终日闭，心远境自幽。新诗忽传诵，欲遏谁能收。颇闻渔洋翁，一见水乳投。伊余托末契，学落道弗修。孤志远世好，沉痼无时瘳。寻常畏陈言，迫若棘刺眸。独手君一帙，心折为低头。襄阳倘可作，相视堪献酬。君兹沿卫水，我亦梦古沟。里中大冯君，高标擅风流。努力共千古，摇撼从蚍蜉。看君策马去，归思空幽幽。

孙　勷

诗集校对者名单

同校

常建极近辰　宋其桐凤栖　高凤翰南村　颜希圣振玉

李奕烈绳斋　宋来会清源　魏丕承藿村　陈英选雨新

叶正夏仲一　胡龙卜兆叶　赵念曾根矩　刘友田丹峰

卢见曾抱孙　萧承沆道一　李芾南宫　　孙金兰香祖

复校

孙开河东（案：田霡的孙子田开）

鬲津草堂绝句诗序

吾州近时前辈以诗名者，无间于时。余性不近诗，往往慕而为之，辄以不能工而止。然当披编讽句之余，亦时或颇有所睹，于作者之旨大都若格格于余怀，未能强以谓无间然尔也；而独酷嗜香城先生之诗，于其诗中尤酷嗜其绝句。前年，余官京师，有寄余句云："草堂改筑傍松根，闲煞秋枰并酒尊。一自夫君官里去，非无宾客到蓬门。"得而读之，吟玩竟日，殊觉意味深长。三年来，往来酬酢绝句之体为多，其情致缠绵皆此类也。近余以谪宦将行，得先生书云："平生为诗，于绝句自觉有得焉，故所作较多于诸体，今捡而删存之，尚得五百余首，君其为我一言于集端也?"余性故不近诗，安能序先生之诗？然每诵先生诗，辄吟讽不辍，而于绝句尤爱不去口矣。

往时，新城渔洋先生尝取唐人万首绝句删之，其存者不满千首。而七言绝句才得六百余首，然作者已有一百六十余人之多，可知此体最为难工，工而传者亦最为难得也。以太白之才，传者才二十首，则余人可知已！今先生之于此体也，为之独多，而且能独工于此，流传后世，其为被之乐府、歌自旗亭，何但如"黄河远上""秦时明月"

风流照映、千古不绝耶？余之性不近诗者，以于“温柔敦厚”之旨有未协焉尔。先生之于四者，实有三百篇诗人之意，而为风骚以来，诗人所不易见者，宜其能多而且工至于此也。岂惟吾州奉为哲匠而已？盖余于三十年来，海内诗人作者多矣，未有如先生之果无间然于余心者也，是以乐为书之。

康熙六十年夏四月同里后学前大理寺少卿孙勷谨序

读香城夫子七十以后诗题尾

携得诗篇出鬲津，沿途高唱更清新。
寸心内直空千古，介弟中无第二人。
风雅自南还自北，性情存朴即存真。
江东大有名流在，试问谁能步后尘？

桐城受业吴绫

读香城夫子七十以后诗题尾

昔年曾记在陵州，数卷新诗命校雠。
一自路分南北后，令人终日想风流。
到处题诗客旧京，六朝花月得真评。
如何绣出天孙锦，不把金针乞后生？

休宁受业朱灏

香城居士七十以后诗序

吾老友梧冈刘先生，与济南田香城先生论诗于金陵旅次，红烛达曙，罄谈甘苦，所语渊微，非今诗人之所曾闻。梧冈倾倒，赠句云：“清吟落落寄情微，风雅而今识所归。红烛欣同烧两夜，令人忘却谢玄晖。”手其近作各体诗数卷,归以视予,曰:“此先生七十以后诗也,高简淡远,可思不可言。”予唯。程子谓,淡的文字如何可学?诗亦然。先生继渔洋司寇,与山姜司农伯仲间,先后以诗教鼓吹东南。鬲津草堂刊本,作者法之,犹以为不得见其近作也。李杜齐名,杜陵独称老杜。今观其年谱,垂老所作,弥淡弥旨,与年俱进,良不可诬。读香城近作,亦云为刊而布之,虽高简淡远,大声不入里耳,世俗淫哇不可无此以别之。

雍正丁未春退谷后学黄越题时年七十有五

序

香城先生有二癖:曰游曰诗。雍正丙午秋,年七十五矣,犹附其子婿丹岩张公舟来江南。娱悦游目,掇拾诗材,虽精强少年莫之或过也。先生每遇名胜必游,每有游必诗,每成诗,必使其地之景如僧繇、道子之画,跃然若在目前;必使其地之人如嗅返魂香、灌上池水,俨然复生而啼笑宛转于纸上。南来未数月,而其诗已成帙矣。先生生于华胄,宿无宦情,解组而归,归而日以游与诗为事。吾观古之奇人达士,不获见用于世,往往以此二者自消耗其精神而折除其岁月。世之人,徒见其山巅水涯长吟短咏,则以为先生之有癖于此,而不知先生之心,盖托此而逃焉,非真癖也。予于甲辰春乞休南下,并河而行,凡先生集中之地,皆予舟中所历览者。年来移家金陵,六朝旧迹日在几案间,而意兴蹇涩,竟未尝作一诗也。虽然,既读先生南游诗,予诗可以不作矣。

雍正五年春首通家世侄夏慎枢晓堂氏拜手题

序

外舅香城公,以博雅之才,高隐嗜菊,性耽吟咏。其诗清真澹远,有《鬲津草堂诗》二册,为诸前辈所共赏。华年出守金陵,曾至官舍,登临游览,咏怀古迹,又刻《南游诗》一册。既而归老鬲津,优游颐养,复得诗七十六首,名《乃了集》。丁巳冬,舅兄瓯余携至宁署,嘱余续刻。其高情逸致宛然在目,至绝笔诗五首,生平之知命乐天、超然垂化,更可想见矣。

乾隆戊午夏四月婿张华年谨识

序

《乃了集》,田香城先生晚年之作也。先生为德州漪亭司寇公介弟,虹少年即闻德州与新城为海内风雅之宗。前辈有云:"新城法唐,德州法宋;而阮亭又极推重漪亭。"其诗大都古澹深厚,以神韵胜。今读《鬲津草堂集》,窃以见田氏之诗法焉。阮亭先生序其诗,以司空表圣所论"冲淡、自然、清奇"三者定鬲津之品。夫诗之在天地间为人籁,故发乎声,见之辞,各有其性情焉。先生之诗不学陶而似陶,盖以性情之相同也。观其集中大半皆咏菊诗,清真闲雅,气静神逸,与渊明有默契者。且其临危之作,又能了然于心,去来如一,向非有慧根夙契、恬然自安,岂能超然物化若此?自题曰《乃了集》,有以也夫!

长洲后学沈虹识

《乃了集》陈英选后记

柴桑诗,愈平淡愈有奇趣;香山诗,愈质直愈见至情。盖见地既高,命意既远。随笔挥洒,无非妙谛。自不假一切描头画角伎俩也。吾师诗清绝淡远,当代共赏。晚年诸作,尤如庖丁之刃,全以神遇,随意所之,无不合桑林之舞。所谓技近乎道者非耶?

受业陈英选敬识

二、《四库全书总目》之《鬲津草堂诗集》提要

《鬲津草堂诗集》无卷数，山东巡抚采进本，国朝田霡撰。霡字子益，号乐园，又号香城居士，德州人。康熙丙寅拔贡生，授堂邑县教谕，以病未赴。霡与兄雯、需并能诗。雯才调纵横，沿几社之余风，以奇伟巨丽自喜，与王士禛同郡同时，而隐然负气不相下。士禛《池北偶谈》中载其服药必取异名一事，亦阴不满之。霡乃独从士禛游。是编凡《鬲津草堂五字古体诗》一卷，《五字今体诗》一卷，皆士禛评而序之。序称："唐有诗，不必建安、黄初也；元和以后有诗，不必神龙、开元也；北宋有诗，不必李、杜、高、岑也。"语盖为雯而发。又《鬲津草堂绝句诗》一卷，里人孙勷序之。序称："吾州近时前辈以诗名者，无间于时。余性不近诗，然当披编佩句之余，亦或颇有所睹，于作者之旨，大都若格格于余怀，未能强以为无间然也。"语亦侵雯。然观霡所作，虽密咏恬吟，成一丘一壑之趣，至才力富健，究不足以敌雯也。集后又有《菊隐集》一卷、《南游稿》一卷（士明按：此两卷实际为《香城居士七十以后诗·菊隐集》与《鬲津草堂七十以后诗·南游稿》），总题曰《鬲津草堂七十以后诗》。黄越序之，称其垂老所作，弥淡弥甘，大抵霡生平为诗，以七言绝句自负，自少至老，亦惟是体特多云。

三、《安德田氏族谱》所载田霡生卒年月资料

志系戊申年先君子自作，岁庚戌先君子卒。今卜葬有日，将勒诸穴墓之石，谨将生卒年月并子女名数附列于后。先君子生于顺治十年九月二十四日寅时，卒于雍正八年十一月二十日亥时，得年七十有八，门人谥号靖节先生。配郑氏，子二人荫丽、髦士，女二人；孙五人开、祈、至、淳、滋，孙女一人；曾孙四人鹤孙、桐孙、寿孙、得孙，曾孙女三人。今以雍正九年二月二十七日葬于城北第六屯之北原。

男荫丽、髦士谨识。

——《安德田氏族谱》载有田霡生前自撰墓志铭，该段文字为其后子附注。

四、田同之《数帆亭记》

从王父乐园先生，居屯氏河上，柴门深巷，老屋数椽。迤东有小圃，可二三亩，于中结茅亭，怪石佳木，匝列四隅。每着白苧衣，曳红藤杖，步屧于秋风春雨间，时望艑艄交往、帆影垂空，数而乐之，觉会心处不在远。榜曰“数帆亭”。因赋诗以见志，更绘图于卷，属记于同见者。

——山东省博物馆藏卢见曾《国朝山左诗钞》所选田霡诗歌内从孙田同之《数帆亭记》。

五、田需及其《水东草堂诗》

田需（1640—1704）字雨来，号鹿关，清代山东德州人，康熙时期著名诗人金台十子之一田雯的二弟。康熙五年（1666）举于山东省乡试，康熙十八年中进士，授翰林院庶吉士；康熙二十年散馆御试第一，改官编修，故后人称“田编修”。康熙二十三年典试河南。康熙二十四年奉命纂修《明史官》；康熙二十五年正月，分修《幸鲁盛典》；三月充任《大清一统志》纂修官，分修《山西志一卷》。二十六年春，染脾疾，入夏益剧，乞假归里。归田后，在德州城西运河东岸筑一茅屋，构建鹿关精舍，读书自娱。康熙四十二年康熙帝南巡驻跸德州，田需获恩赐御书唐人王维《白石滩》诗一幅，赋诗四章，以纪君恩。康熙四十三年秋九月病逝，享年 65 岁。著有《水东草堂诗》一册，百余首①。

在《德州田氏丛书》中，其诗集前，有其同母三弟田霡的简单的跋："先仲兄鹿关先生殚心经史，不以声诗自能，即间有作亦不轻示人。霡从旁私记，仅得百有余首，其意幽深，其辞典赡，有大历已还之风。今付剞劂，非先生志也。"此跋道出了这100余首诗的由来。《水东草堂诗》如下。

秋日登李氏河上水楼

茅茨足幽致，檐牙俯寒流。
秋气盈四野，云过失高楼。
天空潦水阔，即次见荻洲。
横空雁南翔，邈焉怀其俦。
散发杖轻策，振衣立崇丘。
槲叶风萧萧，丹实落未收。
眷言爱景光，时日不可留。

野　望

嶂远天无党，遥遥极目空。
阳乌生白日，阴翳没秋风。
藉草聊成独，褰裳未有同。
十年怀古意，冷落晚春中。

① 田绪科.德州田氏名人略述[J]，河南商丘田氏文化信息网：http://blog.sina.com.cn/sqgdts；于琮.清初山左诗人王苹诗歌研究[D].济南：山东大学文化与传播学院，2010.

茌平道中作

几日碻磝路，经行过济西。
青帘丁块酒，白板午时鸡。
云敛秋初变，风高雁不齐。
鲁连村畔柳，怅望野烟迷。

睡起戏成效义山体

睡时较比坐时多，楚雨巫云意若何？
胜有重衾裁异锦，曾无半臂惜香罗。
花铃密护风前索，酒晕平添脸上波。
一种消魂招不得，桃笙角枕日蹉跎。

同李渭清游善果寺

正果三生问苾刍，人天两部散清都。
求名也有同龛愿，只少手中如意珠。

喜赵浮山至

京洛三年别，今朝获一见。
君作江上游，泊舟秋草岸。
题名遍岩谷，幽怀亦疏散。
所恨知己稀，坐令游情倦。
余家卫水侧，竹树夹庭院。
有时徒步出，荒祠吊曼倩。

猥云宦情薄，违心伊谁谩。
长安豪华地，五陵日欢宴。
车马争春风，奔驰若雷电。
得丧罗胸中，徒使方寸战。
君来当初夏，莺声杂乳燕。
古寺快剪拂，踟躇坐广殿。
长语话新闻，顾盼生叨念。
携手期同归，相将拂秋扇。

春日六首

柴门双版对河流，春水拖蓝好放舟。
一自当年离象阙，便教终岁系羊裘。
浮沉不定观萍梗，枉直无端看钓钩。
暮雨轻寒归去晚，漫将斗酒取床头。

名场历落饱曾谙，为选蒲团对石龛。
每自孤斟成小醉，偶然僧至借空谈。
浮云过眼终无态，蔗味经唇未觉甘。
向晚出门看鸭浴，一溪春水似江潭。

长竿制就卫花符，怪雨盲风尚有无。
岁闰遥知春事晚，寒余倍觉月轮孤。
河冰将泮鱼初美，堤柳方柔燕未雏。
二十四番风渐急，还从何处觅吾徒。

第三厅里转头衔，数载抽签卧石函。
虽合称为前进士，依然还着旧青衫。

诗无佳句知非病，酒有别肠疑是馋。
一枕黑甜春睡美，窥帏不住燕呢喃。

那堪田畔日行歌，冷语心伤春梦婆。
入寐华胥归路渺，积薪炀灶后来多。
壮怀未已书成癖，宿业难逃酒是魔。
一卷文章夸海外，嗟予吟兴竟如何。

天公作意与人闲，自我得之应闭关。
数卷残书抛午梦，三杯卯酒上酡颜。
门前老树凭荣悴，云外冥鸿听往还。
此事昔人殊未了，怪他四皓出商山。

夏日六首

一天微雨洒轻尘，节入清和已过春。
欲卸吴绵犹较早，旋裁楚葛乍生新。
腐儒末路更何策，屠辈中间尚有人。
衫履参差犹可画，掀髯一笑岸乌巾。

亚亚藤花千乳开，浃晨爽气侵人来。
半生得消几两屐，一雨能消三朝埃。
转漕渠通绎幕水，读书柳抱江都台。
闭门不出曲肱卧，闲看日色移苍苔。

土墙一带树三丫，环堵萧然可住家。
瓦屋支成留燕子，芦藩编就系匏瓜。
终南有径寻须早，季女无媒愿已赊。

试看斜封墨敕客，纷纷骑马踏京华。

为怯炎歊避郁蒸，小楼拟欲筑三层。
眺他淼淼长河水，坐我萧萧无事僧。
纵目直凌飞鸟去，当窗还与树颠凭。
陶然一觉松风足，六月单衫冷似冰。

二顷闲田百本桑，城南屈曲小云庄。
饭牛刍草农多事，打麦摊场妇亦忙。
野老乘凉携褦襶，村童识字混偏旁。
黄瓜紫李争尝我，欲乞先生写药方。

懒学昌黎枉送穷，鱼淰心事酒帘风。
篮舆赴饮开莲社，白袷听蝉托草虫。
石火电光何所择，山林城市将无同。
依稀记得西来意，会向空堂拜木公。

秋日六首

一夜西风柳乍黄，惊心琐事费商量。
几番戒酒夸刚制，镇日翻书苦健忘。
阅世情怀犹落落，欺人岁月已堂堂。
醉乡每愧无侯骨，止合移封到睡乡。

秋风吹入鸡豚社，里巷相过扶短筇。
共道年丰能办税，岂知谷贱正伤农。
论交谁是浮丘长，序齿吾为洛下傭。
酒散人归凝醉眼，蒙蒙西日下高舂。

软红千丈不埋忧，归向东皋作漫游。
半世多愁甘美睡，一年最好是清秋。
酒浇垒块疑无准，书校篇章似有雠。
珍重百花潭上客，莫将蚁梦扰沧州。

碧鳞叠叠水沄沄，病入秋来减一分。
蜡屐不辞寻衲侣，垫巾还欲狎鸥群。
芒输海若鳌初美，芦堕关门雁初闻。
如此情怀时正好，应釐竹叶策微熏。

侵晨风雨动连朝，有客难邀慰寂寥。
顾我悲歌同击缶，伊谁长啸胜吹箫。
菊残篱下还容傲，露冷莲房竟易凋。
一道官河衣带水，怀人燕树暮云遥。

水北原南自往还，秋来博得一身闲。
寒林叶落如听雨，远浦云停似见山。
蕉鹿何因来梦里，华胥不似到人间。
乘时大有群公在，让我开笼放白鹇。

冬日六首

十日轻阴雪未晴，巡檐冻雀狎寒盟。
澄缸腊酒冰纹裂，暖屋梅花笑靥生。
白苇黄茅云外影，红衫乌笠画中情。
何人僵卧袁安宅？经户微闻太息声。

青鞋布袜作遨头，趁暖偏宜上水楼。
半郭半村黄叶寺，一湾一曲白蘋洲。
秦人再访伊何地？燕市重题我早愁。
漠漠寒林栖落日，昏鸦数点自啁啾。

卯酒瞢腾起自斟，小斋幽事足追寻，
装绵布被三层厚，拨火炉灰一寸深。
弈到得先称国手，材收余爨是知音。
遂初不共移文赋，猿鹤相将久入林。

岁华历过总成非，玩世工夫欠入微。
时事无干偏眼倦，闲愁有约讵心违。
城高百雉风烟迥，谷积三丰雀鼠肥。
我自从来好枯槁，岂宜雌伏薄雄飞。

懒从静里证无终，剩有豪华气未融。
日下题诗金镂管，雪中较猎铁胎弓。
饮醇近妇身弥健，射覆弹棋技最工。
老去应知情兴减，时从秘契话参同。

由来嗜好酸咸异，水乳交融却未然。
须贾何由怜范叔？戴宗终不及彭宣。
风前白鬓伤岑寂，台上黄金动悯怜。
才与不才何所处？思之好自度余年。

观冯大木与萧韩坡弈戏成一绝不能作隐语也

雀屋蜂衙太闹生，那堪局里筑降城。

逞才示用君何甚，不让萧郎作骑兵。

孙予立奉使安南路过其兄衡阳官舍赋赠二首

万里郁林路，今成绝域游。
雕题争革面，鞮鞻引鸣驺。
碧玉桄榔树，丹霞荔子洲。
站鸢飞堕处，浪泊莫迟留。

难兄今作牧，亲舍寄衡阳。
便道停车处，承欢在一堂。
彩衣新赐锦，客路是还乡。
袖有庵罗果，鲜新好共尝。

送秦逸少归山阴

十月南天路，吴山越水行。
梅花开邓尉，好过阖闾城。
红叶霜前景，寒林雨后声。
云生燕树隔，回首若为情。

桃花口

午过潮痕寸寸生，邮亭长短数归程。
湿帆暮雨桃花口，一棹樵风送客行。

直　沽

跋涉缘何事，浮沉止此身。
一湾丁字水，两岸午行人。

大风过杨村

黄沙滚滚水流浑，风幂灵旗昼欲昏。
无数垂杨折腰立，荒村未暮已闭门。

晚泊独流

如丝小雨湿帆樯，春去犹寒白袷凉。
才买木门河上酒，晚风一阵菜花香。

渡漳河

十载风尘走史官，几多情事总蹒跚。
武阳渡口秋林寺，下马重来访懒残。

黎阳道中二首

大伾山头望眼空，当年疏凿费神工。
九河故道归何处？满地耕夫刈稑穜。

浮玉茫茫土一丘，凭将诗酒傲公侯。
行人指点卢鸿宅，赢得豪名四十秋。

重过延津

当年伐鼓渡延津，秋雨初清陌路尘。
今日重来一回首，恍疑是我是前身？

历下亭诗柬李慎菴卤使二首

水木明瑟处，桥通一径斜。
崇台隔几曲，名士可为家。
碧柳三层浪，红莲十里花。
泊舟亭上坐，放眼眺飞霞。

雨过天如沐，华函一带山。
峰峦生积翠，隐隐落亭间。
我欲凌清渚，凭君共往还。
高吟续边李，望古一追攀。

戊辰春南游萧韩坡赋诗赠行途中用韵却寄二首

作意春风太无赖，飞扬跋扈任纵横。
游装欲草南行记，算是开头第一程。

国色天香君已收，孤怀我复向谁酬。
金焦两点横江出，绝顶凭陵足壮游。

沐阳道中望黄河

帽影鞭丝落照残，春风客况漫无端。
黄沙洒作黄河水，一日澄清万劫看。

瓜步闻笛

暮雨萧骚客梦苏，轻舟渺渺入菰芦。
笛声细逐寒云落，渐到篷窗听欲无。

早过吕城

十里菰蒲擘岸风，昆陵落月夜推篷。
鸡声才唱人声绝，望里烟村失阿蒙。

九日同萧韩坡冯大木集程二如园亭

槲叶萧萧冷布袍，天空九月水归槽。
开团菊芷寒香细，吹彻云根霁色高。
叠石为山堪戏马，何人作古敢题糕。
独将花饮称能事，且向糟丘觅二豪。

题梧竹婵娟图

数株越女溪边竹，两树吴娃苑里桐。
莫讶生罗掩秋扇，夜来风雨满林中。

秋　尽

重阳已过旬余日，残菊犹存四五枝。
拥鼻闲吟寒料峭，排当一首饯秋诗。

宿海潮庵

海鸥没天风，浩荡无拘束。
举首眺空蒙，八极穷两目。
丹崖俯城阴，小阁嵌其腹。
月上照几席，蔽亏少林木。
众星忽明灭，水色相映瞩。
夜半潮音来，梵呗声断续。
枕上乍有闻，瞿然感幽独。
寂历一身轻，便可骑黄鹄。

候海市不见思游劳山怅然有作

不惮孤征远，翻然绝岛行。
如何三月尽，未见水楼明。
海若殊无意，山灵尚有情。
晨霞动曙色，应傍马蹄生。

雪后寒甚戏简萧思皇秀才

雪压寒林没远汀，酸风猎猎日冥冥。
瓦盆注酒冰如镜，铁箸攒灰火似星。

直使揽衣难结带，坐教怀友怯扬舲。
想应冻缩西邻老，傍午柴门未启扃。

春灯词四首

几处星桥夹岸红，柳条吹暖试灯风。
应知一夜梅花发，多在香烟火气中。

屯氏河边赛水神，董生祠畔月华新。
游人争上城头望，苏禄坟荒草欲春。苏禄国王墓在城北。

连宵雪霰此宵晴，犹作拖泥带水行。
南陌踏春谁氏女，砑光裙子可怜生。

曾侍蓬莱第一班，晾鹰台畔看灯还。
而今别署遨头号，管领春风鹿角关。

顾诗城归石门枉过草堂赋此志别三首

僻巷经过少，秋风吹短篱。
君来当九日，正是菊花时。
新酒才浮蚁，霜螯已有脂。
挑灯怀旧雨，款款话相思。

莼鲈秋正美，安稳布帆轻。
远下胥江水，言归檇李城。
门庭看鸟雀，亲串话平生。
回首燕云树，依依自有情。

陈思能应教，季子久离群。
蹀躞连钱马，低迷五岳云。
行藏方异致，出处已平分。
老我披裘者，临风远寄闻。

记梦四首

一枕蘧蘧夜梦余，径行曾不到华胥。
青毡藉榻书藏箧，只在先人旧草庐。

竹竿小巷卫水边，一架蒲桃院落前。
颇忆当年儿戏处，还从梦里放风鸢。

户外丁香几树垂，瓦盆菖歜水涟漪。
如今看去浑难识，不似宵来梦见时。

弟兄共守读书檠，问业分明笑语生。
一自高牙按江浒，十年无复梦中情。

病起三首

似向中山醉酒还，仍留视息在人间。
凌云一笑知何日？徒抱维摩病后颜。

彭殇一壑将无同，才唱骊歌曲未终。
百瓮黄齑业难了，笑他参术欲居功。

蓬莱清浅近何如，阿阁三重倚碧虚。
根器甘输白太傅，海山归处是吾庐。

送萧韩坡游天台三首

罗酒堪同酌，何为赋远行？
桃花春水细，鸭嘴小舡轻。
入馔江鱼脍，登柈竹笋羹。
故园花事发，回首可含情。

试说天台好，长游路不迷。
江帆遥隔岸，几日到楢溪？
题扇青蒲短，笼鹅白羽齐。
石桥如可渡，莫信鹧鸪啼。

梦里吴江水，游来已十年。
停舟瓜口渡，解缆鹤城边。
去及梅残雨，归逢麦秀天。
君行过虎阜，为我问山泉。

赠闽僧语松二首

照眼清爽渍瓦沟，冻云寒日困壶头。
蘧蘧一梦谁先觉？输于诗僧老贯休。

怖鸽栖时月微白，鼓鱼定后夜无哗。
河冰千尺皑如雪，散作空林鬏松花。

水　仙

小山枉渚水粼粼，结绶青霞现此身。
处士名花合相配，黄苏二老是牙人。

山谷《水仙》诗：宜在林逋处士家。注：西湖有水仙，王庙、林和靖祠堂近之，东坡以和靖清节，遂移像配食水仙云。

再过西庵同语上人茶话

颇哀老子怯寒天，趁暖频来初地边。
晚觉空门差有味，不因醉里爱逃禅。

鹿关居士长耽病，若比维摩是钝根。
筇竹随身刚六尺，那堪记莿在山门。

茑　萝

小草当春植，柔条架上盘。
居然成偃亚，时自展风翰。
傍竹高遮户，缘松下压阑。
花裁红靺鞨，叶剪碧琅玕。
玉女轻烟縠，琼池错彩鸾。
回飙翻翠浪，斜日映清湍。
蘋末秋光远，荷稍露影团。
非云依附易，只是激昂难。
尔雅凭谁注？风诗可类观。
缠绵如有意，留伴菊花残。

早寒二首

廿载归来抛史局，每逢秋至怯初寒。
莫言年老题休字，总在当场是冷官。

萧萧黄叶压篱门，漠漠轻霜藉草痕。
凄绝庾郎清瘦甚，绨袍着处也难温。

书历下亭壁二首

少陵北海觞游处，唤起湖山是此亭。
白雪楼空风日暮，何人重忆李沧溟。

山吐晴岚水放光，用白句。濯缨一曲胜沧浪。
邀他处士亭中坐，酌酒吟诗兴也长。

题泉上隐居二首

五亩瀼西宅，何年问卜居？
藕花秋水岸，斜日竹床书。
阮籍狂难减，丘迟锦不如。
伊人在空谷，应自爱吾庐。

群峰当槛出，一水到阶流。
墨突生烟细，芦藩隐树稠。
黄桑溪后院，白雪涧边楼。
卧起清晖里，新诗字字秋。

闻雁寄蒙斋先生

策策夕阳半欲沉，雁行遥向楚江深。
秋高缯弋人何慕？岁晚风云势易阴。
北去已酬初日愿，南归犹见故时心。
西村共被闻声夜，记得曾谈越客吟。

重过北村

未是耽岑寂，其如懒漫何？
闲情秋草浅，散发夕阳多。
泥饮从田夫，长铲狎钓蓑。
初心差自慰，不复悔蹉跎。

纪恩诗有序

应钟中律，岁在敦牂，波臣效灵，黄淮底绩。我皇上以时巡狩，往赉成功，十月四日，驻跸德州，快雪时晴，朝暾初旭，羽林按部，櫜矢戢戈，亿兆焚香，瞻云就日。臣予告归里，十有六载，伏处草野，经历多年，重觐天颜，欣逢此际。初九日早朝行在，蒙恩赐御书唐人王维《白石滩》诗。宫笺标格，翰墨淋漓；宝篆画文，珊瑚诘屈。捧出闾巷，瞩望喧填；珍诸什袭，流传奕世。臣菰芦下士，桑榆残年，深幸遭逢，窃沾雨露。才惭蒙滞，心戢恩私，恭摛篇什，载罄扬颂。凡四章。

卫水澄清玉轳过，时巡随地有恩波。
小臣退伏惭无补，宸翰分光到薜萝。

蟠螭小玺缀深红，错落银钩笔阵工。

捧得骊珠二十颗，警传天语出帷中。

丹地深严赐读书，归来还傍鬲津居。
如今拜舞云霄下，一似从容在直庐。

辋川诗句天然画，御墨淋漓侧理香。
何幸书生叨异数？水东正好起茅堂。

送潘超庵之官藤县二首

西风吹五雨，君去古藤州。
泺口三秋别，榕江万里流。
雕题识殊俗，椎髻见蛮陬。
汉室苍梧地，无劳叹远游。

瘴雨经时歇，群山赴县门。
边隅词讼简，荒徼隶臣尊。
照眼青鱼胆，通眉红豆村。
惭无金错赠，送远一怆魂。

饮田家

浊酒同斟酌，留人到夕曛。
辊雷何处起？西北有浮云。

童子催归急，持杖候门户。
举手谢主人，缘溪缓步去。

登河上戍楼

戍楼百尺插旌竿，白袷登临怯暮寒。
西去弓高余细柳，东来厌次隐勾盘。
横空鸿雁差池下，落日帆樯罨画看。
转漕河流四千里，犹烦一柱砥狂澜。

秋日田家竹枝五首

服贾牵牛亦太劳，团栾耕稼长儿曹。
道旁无数青青柳，未有离人折一遭。

行潦流来路几叉，野塘聚处长芦花。
双鹅避客浮游去，冲得波纹人字斜。

槐花落处早禾收，社燕归时刈未休。
偏是村妆谙节候，玉簪红蓼插盈头。

种得东陵五色瓜，红瓤黑子锦纹斜。
炉无活火茅柴湿，客到切来聊代茶。

立夏酉逢多主旱，重阳戊遇雨屯如。
农家自有东方历，不用齐民一卷书。

程字臣过访村中

风雨连朝数，君从何处来？

泥深骑马滑，浪急打舡回。
不意离群处，犹烦故友陪。
田家有鸡黍，聊住亦佳哉。

不　寐

灯影照无寐，摇摇屡欠伸。
何当清净退，翻作转肠轮。
不奈秋时分，还疑病后身。
五更闻叱驭，原上有耕人。

饮　酒

在家不常饮，出门多取醉。
偶然乡里来，便作远游意。
日日把酒卮，主一无适二。
三爵辄瞢腾，怦怦心如悸。
大似吴楚战，潦倒不自支。
乃知古所重，高趣在位置。
青蝇为吊客，讵云非解事。
彼自号渴羌，此亦称名士。
令人笑祢衡，漫灭怀半刺。

立秋后作

槐花初落雁初还，寒雨潇潇秋社边。
叉手闲庭自思忆，何人作佛老夫前。

遗诗二首

六十岁翁今又五，人间万事已分明。
便当一笑凌云去，不作拖泥带水行。

机云入洛不同时，林壑归来有早迟。
今日追随夜台路，
依然兄弟雁行期。司农先生二月弃世，先生九月间病革，故有雁行之句。

水东草堂诗集跋

先仲兄鹿关先生殚心经史，不以声诗自能，即间有作亦不轻示人。霦从旁私记，仅得百有余首，其意幽深，其辞典赡，有大历已还之风。今付剞劂，非先生志也，而子孙世传之，亦可告无罪于先生云。

康熙辛丑秋九月弟霦谨跋

参考文献

一、专著类

[1](清)田雯.古欢堂集.德州田氏丛书本.清康熙乾隆间刻本

[2](清)田霡.鬲津草堂诗集.德州田氏丛书本.清康熙乾隆间刻本

[3](清)卢见曾.国朝山左诗钞.清乾隆戊寅镌,己卯重校定本.

[4](清)王道亨等编纂.德州志.清乾隆五十三年刻本

[5](清)宋弼.州乘余闻.清光绪戊子刻本

[6]臧励龢等.中国人名大辞典.上海:商务印书馆,1921

[7]王中翰点校.清史列传.北京:中华书局,1928

[8](明)谢榛著,宛平校点.四溟诗话.北京:人民文学出版社,1961

[9](清)王士禛.带经堂诗话.北京:人民文学出版社,1963

[10](清)纪昀等.四库全书总目.北京:中华书局,1965

[11]李树德修、董瑶林纂.德县志.民国24年铅印本.台湾:成文出版社,1967

[12](清)阮元.十三经注疏.北京:中华书局,1980

[13](南朝)刘勰著,周振甫注.文心雕龙注释.北京:人民教育出版社,1981

[14]南京大学历史系《中国历代名人辞典》编写组.中国历代名人辞典.南京:江苏教育出版社,1982

[15]左秀灵、廖惠美.中国古代人物辞典.台湾:名山出版社,1989

[16]杭州大学中文系.古书典故辞典.南京:江苏教育出版社,1989

[17]钱仲联.清诗纪要.南京:江苏古籍出版社,1989

[18]罗竹风.汉语大词典.上海:汉语大词典出版社,1992

[19]孔令纪、曲万法.中国历代官制.济南:齐鲁书社,1993

[20]袁行云.清人诗集叙录.北京:文化艺术出版社,1994

[21]袁行霈.中国诗歌艺术研究.北京:北京大学出版社,1996

[22]萧华荣.中国诗学思想史.上海:华东师范大学出版社,1996

[23](清)田雯著,曹鼎、刘宝今、杨炳辉选注.田雯诗选.北京:首都师范大学出版社,1996

[24]冯浩菲.中国古籍整理体式研究.北京:北京图书馆出版社,1997

[25]程千帆、徐有富.校雠广义.济南:齐鲁书社,1998

[26]杜书瀛.文艺美学原理.北京:社会科学文献出版社,1998

[27]张建.清代诗学研究.北京:北京大学出版社,1999

[28]李茂肃、李毓芙.渔洋精华录集释.上海:上海古籍出版社,1999

[29]王欣夫.文献学讲义.上海:上海古籍出版社,2000

[30]丁放.金元明清诗词理论史.合肥:安徽大学出版社,2001

[31]蒋寅.王渔洋与康熙诗坛.北京:中国社会科学出版社,2001

[32]毛春翔.古书版本常谈.上海:上海古籍出版社,2002

[33]滕福海.中国文学批评史略.长春:吉林人民出版社,2002

[34]李伯齐.山东文学史论.济南:齐鲁书社,2003

[35]薛明扬.中国传统文化概论.上海:复旦大学出版社,2003

[36]刘世南.清诗流派史.北京:人民文学出版社,2004

[37]王小舒.王渔洋与神韵诗.济南:山东文艺出版社,2004

[38]张舜徽.中国文献学.上海:上海古籍出版社,2005

[39]蒋寅.中国古代文学通论·清代卷.沈阳:辽宁人民出版

社,2005

[40](清)袁枚著,王志英校点.随园诗话.南京:凤凰出版社,2005

[41]李伯齐.山东分体文学史·诗歌卷.济南:齐鲁书社,2005

[42]李剑锋.陶渊明及其诗文渊源研究.济南:山东大学出版社,2005

[43]龚延明.中国古代职官科举研究.北京:中华书局,2006

[44]山东大学图书馆.山东大学图书馆古籍善本书目.济南:齐鲁书社,2007

二、论文类

[45]刘宝今.田雯诗简论.德州学院学报.2002,(1)

[46]黄金元.田雯行年简谱.德州学院学报.2003,(3)

[47]黄金元.试论田雯的诗学观.德州学院学报.2004,(1)

[48]黄金元.试论田雯的山水田园诗.德州学院学报.2004,(3)

[49]黄金元、李士明.略论清初诗人田霡及其《鬲津草堂诗集》.德州学院学报.2010,(1)

后　记

时光荏苒，屈指算来，离开山东故土已有十年，距离当年去广西大学参加硕士研究生入学复试正好十周年了。2006 年 9 月，广西大学接纳了求知心切的我，承蒙恩师谢明仁先生不弃，允许我跟随恩师开始求学生涯。我是跨专业考生（本科修哲学），年龄偏大，起初学习起来很吃力，各位老师不嫌我愚笨，总是规范要求、耐心指导，陈自力、李寅生、梁扬、滕福海、陈海伦、林亦、余瑾、李连进、张维等老师，在我的各门专业课学习中付出了极大的耐心，给予热心鼓励。尤其滕福海老师，对我细心指导，从严要求，使我专业进步较快。时任文学院张廷兴院长、黄南津副院长，无论在我的学习还是在社会实践中，都给了我大力的支持鼓励，使我渐渐懂得学术规范，学业上取得一定进步。值此机会向各位领导、老师表示衷心的感谢！

感激不尽的是我的恩师谢明仁先生，三年里我生活比较安心顺利，学业上的视野不断开阔，无一不是恩师关心和栽培的结果。每次作业或发表论文，都是谢老师一一指点不足；有时我不得专业要领，老师就亲手把卷，一一示范；老师家的藏书更是随时可取，每次入室，我从未空手而还。

本书初稿是我的硕士毕业论文，论文撰写从 2007 年 12 月—2008 年 5 月为搜集资料阶段，我多次奔赴山东省博物馆、山东省图书馆、山东大学图书馆及德州市档案馆等地查阅文献；2008 年 5 月开题，从准备到结题，历时一年半。在毕业论文选题、开题、初稿审查、再稿把关上，谢老师要求我规范操作、扎实创新、一丝不苟，困难面前总是热情鼓励,使我在写作论文的过程中,又一次得到锻炼和提高,逐渐走上学术正轨,所以这本书倾注了谢老师的心血。在本书即将出版之际,谢老师又亲撰序言,置于卷首,为弟子者不胜荣幸与感激。

我原来读书的德州学院(原为德州师专)的刘保今、孟凡兵、黄金元等老师在论文资料搜集方面给了我无私帮助;广西师范学院的毛水清教授,是我的论文评审专家,他认真负责的审阅、热心的鼓励和耐心的指导,促进了我学术水平的提高,在此再次致谢。

在论文开题准备过程里,师兄周毅杰、王昭、师姐肖菊都给予大力支持;在论文录入、修改过程中,无论是资料的整理、工具书的提供,还是多次的校对,师弟陈才、高洪韬、师妹李红霞、谢春霞、陈慧都给予无私帮助;尤其是师弟陈才(华东师范大学博士毕业后,现就职于上海博物馆),我的每篇论文都采纳过他的意见和建议,当年为校对我的论文底稿,甚至废寝忘食。同班同学魏武、赵京武,在原诗的音韵和注解典故方面花费大量时间给予校对指正,使得论文趋于规范。衷心感谢各位师兄师姐、同学、师弟师妹。

当年读书的生活是紧张的也是清苦的,妻子闫玉慧独自在山东老家抚育正在读小学的女儿,节衣缩食把本来不高的工资大部分支付了我的学费和生活费,其苦累是别人不能体会的。妻子的巨大牺牲、父母的殷殷嘱咐,也是我不敢懈怠的动力之一。在论文即将出版之际,我要真诚感谢家人精神上、经济上的无私支持,是他们伴我一起渡过难关,陪我不断进步的。

总之,此书可谓是一份感恩的礼物:感谢故乡齐鲁先贤留下了《田氏丛书》,使后生可以追思其风采、研读其著述;感谢八桂大地的广西大学,名师云集,勤恳育人,授人以严谨科学的治学方法;感谢人文荟萃的安徽,让我拥有如此多的皖籍好友同学(陈才、魏武、程育海、张健等)、延展学识;感谢气质独特的贵州,来黔已满两年,领导和同事无不在生活和教学中给予热情关怀与大力支持。

此书出版，是向鲁、桂、皖、黔四地深情的一份交代，是对各位老师、朋友、家人、同事的一份回报和感谢。所有的不足与缺陷当属于作者本人的学识粗浅。掩卷沉思，百感交集，学海无涯，来日是续。

李士明　于毕节医学高等专科学校

2016 年 7 月 9 日